執着者

櫛木理宇

恐怖
に襲われたことがなかった会社員・友安小輪の生活は、ある日を境に一変した。恋人と同棲するアパートに突然謎の老人が現われ、執拗ないやがらせを始めたのだ。恋人は不自然に萎縮し、交番の警官はまともに取り合おうとしない。一方、都内に住む若夫婦が老人に襲撃され、夫は過剰殺傷の末に死亡、妻が攫われるという事件が起きる。幼い頃に姉を殺害されたことがきっかけで刑事になった“事件マニア”の佐坂湘は、くせ者ながら優秀な警視庁捜査一課の捜査官・北野谷輝巳と組み、妻の行方を追うが……。老人による不可解な犯罪、その先に待つ衝撃の結末とは。戦慄のサイコサスペンス。

登場人物

佐坂湘……荻窪署刑事課強行犯係巡査部長
佐坂美沙緒……湘の姉。故人
北野谷輝巳……警視庁捜査一課第二強行犯捜査第二係巡査部長
中郷……荻窪署刑事課強行犯係係長。佐坂の上司
菅原……荻窪署刑事課強行犯係巡査。佐坂の後輩
今道弥平……千葉県警地域部通指二課地域安全対策室室長。警部補
永尾剛三……美沙緒を殺した犯人
友安小輪……神奈川県在住の事務員
岸智保……小輪の恋人
丹下薫子……東京都在住の大学院生
佃秀一郎……薫子の祖父。元弁護士
鴇矢亨一……殺人事件の被害者。建築事務所勤務
鴇矢亜美……亨一の妻。旅行代理店勤務。事件後行方不明

鴇矢ミレイ……亨一の母。スナック『撫子』従業員
鴇矢シゲ子……亨一の祖母
綿谷……亨一の同僚
緑川……シゲ子を担当する民生委員
竹根義和……元死刑囚
竹根作市……竹根義和の父親
宮崎保雄……竹根義和の元同僚
宮崎千秋……保雄の妻
野呂瀬百合……ある事件の被害者
野呂瀬辰男……百合の父親

執着者

櫛木理宇

創元推理文庫

THE OBSESSION

by

Riu Kushiki

2021

執着者

プロローグ

「湘ちゃん。もし明日、お姉ちゃんがいなくなったらどうする？」

歳の離れた姉は、そう笑顔で彼に尋ねた。

そのときのことは、奇妙なほどあざやかに覚えている。当時、姉は高校一年で十六歳。佐坂湘は小学一年生だった。

姉が得意のごっこ遊びでもはじめるのかと思い、

「捜すよ」

と湘は答えた。

「捜しても、いなかったら？」

「時間をかけて捜す」

「それでも見つからなかったら？」

「うーん、いったん家に帰って、ごはん食べて、寝て、起きて、また捜す」

「あはは。湘ちゃん、ポジティヴね」姉が笑う。

小一の湘に、ポジティヴという言葉の意味はまだわからなかった。だが姉が嬉しそうだったから、彼も嬉しかった。

九つ上の姉は、近所でも評判の美少女であった。肩の下まで伸びた髪。陶器のような肌。陽に透けると薄茶に光る瞳。中学二年生までは、吹奏楽部でクラリネットを担当していた。しかし三年になってすぐ辞めた。受験勉強に本腰を入れるためだ。

「なせばなる」が口癖の姉は、その信条どおりに努力を花ひらかせ、県内最難関の進学校に合格した。

両親は大喜びだった。祖母は合格通知を仏壇に上げ、何度も拝んでいた。よくわからないながらも、湘も家族とともに喜んだ。

「自慢のお姉ちゃんだなあ、湘」

と父に肩を抱かれ「うん」と素直にうなずいた。

実際、自慢の姉であった。きれいでやさしくて、頭がよくて、誰にも愛想よく、誰からも愛される姉だった。大好きだった。祖母や母に口ごたえすることはあっても、姉にだけは逆らえなかった。

その姉が、ある日、ほんとうに消えた。

家に帰ってこなくなり、食卓の席からもいなくなった。三和土(たたき)から姉の靴が消え、クロゼットから制服も消えた。姉の部屋は施錠されて、誰も立ち入れなくなった。

代わりに増えたのは、仏壇の写真だ。

祖父の写真に並んで、なぜか姉の写真が飾られるようになったのだ。

父はげっそり痩せた。母は泣いてばかりいた。祖母は一気に老けて、自室で朝から寝込む日が増えた。

家族がなにも教えてくれなかったため、湘は近隣住民の噂話に耳を澄まし、姉に関する言葉の断片を拾っていくしかなかった。

「……お気の毒に……素性も知らない相手だったんですって……」

「あそこのお嬢さん、きれいだったから……一方的に言い寄られたのよ……ええ、毎朝乗る電車の車両が、たまたま同じだったとかで……」

「犯人は、父親くらいの年齢……交際してくれとせまって……そうよね、ふつうは当然ことわるわよ……」

「でも向こうが逆上……付きまといがはじまって……」

「学校の先生に、相談してたらしいの……でも全然……ことなかれ主義……サラリーマン教師はこれだから……」

「交番のおまわりさんも、当てにならなくて……」

湘はかき集めたその断片を、布団の中で懸命に組み立てた。

——きっと、お姉ちゃんはわかってたんだ。

だからこそあの日、「お姉ちゃんがいなくなったらどうする?」なんてぼくに訊いたんだ。

自分がある日家族の前からいなくなるかもしれないと、お姉ちゃんは胸の底で予感していた。

——捜すよ。

湘は誓った。布団の中でまるく縮こまり、息を詰めて己に言い聞かせた。

ずっと捜す。家に帰って、ごはんを食べて、寝て、起きて、また捜す。

ぼくが生きている限り、一生懸けてお姉ちゃんを捜す。

戻ってこないのはわかってる。死んだお姉ちゃんの体は見つかって、骨になって、いまお墓にいる。犯人は逮捕された。あいつは刑務所に行く。どんなに捜したって、お姉ちゃんはもういない。わかってる。それでも。それでも。

——それでも、ずっとずっと捜す。

幼い湘は、声を殺して泣いた。

泣き声が誰にも聞かれぬよう、パジャマの袖を噛んで泣いた。姉の葬儀でも出なかった涙が、堰を切ったように溢れ、止まらなかった。

わずかに開いたカーテンの隙間から、月だけが静かに見ていた。

第一章

1

友安小輪は、怯えていた。

これまでの二十六年間の人生で、小輪は大きな恐怖にみまわれた経験がなかった。平穏な家庭に生まれ、ごく穏当に育ってきた。

父は日本でも五指に入る大手製紙会社の、神奈川支社長である。母は医療事務員だったそうだが、結婚後はずっと専業主婦だ。十一歳上の長兄は研究職で独身。八歳上の次兄は会社員で、現在は妻子とともに名古屋に住んでいる。

兄たちと歳が離れていることもあり、小輪は可愛がられて育った。友安家のお姫さまと言ってよかった。

勉強もスポーツもそこそこできた。中学からは、エスカレータ式の私立女子校へ進んだ。部活はバドミントン部で、高校三年次には副部長をつとめた。

はじめて彼氏ができたのは、大学一年生の秋だ。

サークルの先輩だった。一年半ほど付き合ったが、向こうの就活が忙しくなって、自然消滅した。

二人目の彼氏は、友達の紹介だった。ぴんと来なかったが押しに負けて付き合い、ぴんと来ないまま別れた。それが二十四歳のときだ。以後の二年間、小輪は誰とも交際してこなかった。

小輪は現在、さる中小企業の総務事務員として働いている。

中小企業と一口に言っても、社員総数は二百五十人を超える。父が勤める製紙会社の、孫請けにあたる会社であった。

「友安さんは箱入り娘だから」と上司は言う。

「小輪ってお堅いよね」と同期の子はからかう。

「なんとなく近寄りがたいんだよなあ、友安さんは」と同僚の男性たちは笑う。

どの言葉にも、小輪はあいまいに微笑み(ほほえ)かえす。

けしてコネで就職したわけではない。だがやはり父の立場を思うと「目立たず、おとなしくしているのが得策」と思ってしまうのだ。

去年の夏、小輪は思いきって独り暮らしをはじめた。

しかし羽を伸ばすどころか、生活はますます地味に落ちついた。べつだん遊ぶために実家を出たわけではないからだ。早く一人前になりたかった。

起伏には乏(とぼ)しいが、穏やかで規則正しい毎日がつづいた。

2

小輪の怯えは、ある男性と出会ったことにはじまる。

彼との出会いは初冬だった。記憶を掘り起こすたび、海馬はいつも、あの快活そのものの声から再生を開始する。

「お邪魔しまーす！　いつもお世話になっております、『小田環境開発』です。今月のお見積もりにうかがいました！」

きびきびと明るい声が、会社のフロアに響く。

小輪は椅子から立ちあがり、作業着姿の男たちに駆け寄った。

「こちらこそ、いつもお世話になっております。ではまず、一階の倉庫からお願いいたします」

『小田環境開発』は、企業相手に廃棄物処理やリサイクルを請け負う業者だ。小輪の会社とは、事務所内のゴミを二箇月に一度引きとる契約を結んでいる。

「えー、では確認しますね。可燃ゴミが四箱、ペットボトル類が二袋、空き瓶一袋、アルミの空き缶が……」

主任の名札を付けた男が、書類にボールペンでチェックを入れていく。その背後に、若い作業員が手持ち無沙汰そうに立っている。

小輪と同年代だろうか、すらりと長身で痩せていた。見ない顔だ。うつむいたうなじが日に焼けておらず、生白い。

小輪の視線が、無意識に胸の名札へと走る。〝岸〟とあった。きし、以外の読みかたはたぶんないだろう。

――新しく入った人ね。

主任の男がクリップボードを下ろし、小輪に笑いかける。

「倉庫は以上でよろしいですかね。では次は二階を見せていただけますか、友安さん」

その瞬間、新入りの男がびくっと肩を跳ねあげた。

小輪が思わず主任のほうをうかがってしまったほど、顕著な反応だった。だが主任は気づかなかったようで、笑顔を崩さない。

わたしの苗字、そんなに変かしら――といぶかりながら、

「はい。では二階へお願いします」

と小輪は階段を手で示した。


とどこおりなく見積もりを済ませた『小田環境開発』は、翌日の午後に作業員二人を寄越してきた。うち一人は、昨日も来た若い男であった。

彼らは黙々と働いた。可燃ゴミ、ペットボトル、壊れた事務用椅子などを運び、慣れた動きでトラックの荷台へ積みこんでいった。

作業を終えて、〝岸〟が書類を挟んだクリップボードを差しだす。

「すみません。作業日報に判子お願いします」

小輪はざっと目を通し、スタンプ印鑑を押した。『友安』の二字が、あざやかに書類へ残った。

「……ああ」

〝岸〟が気の抜けたような声を発する。

小輪は自然と彼を見上げた。目が合った。〝岸〟が息を呑み、「いや、あの、すみません」と口ごもる。

その横でもう一人の作業員は、われ関せずというふうに帰り支度をしていた。


次に〝岸〟と出会ったのは、翌週のことだ。

場所は、会社から徒歩六分のスーパーマーケットであった。

小輪は会社帰りだった。店内に一歩入って、真っ先に壁の時計を見る。午後六時四十九分。

——うちの課にしては、残業が長引いたなあ。

今日はもう、なにもしたくなかった。夕飯はお弁当で済ませたい。しかしこの店が、惣菜(そうざい)やパックの寿司に半額シールを貼りはじめるのは七時からである。

われながらケチくさいな、と思う。だが親からの援助を断って、けして多くない手取りで生活している身だ。無駄な出費は極力抑えたい。

——十分くらい、ぶらぶら店内を歩いてればすぐよね。

そうひとりごち、小輪は左腕に買い物籠を提げた。野菜コーナーから順に見てまわる。ピーマン、しめじ、豆腐、と籠に入れていく。

ふと、小輪は足を止めた。

小麦粉や強力粉が並ぶ棚の向こうに、見覚えある顔を見つけたせいだ。

――あ、〝岸〟さん。

作業着でなく、よれよれのデニムに長袖Tシャツである。だが間違いなく、先日見た『小田環境開発』の作業員だった。長い手足を持てあますような歩きかたと、鋭角的な横顔に見覚えがあった。

声をかけようか、と小輪は迷い、結局やめた。

たった二回会ったきりの相手だ。挨拶をするほどの仲ではない。なにより向こうが小輪を覚えているかあやしい。知らない女がいきなり声をかけたって、困惑されるのが落ちだろう。

小輪はきびすを返し、調味料の棚へ向かった。

しかし数分と経たぬうち、彼女はふたたび店内で〝岸〟と出くわした。

今度はレトルト食品の陳列棚だ。彼は買い物籠も持たず、パッケージをじっと眺めていた。歩きだしたかと思えば、また立ち止まって商品を凝視する。

なにをしてるんだろう、と小輪は首をかしげた。

商品が欲しいなら、籠を持てばいいのに。あれじゃまるであやしい人みたい――と、行き過ぎかけた刹那。

「あなた、いまポケットになにか入れたでしょ！」

きん、と耳ざわりな声がした。小輪ははっと振りかえった。

主婦らしき中年女が、岸に詰めよっていた。

「あなたよ、そこのあなた。なに無視してるの？　なんだか慣れていそうな態度よね。常習犯？　店員さんに警察呼んでもらうわよ。いいわね？」

中年女が言いつのる。

胸にプードルのイラストがプリントされた、派手なニットを着た女だ。どう見ても万引きGメンではなかった。いわゆる〝善意の一市民〟に違いない。

「は？　いや、あの」

あきらかに〝岸〟は面食らっていた。

中年女が「動かないで」と怒鳴りながら、首をめぐらせて店員を探す。真っ赤にいろどられた唇が再度ひらく。

さらなる大声を出そうと、女が息を吸った瞬間。

小輪はわれ知らず叫んでいた。

「だ――ダイちゃん！　ここにいたの？」

引き攣った笑顔を浮かべ、〝岸〟のもとへ駆け寄る。

「やだあ、一人でうろうろしないでよ。どこ行ったかと思っちゃった。あ、そのレトルト欲しいの？　だったらほら、こっちの籠に入れて――」

小輪はまくしたてた。例の中年女の視線を、痛いほど背中に感じた。だがここでやめるわけにもいかなかった。

小輪は〝岸〟の腕を強引にとり、親密そうに見えるよう腕を組んで歩きだした。

二人は腕を組んだまま、レトルト食品の棚を抜け、精肉売り場を通り過ぎ、乳製品コーナーの前まで来て、ようやく足を止めた。

小輪がほおぉっと肺から息を絞りだしたとき、

「あの……あ、ありがとうございます」

頭上から、申しわけなさそうな声が降ってきた。

〝岸〟の声だった。

「……すみません。自分じゃそんなつもりなかったんですが……おれ、あやしかったみたいですね、万引き犯に間違われたのか。そうか」

小輪は慌てて顔を上げた。

「あ、いえいえ、大丈夫ですよ」

籠を提げていない利き手を大きく振る。

「あやしいってほどじゃありませんでした。わたし、ちゃんと見てましたもん。あなたがなにも盗ってないことも知ってます。あ、でもこれは、べつに変な意味で見てたわけじゃなくてですね。ええと、覚えていらっしゃらないと思いますが、わたし先日、会社で『小田環境開発』さんに――」

「覚えてますよ」

〝岸〟が目を細めた。

唇の端が持ちあがり、白い歯が覗く。鋭角的な顔が一変した。笑うと、驚くほど柔らかい表情になった。

どくん、と小輪の心臓が跳ねた。頬と耳たぶが熱くなるのがわかった。

「トモヤスさん、ですよね？」

〝岸〟が言う。

「はい。……え、あ、よくご存じで」

「日報に判子をいただきましたから。それに、おれもトモヤスなんですよ。あ、名乗るのが遅れましたが、岸智保（ともやす）といいます。智辯（ちべん）学園の智に、保護の保です。だから女性が『トモヤスさん』って呼ばれるの聞いて、びっくりしちゃって」

照れたように彼は頭を掻いた。

「お恥ずかしい話ですが、弁当に半額シールが貼られるのを待ってたんです。惣菜コーナーの前で立ってたら露骨（ろこつ）すぎるかと、ぶらぶら待ってたんですが……。そうですよね。こんな汚い恰好で、おれ、見るからにあやしいよな」

「いえ、そんなこと……」

小輪は急いで否定した。

なぜだろう。眼前の男から目をそらせなかった。こんな感情ははじめてだ。

小輪はごくりとつばを呑んだ。

「あのう、わたしは小輪と言います。友安小輪。……もう七時を過ぎました。わたしもお弁当を買うので、よかったら、うちで一緒に食べていきません？」

3

小輪の誘い文句を、その後、智保は何度も持ちだしてはからかった。

「あれが生まれてはじめての逆ナンだったよ、おれ」

くっくっと喉を揺らす。目が糸ほども細まり、猫のような笑顔になる。

小輪は、智保のその顔が好きだった。彼の肩を小突いて、

「わたしだって、生まれてはじめてのナンパだし？」

と言いかえす。

「だろうね。言うにことかいて『一緒に半額弁当食べません？』だぜ。ひでえよなあ。ムードのかけらもない」

「だって『どこかで食事でも』って言おうにも、お給料日前だったんだもの。あなただって半額シールを待つくらいだから、お金ないんだろうなって思ったし」

「それにしたって、最初からアパートに招き入れるのはやばいよ。もうちょっと警戒心を持た

ないと。もしおれが、とんでもない悪党だったらどうしてた?」

「そのときはそのときよ」

そう、そのときはそのときだ、しかたがない——。

だってあの瞬間、小輪は恋に落ちたのだ。おそらく生まれてはじめての恋に。

親しくなってから知ったのだが、智保は『小田環境開発』の正社員ではなく、アルバイター
だった。しかも定住所はなく、毎晩ネットカフェに泊まっているという。

「ほんとに? でもそれじゃ、履歴書に書ける住所がないでしょ」

「ネカフェの住所をそのまま書いたよ。面接で『アパートを借りるためのお金が欲しくて応募
しました』って正直に言ったら、即採用だった。『いまどきの若者にしては、ハングリー精神
があるな!』だってさ」

「ああ、あそこの社長さんなら言いそう」

小輪は苦笑した。

智保がネットカフェから荷物を引き上げ、小輪のアパートに居着くまでに、そう長い時間は
かからなかった。

「小さい輪と書いてサワ、ってめずらしい名前だよな」

役所から届いた封筒の宛名を眺め、智保がしみじみと言う。

寝そべって彼の腿にもたれながら、小輪は応えた。

「うちの母はね、宝石やアクセサリーが好きだったの。でも長兄を産んだあと、金属アレルギーになっちゃってね。その埋め合わせに、次兄に付けた名が大哉。ダイヤモンドのダイヤね。そしてわたしは、指にはめる小さな輪の小輪」

「なるほど。だからダイちゃんか」

「え？」

「あのときスーパーで『ダイちゃん！　ここにいたの？』って声かけてきただろ。ダイちゃんって誰だ？　と一瞬混乱したよ」

「咄嗟に出たのがその名前だったの。だって一緒にスーパーに行ったことある男性なんて、兄くらいだもん」

「てっきり彼氏の名前かと思った」

「もし彼氏がいたら、声なんてかけなかったよ。そしてあなたはいま頃、まだネカフェ住まいだったでしょうね」

「なるほど。咄嗟に出てくれた『ダイちゃん』に感謝だ」

智保は微笑んで言った。

「指輪といえば、『上流社会』のグレース・ケリーだな。知ってる？　グレースはあの映画で、モナコ公国の大公からもらった本物の婚約指輪を着けてたんだぜ。十カラットだか十一カラットだかの、どでかいダイヤモンドが付いた指輪だ」

「知らない。あなた観たの？　その映画」

「ガキの頃にね。大公にプロポーズされただけあって、グレース・ケリーはすばらしくきれいだった。世界一の美人が映ってる、と思ったよ」

「ふーん。わたしは？」

「きみは鼻の差で二位」

「そのお世辞も、映画の受け売りかな」

「いや、これはおれのオリジナル」

彼は小輪の髪を撫で、

「そろそろ腹が減ったな。半額弁当でも買いに行く？　それともおれが、簡単なものでもつくろうか」

と目を細めた。

智保は映画に詳しかった。正確に言えば古い洋画に、だ。

「死んだ祖父が映画好きだったんだ。母方の祖父でね。片田舎に住んでたわりに、趣味のいい洒落た人だったな。このスクラップブックも祖父の形見」

小輪のアパートに転がりこんだとき、彼の荷物はよれよれのバックパック一つだった。スマートフォンはおろか、携帯電話さえ持っていなかった。

バックパックの中身は髭剃りと歯ブラシ、替えの下着三枚、Tシャツ二枚。そして映画のパンフレットを綴じた、ぶ厚いスクラップブックが五冊であった。

「昔の映画のパンフって、レトロで可愛い」

スクラップブックをめくって、小輪はうっとりため息をついた。

「それにこの女優さん！　いまの女優たちより断然美人に見えるのって、なんでなんだろ。上品っていうか、端整でノーブルな感じだよね」

パンフレットは一九四〇年代から七〇年代の映画に集中していた。ヒッチコックとビリー・ワイルダー作品が圧倒的に多く、H＝G・クルーゾー、オーソン・ウェルズ、ロジェ・ヴァディムなどがつづく。

一方、小輪は映画ファンにはほど遠かった。

友人に誘われれば観に行くし、大ヒットした映画がテレビで「地上波初登場！」と喧伝されれば観るが、その程度だ。しいて言えばカーチェイスの多い、派手なアクションものが好きだった。

しかし智保が持ちこんだスクラップブックで、小輪の世界は一変した。

はじめて『大脱走』を観た。『俺たちに明日はない』や『イージー・ライダー』を観た。『第三の男』で驚き、『カッコーの巣の上で』に涙した。次いで『死刑台のエレベーター』、『タクシードライバー』を観た。『ゴッドファーザー』、『深夜の告白』、『太陽がいっぱい』、『パピヨン』、『タワーリング・インフェルノ』、『ダーティハリー』、『地獄の黙示録』……。

「これ面白そう」

「面白いよ」

パンフレットを見てはそんな会話を交わし、土日のたびレンタルしてくるのが習慣になった。サブスクに頼らずショップまで足を運んで、並んだパケ写を見ながら借りるのが楽しかった。

「わたし、戦争映画って興味ないなあ」

「いやこれは面白いって」

薦められるがままに観ると、これがまた面白かった。折り紙付きの『大脱走』を筆頭に、『戦場にかける橋』、『トラ・トラ・トラ!』、『鷲は舞いおりた』と順に観ていった。

「それにしても、昔のサスペンス映画って似たような邦題ばっかりね」

智保のそばで寝そべり、小輪はスクラップブックをめくる。

「『恐怖の報酬』でしょ。『恐怖のエアポート』でしょ。『見えない恐怖』、『白い恐怖』に、『恐怖省』。それから『悪魔のような女』、『夜の悪魔』、『絞殺魔』……」

「しかたないよ」

智保が苦笑する。

「当時はいまみたいに、原題をカタカナにして良しとする風潮じゃなかった。なにより〝恐怖〟だの〝悪魔〟だのをタイトルに付けとくと、観客にもスリラーやサスペンスだとわかりやすかったんだ」

「でも似たようなタイトルばっかりだと、記憶に残りづらくない? 頭の中でごっちゃになっちゃう。――あ、これ面白そうだな。『主人公は、妻子と平和に暮らす弁護士サム。しかし凶悪な犯罪者マックスが出所したその日から、サム一家の日常は恐怖に染まっていく……』だって。えーと、タイトルは『恐怖の岬』。トモくん、次のお休みにこれ借りてみない？」

そう言いながら顔を上げる。途端、小輪はぎくりとした。

智保の横顔が、やけに白く硬く見えたからだ。はじめて見る表情だった。一瞬、見知らぬ他人に思えたほどだ。

「……やめよう」

奇妙なほど平たい口調で、彼が言う。

「その映画は、あんまり面白くなかったよ。やめよう」

その後、小輪は何箇月も経ってから思いだすことになる。そういえばあれは、智保が観るのを拒んだ唯一の映画だった――と。

4

それはある日、唐突に訪れた。

季節はまだ春に遠かった。小輪は「いやな空模様」と口の中でつぶやきながら、早足でアパートに向かっていた。

天気予報を信用して、傘は持って出なかった。記録的な暖冬の上、晴れの日がつづいて油断したせいもある。

しかし頰を叩く風の冷たさが、昨日まではまるで違っていた。肺を通る空気が重い。これは雨どころか、霙になりそうだ。

降りだす前に帰らなくちゃ、と気ばかり急く。走れないパンプスがもどかしい。

ようやくアパートに着き、小輪はほっと息をついた。

帰宅時間はいつも、智保より小輪のほうが三十分ほど早い。外付けの階段をのぼる。パンプスの踵が、一足ごとに金属製の階段をやかましく鳴らす。

今日の夕飯はお鍋にしよう――と胸中でつぶやいた瞬間。

小輪は、共用廊下にうずくまる影を見とがめた。

二階の一番奥が、小輪たちの住む部屋だ。そのドアの前で、誰かが柵にもたれるように座りこんでいる。

思わず目をすがめた。

――トモくん……じゃ、ないよね。

彼が鍵を忘れ、座りこんで待っていたのかといぶかった。だが違った。もっと小柄な影だ。智保より、ふたまわりはちいさい。

警戒しながら歩み寄った。一歩近づくにつれ、影の正体が鮮明になる。

老婆であった。

コンクリートの床に尻を付け、片膝を抱えている。

頭にかぶったスカーフから、黄ばんだ白髪がはみ出ていた。前髪がひとすじ、冷えた風にそよいでいる。もとは薄茶だったらしいコートは、煮しめたような色合いになっていた。

歳の頃はよくわからない。まだ二十代の小輪には、老人はみな似かよった顔に映る。しかし陽に焼けた皺くちゃの顔は、七十代にはとうてい見えなかった。

「あ、あの……」

小輪はおそるおそる声をかけた。

アパートの住人に老人はいないはずだ。では迷子だろうか、それとも認知症か。この共用廊下に一応の屋根庇はあるが、霙が降りだす前に、通報して保護してもらうべきだろうか――。

そう考えていると、

「ああ、すみませんねえ」

老婆が伸ばしていた片足を引っこめた。

思いのほかしっかりした声音であり、動作だった。認知症だとしても、どうやら重度ではないらしい。小輪は安堵した。

「どうぞどうぞ。気にせず入ってくださいな」

老婆は笑顔で小輪をうながした。酒焼けしたような塩辛声だ。

「は、はあ……」

おっかなびっくり、小輪は老婆を避けてドアの前に立った。

「あ、あの、誰かに御用ですか？　それとも、道がわからなくなったとか……？　おまわりさんを呼びましょうか？」

「ああ、いいのいいの。どうぞ気にせんで」

老婆は手を振った。

右頬に、大きなガーゼをべったりテープで貼りつけている。首にはなぜか、鉄製の風鈴を提げていた。煮しめたようなコートの胸もとから覗き、老婆の動きにつれて「ちぃん、ちぃぃん」と鳴る。

「ちっと疲れて、座らせてもらってただけよ。気にせんと、さあ、入って入って」

「はあ……」

小輪はしかたなく、老婆に背を向けて鍵を挿しこんだ。体ごと室内へすべりこむ。すかさず施錠する。

ドアスコープから、外を覗いた。

同じ姿勢で座りこんでいる老婆が見えた。ほんとうに通報しなくていいのかな、と迷う。でも言葉や発声はしっかりしていたし、足腰が立たない様子でもなかった。第一ここにいるってことは、階段をのぼってこれたんだし――と、そこではっとした。

――疲れて座りこんだなら、どうして二階の廊下にいるの？

一階にも共用廊下はある。老人の足で〝疲れた〟ならば、普通は一階の軒先で休むだろう。それをなぜ、わざわざ階段をのぼり、奥の部屋の前まで来て座りこんだのか？

わからなかった。

わからないだけに、あの老婆が、急に薄気味悪く思えてきた。

小輪は急いでドアにU字ロックをかけた。いつもなら、智保が帰るまでロックはかけない。

しかしその日ばかりは、鍵だけでは不安だった。

早く彼が帰ってきますように——。

そう願いながら、小輪はそそくさとパンプスを脱いだ。


「ねえ。あのお婆さん、まだいた？」

帰宅した智保に尋ねると、

「お婆さんって？」彼はきょとんと問いかえした。

ということは、老婆はもういないらしい。小輪は胸を撫でおろして、

「じつは今日ね、ちょっと不気味なことがあって」

と智保に打ちあけた。

「知らないお婆さんが、うちのドアの真ん前に座りこんでたの。『疲れて座りこんだ』って言うんだけど、疲れたなら二階までのぼってくるなんて変でしょ？　認知症かとも思ったけど、受け答えはしっかりしてたんだよね。わけわかんないっていうか、なんか気持ち悪くって」

気の緩みが、小輪を饒舌(じょうぜつ)にさせていた。智保の相槌(あいづち)がないことにさえ、しばし気が付かなかった。

「相手がお婆さんとはいえ、部屋に一人じゃちょっと怖かったよ。ほんと、通報しようかって何度も……」

小輪は言葉を呑んだ。突然、智保に両肩を摑まれたからだ。

「——どんなやつだった？」

「え……」

「どんな顔で、どんな恰好だった」

彼は形相を変えていた。小輪は面食らい、目をしばたたいた。肩を摑んだ彼の指が、布地越しに皮膚へ食いこむ。

「どんなって——。べつに、普通のお婆さんだよ。でも服装はちょっと変わってた。右頰に大きなガーゼを当てて、首から風鈴を提げて」

智保の顔が見る間に強張っていくのを、小輪は目と鼻のさきで見守った。彼の頰は血の気を失い、真っ白だった。

「と、トモくん？」

慌てて小輪は、恋人を呼んだ。彼女を摑んだまま、あらぬ方向を見据えて放心する男に「トモくん、どうしちゃったの、トモくん」と幾度も呼びかける。

智保がわれにかえったのは、たっぷり数十秒後であった。

ようやく小輪の肩から手を離し、

「……ごめん」

額の汗を、手の甲で拭う。

「ごめん。おれ、今日は体の具合がよくないみたいだ。なんだか頭が痛くて……風邪かもしれないな。夕飯はいらないから、もう寝るよ」

その日を境に、智保ははっきりとおかしくなった。

二時間おきに小輪の会社に電話をかけては「無事か？」「なにもないか」と尋ねてきた。夜中に何度もうなされては飛び起き、物音にひどく敏感になった。

レンタルした映画を観ている最中に泣きだし、しゃくりあげて止まらなくなった日すらあった。

少年野球を描いた映画だった。弱小チームが強くなり、リーグ戦を勝ち抜いていくというストーリイだ。しかし大事な試合の山場で、監督はレギュラー選手を引っこめてベンチウォーマーの下手（へた）な選手たちを出場させる。

そのシーンで智保は、大粒の涙をこぼした。感動しかけていた小輪の涙が引いたほどの、激しい嗚咽（おえつ）であった。

「お、おれも」

智保は声を詰まらせながら言った。

「おれも、野球、やってたんだ……。子供の頃だ。途中で、転校しなきゃいけなくなって……それ以来、野球もやめちまった。べつのチームでまで、つづける気がしなかったんだ。母さんは、つづけろって言ってくれたけど、でも……」

そこで彼は絶句した。あとには、啜り泣きだけが響いた。

小輪はなにも言えなかった。

いままで智保は、自分の過去をろくに語ってこなかった。彼がどこで生まれたのか、親きょうだいは存命なのか、どんな学校でなにをしていたのか、小輪はなにひとつ知らない。いや、知らなくてもいい、と思ってきた。

「いい？　ほんとに親しくなりたい相手には、しつこく質問しちゃ駄目よ」

小輪の母親の口癖だった。

根掘り葉掘り訊くのは失礼だ。大切な人に対して、絶対にやってはいけないことだ。そういうときは、ただ待つの。相手もあなたを同じくらい大切に思っていれば、きっと打ち明けてくれる日が来るんだからね――と。

智保が両親の話を避けている、と、小輪はうすうす気づいていた。

彼が口に出すのは祖父のエピソードばかりだ。それとて、映画に絡めて語られるだけである。智保の口からこんなふうに昔話がこぼれるのも、「母さん」の呼称が洩れるのもはじめてであった。

「……大丈夫」

泣きつづける智保に顔を寄せ、小輪はささやいた。

「大丈夫よ。いまは、わたしがいるから……ね？　きっと、大丈夫」

空虚な言葉だと思った。だがそれしか言えなかった。

電灯を落とした室内に、智保の低い啜り泣きが満ちた。

5

ふ、と小輪は目を覚ました。

まぶたを上げて、あたりが暗いことに戸惑う。首を曲げて枕もとの時計を見やった。蛍光の数字は『02:47』を表示している。

――あれ、なんでこんな時間に起きちゃったんだろ。

小輪は指で目を擦(こす)った。もともと眠りは深いほうだ。夜中に目を覚ますとしたらトイレくらいだが、さし迫った尿意はとくに感じない。

すぐ横に、智保の寝顔があった。

狭くるしいシングルベッドで、小輪と智保は身を寄せ合うようにして眠っていた。最初のうちは小輪がベッドで、智保は床に予備の布団を敷いて寝ていたが、

「寒いんだからいいじゃない」

と、小輪が一緒に寝るよう誘ったのだ。

しかし、いまは違う。智保が情緒不安定になってからは、むしろ彼のほうがくっついて寝たがる。小輪がベッドから出るとすぐに目を覚まし、部屋じゅうの電灯を点けて、

「小輪？　どこだ小輪？」

と探しまわることさえある。

――変な人。

なんとはなし、小輪は彼の寝顔を眺めた。鋭角的で尖った鼻梁。薄い唇。まばらで短い睫毛と、対照的に濃く太い眉。

――ねえ、あなたは誰なの。

謎めいた男だ。だが容貌にとくに変わったところはない。平凡とまでは言わないが、目鼻立ちだけで言うなら中の上といったところか。

眉毛が濃いのはうらやましいな。小輪は思った。

彼女の眉は短くて薄い。アイブロウパウダーで描かないと恰好がつかない。ほかのパーツにさしたる不満はないが、ノーメイクだとのっぺりして見えるのがいやだった。

――もし子供ができたら、ここは彼に似てほしいな。

そう考えながら、指で彼の眉毛をなぞった。智保が目を覚ます気配はない。安心しきってるんだな、と思った。信頼されているようで嬉しかった。

しかし。

ちぃぃん、と音がした。

窓の外からだった。

つづけて音が鳴る。ちぃぃん。ちぃん。ちぃぃぃぃいいん。

かん高い、金属的な音だ。聞き覚えのある音色であった。

小輪は枕から頭をもたげた。掃き出し窓を見やる。窓のすぐ外はベランダだ。二重のカーテンがぴったり閉まっており、もちろん外の様子は見えない。

なのに、人の気配を感じた。誰かいる、と肌で確信できた。

一瞬にして神経が研ぎすまされる。二の腕がぞわっと粟立つ。

ちぃぃん。ちぃぃぃん。ちぃぃぃぃぃぃん。音はやまない。

――風鈴だ。

真横から視線を感じ、はっと小輪は首を戻した。

薄闇に、白い光がふたつ浮いている。思わず悲鳴を上げかけ、すぐに智保の目だと気づいた。

慌てて声を呑む。

いつの間にか智保が目を覚まし、小輪のそばで息を詰めていた。

「じっとしてろ」

押し殺した声で、智保は言った。

「で、でも」

「静かに、じっとしているんだ。無視していれば、そのうちどこかへ行く」

「そのうちって……」

「とにかく絶対にカーテンを開けたり、外をうかがったりするな。このまま静かに、ベッドで気配を殺しているんだ」

なぜなの、と尋ねたかった。

なぜ自分の部屋で、身を縮めていなきゃいけないの。ベランダにいるのは誰。まさかあのお婆さんなの。だとしたら、どうやってのぼってきたの。こんな夜中にどうして？　あなたはあのお婆さんが、何者か知っているの——。

だが声は干上がり、喉の奥で凝っていた。

口に出せぬ問いを抱えたまま、小輪は智保の腕の中でじっと息を殺しつづけた。

翌朝の目覚めは最悪だった。

あのあとも風鈴の音は鳴りつづけ、カーテンの隙間から光が射しこむ時刻になって、ようやくやんだ。首をもたげて時計を見ると、午前六時を過ぎていた。

平日の小輪と智保はいつも、七時に起きて八時十五分にアパートを出る。しかし二度寝できるはずもなかった。二人はまんじりともせず、ベッドの中で約一時間を過ごした。

そして七時。目覚ましのベルが鳴った。

小輪は重い頭を抱えてベッドから這い起き、智保を振りかえった。

「……朝食は？」

「いらない」

でしょうね、と返したいのを小輪は我慢した。

インスタントのコーヒーだけを淹れ、彼にマグカップを差しだす。すこしでも目が覚めるよう、うんと濃くしたコーヒーであった。

「……ご近所にも、あの音、きっと聞こえたよね」

「…………」

「迷惑じゃなかったかな」

「…………」

智保は無言でコーヒーを飲み干した。愛用のバックパックを掴み、立ちあがる。

「もう出るの？」

「ああ。……戸締まりは頼むよ」

テレビ画面に表示された時刻は『07:32』だった。いつもの出勤時刻より、四十分以上早い。

小輪は無意識に、目の端でスクラップブックを探した。あると気づいてほっとする。床の、いつもの定位置に置かれたままだ。

——あれを置いて、トモくんは出ていったりしない。

——だから彼はまだ、ここにいるつもりだ。どこにも行きやしない。

そう心中でつぶやいてから、小輪ははっとわれに返った。

——どうしてわたし、そんなふうに考えるんだろう。

なぜ夜どおし風鈴が鳴っただけで、彼がいなくなるかも、なんて思うのか。いやそもそも、風鈴の音ごときでなぜこんなに怯えてしまうのだろう。

「いってきます」

智保が沓脱(くつぬぎ)でバックパックを背負う。よれたアディダスのスニーカーを突っかける。

扉が開き、室内に外気が吹きこんできた。途端、小輪は手で鼻を押さえた。

「やだ」

ひどい悪臭を含んだ空気だった。

「なに、この臭い。いったいどこから――」

思わず立ちあがり、小走りに玄関へ向かう。

智保が腕を伸ばして制止しようとした。だが遅かった。小輪はすでに、玄関を出て悪臭のもとを視認していた。

ドア一面に、べったりと茶色い粘土状のなにかがなすりつけられていた。

間違いなく生きものの排泄物(はいせつぶつ)だ。おそらくは犬猫の大便を、小輪たちの住む部屋のドアに誰かが塗りつけたのだ。

排泄物には、すでに数十匹の蠅(はえ)がたかっていた。わんわんと羽音を鳴らし、竜巻状の柱と化して飛びまわっている。

蠅柱の向こうでは、二軒隣の住人がドアの隙間から外をうかがっていた。いまにも舌打ちせんばかりの顔で、こちらを迷惑そうに睨(にら)んでいる。

小輪の顔に、かっと血がのぼった。

風鈴の騒音どころの話じゃない。管理会社に通報されたら、退去レベルの近所迷惑だ。ご近所に謝らなければ。そして、一刻も早く掃除しなければ――。

しかし、智保がいち早く制した。

「おれが掃除しておく。きみは、中にいて」

「だ、駄目よ、そんな」

「いいから。……あいつが、どこから見ているかわからない。だからきみは、カーテンを閉めて中にいてくれ」

あいつって誰。見ているってどういうこと。訊こうとして、小輪はやめた。詰問したところで、智保は答えないとわかっていた。だから、ただ一言だけ告げた。

「――いつか、全部話してね」

返事はなかった。

バケツに水を汲んで部屋を出ていく智保を、小輪は奥歯を噛んで見送った。

6

残業せず、スーパーへもコンビニへも寄らず、小輪はアパートへまっすぐ帰った。あたりにあの老婆の姿はないと確認して、階段を駆けあがる。

さいわいドアはきれいだった。智保が今朝、掃除したときのままだ。震える手で、もどかしく鍵を開ける。背後を気にしながら素早く部屋に入る。

セキュリティ万全の物件に住むべきだった、といまさらながら悔やんだ。ここは県内でトップクラスに治安のいい町だ。帰宅時間だってそう遅くない。だから女の独り暮らしとはいえ、強くは警戒してこなかった。

――なのにまさか、こんなことが起こるなんて。

智保は三十分ほどあとに帰宅した。

「小輪、大丈夫か？」彼の第一声はそれだった。

「あ、――あなたこそ」

智保の目じりが、小刻みに痙攣（けいれん）しているのを小輪は認めた。

「外、誰かいた？」

「いない。なにもなかったか？」

「うん。わたしは平気」うなずいてから、

「……ねえ、今晩、なに食べる？」

と訊いた。

こんなときにも雑事にとらわれる自分を、馬鹿みたいだと思った。けれど、日常に戻りたかった。普通に夕飯をとり、テレビを観て笑い、いつもの生活をトレースして安心したかった。

さいわいその気持ちは、智保にも通じたらしい。

彼は頬の筋肉をなんとか緩めて、

「今晩は簡単に済ませよう。ゆうべの肉じゃが、まだ残ってたよな？　あれを卵でとじて、かるく山椒をふって……。味噌汁はインスタントで済まそう」と微笑んだ。

ただし、

「換気扇は付けないで」

と言い添えるのは忘れなかった。


その夜、風鈴の音は聞こえてこなかった。

次の夜も、その次の夜も同様だった。

平穏な夜がつづくうち、「あれはなにかの間違いか、考えすぎだったんじゃないか」と小輪は思うようになっていた。

きっとあの老婆は、ほんとうに一休みしていただけだったんだ。夜中の風鈴だって、偶然どこかから聞こえてきたのだ。

第一あんなお婆さんが、夜中にベランダをよじ登れるはずがない。あの夜、わたしたちは神経過敏になっていた。枯れ尾花を幽霊と思いこみ、震えあがっていたのだ。

――そうよね、きっとそう。

買いこんだ牛乳やレタスを冷蔵庫にしまいながら、小輪は己に言い聞かせた。

浮かんできた〝正常性バイアス〟という単語は、しいて無視した。都合の悪い事実に目をつぶり、「自分は大丈夫」と思いたがる心理状態を指す。自覚はあったが、いまは直視したくなかった。

智保も小輪と同様、なにごともなかったように暮らしていた。老婆の件については、口の端にものぼらせなかった。

二人は、いたってなごやかに過ごした。空気の底に漂う緊張からは目をそらして、ありきたりな会話を交わし、決まった時刻に食事をとり、同じベッドで眠った。声をあげて笑うことすらあった。

ただ、映画を観る習慣は途絶えた。

いま智保はフィクションどころではないのだ、と小輪は知っていた。彼の注意はつねにドアを隔てた向こうにあった。そう悟った上で、目と耳をふさぎつづけた。

7

それがふたたびやって来たのは、八日目の夜だ。

先に目を覚ましたのは智保だった。だが、すぐに小輪も起きた。眠りから引きずりだされるような目覚めだった。

風鈴が鳴っていた。

ちぃん。ちぃぃぃん。

あきらかに、鉄製の風鈴が発する音であった。

「トモく……」

「しっ」

智保が唇に指を当てる。

風鈴は、玄関ドアの向こうから聞こえた。ちぃぃん。ちぃぃぃぃぃん。音がひどく近い。鼓膜に突き刺さるような音だ。胸の底がざわつく。胃が、引き絞られるように痛みだす。

小輪は視線を上げ、枕もとの時計を読んだ。午前二時十七分。

ふいに、風鈴の音がやんだ。代わりに、どぉん、と低い音が響く。

ベッドの中で、小輪はすくみあがった。

ドアを蹴られたのだと理解するまで数秒かかった。

すこしの間を置いて、ふたたびドアが蹴られる。つづけざまに三度目が鳴る。蹴りつける音が、次第に大きく、速くなっていく。

次いでドアチャイムが鳴った。間断なく連打される。神経に障(さわ)るかん高い音が、幾度も幾度も幾度も鳴らされる。

近所にだって聞こえているはずだ。小輪は思った。隣室の住人も、そのまた隣室の住人も、きっと異変を感じとっているに違いない。

──お願い、通報して。

身を縮こまらせ、両手の指を組んで小輪は祈った。

お願いだから誰か、警察を呼んで。

怖い。怖くてたまらない。あんな弱々しいお婆さんに、ドアが蹴破られるとは思えないけれど——、ああ、でもあの音。絶え間なくドアを蹴りつづけるあの音。

——まともじゃない。

正常な人間は、真夜中にあんな勢いで他人の家のドアを蹴りつづけたりしない。いや、できない。

——あれは、理屈の通じない人間が出す音だ。

だからなにを言っても無駄だ。懇願(こんがん)も哀願も無意味だ。わたしたちは、捕らえられた。理由も理屈もなく、得体の知れないものに囚われてしまったのだ。

そう思った瞬間、小輪は脳の奥でかすかな音を聞いた。ぶつり、と神経の糸が切れる音であった。

小輪ははね起きた。

「な……、おい?」

驚く智保を後目(しりめ)に、ベッドからすべり降りる。枕元のスマートフォンを摑むと、小輪はまっすぐ玄関へ向かった。

もう無理だ、と思った。

これ以上、誰かが通報してくれるのを待つなんて無理。ベッドの中で、ただ怯えて時をやり過ごすなんてできない。したくない。

自分の手で通報しよう、と決心した。そうだ、ドアスコープから外を見ながら、わざと聞こえよがしに実況してやるんだ。「もしもし警察ですか？　いま外に不審者がいるんです。早く来てください。ええそう、人相と服装は——」というふうに。そしたら向こうだって、絶対に怯む。警察が来る前に退散するに決まっている。

裸足のまま、小輪は沓脱へ下りた。

背後で智保がなにか喚いていたが、無視した。ドアへ掌を当てる。すこし背伸びし、スコープを覗く。

真っ暗だった。

——え？

小輪は戸惑った。

なぜ？　どうしてなにも見えないの。真夜中だから？　いやそ、んなはずはない。共用廊下では常夜灯が点っているし、すぐそこには街灯がある。これほど真っ暗闇のはずは——。

そう思った瞬間。

離れていく〝眼〟が見えた。

ひっ、と小輪は短い悲鳴をあげ、ドアから飛びのいた。

——向こうも、こちらを覗いていたのだ。

そう悟った途端、どっと全身から汗が噴きでた。冷えた粘い汗だった。

見てはいけない。小輪は己に言い聞かせた。スコープをもう一度覗いてはいけない。あいつは間違いなく、ドア一枚隔てただけの距離にいる。いまの悲鳴だって聞かれてしまっただろう。だからけして見てはいけない――。

しかし、体は勝手に動いた。

手足がひとりでに動き、さっきと同じ動作をたどる。右の掌をドアへ当て、首を伸ばしてスコープを覗く。

あの老婆がいた。

黄ばんだ白髪。煮しめたような色合いの粗末なコート。右頬に当てられた大きなガーゼ。そして、首から提げた風鈴。

老婆は笑っていた。

小輪がすぐそこにいると知って、満面の笑みで嘲っていた。老婆は小躍りせんばかりだった。皺まみれの顔が、笑い皺でさらに歪んでいた。

小輪の手から、スマートフォンがすべり落ちた。

くらり、と世界が揺れる。足がふらつく。

――立っていられない。

もし背後から智保に抱き止められなかったら、失神して床に頭を打ちつけていただろう。小輪は智保の腕の中で、強張った彼の頬を呆然と見上げた。

通報する気はすでに失せていた。

小輪は恋人の腕にすがりついた。

　近所の交番から警官がやって来たのは、四十分もあとのことだ。

「ご近所から通報がありまして」

　と切りだした若い警官は、小輪の訴えを聞いてあきらかにトーンダウンした。

「へえ、お婆さんですか？　七十後半から八十歳くらいの？　いやあ、外にはいませんでしたよ。離れていくところも見なかったな。おそらく認知症の徘徊（はいかい）でしょう」

「いえ、認知症という感じじゃなかったです。話したときも、受け答えがしっかりしていましたし」

　と小輪は説明したが、

「ああはいはい、お話しできるほどの仲なんですね」

　と警官は勝手に一人決めし、うなずいた。急いで小輪はさえぎった。

「待って。違います、全然知らないお婆さんです。こんな真夜中に、何度も……どう考えたっておかしいじゃないですか。もっと真面目に聞いてください」

「もちろん真面目に聞いてますよ。まああなたも、そんな大げさに考えないで」

　警官は手を振った。

「認知症じゃないとしてもね、お年寄りはみんなそんなもんです。寂しいんですよ」

「寂しいって……」

「そういうご時世なんです。迷惑なのはわかりますが、あまり邪険にしないであげてください」

苦笑顔で言う警官に、小輪は唖然とした。

まるで話が噛みあっていない。ここ数日がどんなに怖かったか、どれほどあの風鈴の音に怯えたか、目の前の警官にはこれっぽっちも伝わっていやしない。

——相手が老婆だ、とひとこと説明しただけで。

「そうじゃないでしょう。邪険とか、そんな問題じゃ」

「まあまあ落ちついて」

警官は小輪を手で制した。

「きっとお婆ちゃんはさ、あなたがお孫さんに似てたとか、そんなような理由で何度も来ちゃったんでしょ。ともかく実害はなかったわけだから、いいじゃない。たかがお婆さん一人に、そうカリカリしないであげて」

「カリカリ、って……」

小輪は言葉を失った。

後ろ手で拳を握る。気を取りなおして、いま一度問う。

「要するに、なにもしてくれない、ってことですか?」

「そりゃ警察は、なんでも屋じゃないからねえ。こっちは事件にならなきゃ動けないんですよ。まあそのお婆ちゃんを見かけたら、ぼくも『もう行っちゃ駄目だよ』って注意しておきますから、ね?」

警官は、はっきりと小輪の訴えを軽視していた。態度にも言葉の端ばしにも〝面倒くさい〟とのニュアンスが滲んでいる。たかが老婆一人にいちいち騒ぐな、それぐらい自分でなんとかしろ——と、彼の瞳がはっきり語っていた。

「……ごめん」

警官が帰ってしまってから、智保はぽつりと言った。

「どういう意味？」

小輪は、彼を振りかえった。

「なぜ謝るの？」

智保の応えはなかった。小輪は言いつのった。

「どうしてあなたが、今夜の騒ぎについて謝るの。理由はなに？　教えてよ。その『ごめん』は、いったいなにに対しての『ごめん』なの」

沈黙が室内を覆った。息詰まるような重い沈黙だった。

しばしの間ののち、

「……きみを巻きこんで、ごめん」

智保が呻いた。

間髪を容れず、小輪は問うた。「どういうこと？」

「いや、こんな……こんなつもりじゃ、なかった。半年以上、なにもなかったんだ。もう終わったのかと思った。だから……油断した。きみに迷惑をかけるつもりはなかった。それだけはわかってほしい。ほんとうにごめん」

半年以上、なにもなかった。もう終わったのかと思った。油断した。

小輪はそれらの言葉を咀嚼した。

ということは、昨日今日にはじまった問題ではないのだ。長期間、彼は追われていた。なぜ？　どうして？　いつから？　いったいどれほどの間？

「……あなた、この町に来る前は、どこにいたの」

震える声で、小輪は尋ねた。

いままでともに過ごした月日で、小輪は智保の知的レベルが平均以上だと知っていた。彼は勤勉で真面目で、もの静かだった。浮ついたところが微塵もなかった。本来なら定住所を持たず、流浪しつづけるタイプの人間ではなかった。

「どこでなにをしていたの。故郷は何県の何市？　どんな町でどんなふうに育ったの？　その名前は本名？　映画の好きなお祖父さんは実在するの？　いままで話してくれたことの、何割が真実？　わたし――わたし、あなたのこと、なにも知らない」

小輪はつづけざまに訊いた。感情の堰が切れていた。

いまのいままで、無理に訊きだすまいとしていた。どんなに尋ねたいことがあっても、彼が話してくれるまで待つつもりだった。だがいろいろなことが起こりすぎた。我慢の糸が切れてしまったのだ。止まらなかった。

智保は、黙っていた。

小輪の前で立ちつくしたまま微動だにしない。伏せたまぶただけが、わずかに痙攣している。結んだ唇も、握りしめた両の拳も、石のように動かなかった。

小輪は焦れ、拳で彼の胸を叩いた。智保はやはり反応しない。もう一度叩いた。もう一度。もう一度。さらにもう一度。

やがて智保の唇が、わななきながらひらいた。

「――ごめん」

小輪は拳を下ろした。

なにを言おうが、いくら叩こうが、無駄なのだとわかった。まるで手ごたえがない。届いていない。流砂に拳を打ちつけている気がした。

小輪は唇をひらいた。なにを言うかは決めていない。だがとにかく、彼に訴えかけたかった。彼の名を呼びたかった。

しかし、風鈴の音が空気を裂いた。

ちぃん、ちぃいいいいいん。

「き、……聞こえる?」

小輪は智保を見上げた。

彼への苛立ちはかき消えていた。それをうわまわる、恐慌の波が押し寄せた。

どこかで風鈴が鳴っている。近くではなかった。でも風にのって、はっきりと響いてくる。

ちぃぃん、ちぃん。ちぃぃぃいいいぃぃん。

「これ……わたしの空耳？　それとも、ほんとうに鳴っているの？」

小輪は両手で耳をふさいだ。

己の掌が、じっとりと汗で濡れているのを感じた。

「頭が、おかしくなりそう」

誇張ではなかった。確信だった。

いまこの瞬間、もう一度ドアを蹴られたなら、きっと自分はおかしくなる。張りつめていた糸が弾けてしまう。そう悟った。怯えと恐れが、全身を浸していた。

いつの間にか、時計の針は午前六時をまわっていた。

外が明るくなりはじめている。閉じたカーテン越しにもわかる。空の端が白みつつあるのだ。

長い夜が終わろうとしている。

――でも朝が来たなら、いずれ夜もまた来る。

それが怖かった。怖くてたまらなかった。

小輪は耳を手でふさいだまま、床にしゃがみこんだ。

その朝、智保は「いってきます」とだけ告げ、アパートを出た。

そしてそのまま帰らなかった。

夜の七時を過ぎても、十時を過ぎても帰ってこなかった。

しかたなく小輪は一人で夜を過ごした。窓という窓を厳重に閉め、カーテンをぴたりと閉ざし、ドアロックを何度も確認してからベッドに入った。枕もとには、せめてもの武器として果物ナイフを置いた。

しかしその夜、風鈴は鳴らなかった。

翌日、小輪は『小田環境開発』に電話をかけた。

「岸なら、昨日付けで退職しました」

と、顔見知りの事務員がこともなげに答えた。アルバイトの作業員はすぐ辞めるから、とくにめずらしいことじゃないですよ――とも。

翌々日も、翌々々日も智保は帰ってこなかった。

同時に風鈴の音はぴたりと途絶えた。

床の定位置に置かれていたスクラップブックも、よれよれのバックパックも消えた。かろうじて小輪が買った智保用のマグカップと箸(はし)だけが、彼がこの部屋にいたという痕跡であった。

智保は最初から、ここに長居するつもりはなかったのだ。小輪は悟った。

彼は身軽だった。いつでも出ていけるよう、荷物を増やさぬようにしていた。靴下一枚、置いていかなかった。

――二度と彼は帰ってこないのだ。

そう諦めがついた頃、季節は晩春になっていた。

けして想いが消えたわけではない。その証拠に、雑踏の中に似た背恰好の男性がいるとつい目で追ってしまう。歩いていても、テレビを観ていても、人込みに彼の顔がないかつねに探している。

それでも諦念はゆっくりと心を覆い、恋心を鎮めていった。

奇妙な失恋について会社の同僚に打ちあけたのは、さらに一箇月を過ぎてからのことだ。

むろん相手が『小田環境開発』の作業員だった、とは明かさない。名や容貌はもちろん、年齢や性別さえ伏せて、

「ある人と親しくなったけれど、得体の知れない怖い人に付けまわされていた。なぜか自分まで巻きこまれ、相手はなにも説明せぬまま姿を消した」

と、ぼかして語った。

「それってさ、いわゆるストーカー案件よ」

話を聞き終えた同僚は、そう自信たっぷりに言い切った。

どうやら智保を女性と解釈したらしく、

「DV夫から逃げまわる人って、みんなそんな感じらしいもの。〝誰とも当たりさわりなく接し、心をひらかない。いつでも逃げられるよう、最小限の大事なものだけ持って歩く。深い事情や個人情報を明かさない。神経質で、いつもなにかに怯えている。ある日突然、前ぶれなしにいなくなる……〟ね、合ってるでしょう?」

なるほど、と小輪は思った。

あの老婆を〝ストーカー〟という概念で考えたことはなかった。だがなるほど、そう言われ

ればしっくりくる。

ストーカーと聞くと、どうしても〝痴情のもつれ〟だの、〝元交際相手〟だののイメージが付きまとう。しかし智保の態度は、確かにストーカーに追われている人間のそれだった。執着から逃げる者の眼をしていた。

まさか智保が、あの老婆といろよい関係になったとは思えない。でも一方的に言い寄られ、追われている可能性はある。いくつになろうと女は女なのだ。そして智保は、魅力に乏しい男ではなかった。

——彼はいま、どうしているだろう。

どこかの町で、また身を潜めるように暮らしているだろうか。そしてあの老婆は、また彼を見つけだすのだろうか。

かん高い風鈴の音が、鼓膜の奥でよみがえる。

小輪は重いため息をついた。

さらに月日が経ち、胸の痛みも癒えた頃、小輪はレンタルDVDショップで『恐怖の岬』を見つけた。すこし迷って、すぐに再生した。レジへと持っていく。

自宅に戻って、すぐに再生した。やはりストーカーの映画であった。

ただし色恋による恨みではない。凶悪な性犯罪者に「おれが投獄されたのは、おまえのせいだ」と逆恨みされた弁護士が、じわじわと陰湿ないやがらせを受け、家族ごと追いつめられていくというストーリイだ。

付きまとわれる、監視される、ペットの犬を殺されるなど、真綿で首を絞めるような展開が、前半から中盤にかけて延々とつづく。

映画を観終えて、小輪はディスクをプレイヤーから抜きだした。

そして、自分のスマートフォンを手に取った。

グーグルのトップページにつなぐ。検索をはじめる。

検索ワードは『ストーカー』だった。『ストーカー　被害者　逃げる』または『ストーカー　恋愛以外　規制法』『ストーカー　警察　被害者救済』……。

一心に、小輪は指を動かしつづけた。

第二章

1

雨雲が近いらしい。

荻窪署刑事課強行犯係の巡査部長、佐坂湘は顔をしかめて捜査車両から降りた。想像以上にぬるく湿っぽい風が、頰をねっとり撫でていく。

殺害現場である杉並区××のマンション『白根ハイツ』は、すでに現場保存用のイエローテープで囲われていた。

道の脇には、赤色警光灯を派手に回転させるパトカーが三台。若い警官たちが滑稽なほどしゃちほこばり、五メートル間隔を保って立っている。

パトカーの後ろに停まったライトバンを覗くと、リアウインドウ越しに鑑識課員の帽子が見えた。

イエローテープのまわりには野次馬たちが押し寄せている。手に手にスマートフォンを掲げ、マンションを出入りする捜査員を撮影している。SNSか、それとも動画配信か——と眉をひそめつつ、佐坂は『捜査』の腕章を袖に留めた。

殺害現場は四〇六号室だった。ドアの前にも張られたテープをくぐる。

開けはなされたリヴィングでは、捜査員と鑑識課員がせわしなく動きまわっていた。どれも見知った顔ばかりだ。

捜査員の一人が、佐坂に気づいて片手を上げた。同じく荻窪署は刑事課強行犯係の、菅原巡査である。

駆け寄ってきそうな菅原を制し、佐坂は靴カバーを二重に履いてから室内に踏み入った。

「マル害は?」

「この部屋の住人です。首を絞められた上、胸部を二箇所、腹部を三箇所刺されています。押し入った様子はありませんし、顔見知りによる怨恨ですかね」

緊張しているのか、菅原は早口だった。無理もない。彼は配属されたばかりのルーキーである。殺人事件の捜査は、これが初のはずだ。

「おーい、湘ちゃん」

馴れ馴れしい声を上げたのは、検視担当のベテラン調査官であった。遺体のすぐ横に片膝を突き、佐坂を手まねきする。

「ひさしぶりにひでえホトケだよ。見てやってくれ」

言われるがままに、佐坂は遺体の脇へかがみこんだ。

マル害は——被害者は、二十代後半から三十代前半に見える男性であった。面相からして、一目で絞殺されたとわかる。

紫に変色した顔。眼窩から飛びだしそうな眼球。歯列の間から、よじれた舌がだらりと垂れている。首まわりにははっきりと索溝があった。

しかしそれだけではなかった。被害者のシャツは真っ赤に染まり、刃物による刺創で数箇所が裂けていた。胸部と腹部に集中した創であった。

佐坂は検視官に尋ねた。

「刺創は浅めですか、深めですか?」

「おっ、いい質問だ。さすが〝事件マニア〟の湘ちゃん」

調査官が両掌を擦りあわせる。

「やめてくださいよ、その渾名」

と眉をひそめる佐坂を無視して、

「解剖を待たにゃ正確なこた言えんが、おれは浅めと見たね。新人くんはさっき『首を絞められた上、胸部を二箇所、腹部を三箇所刺され』と言ったが、おそらく刺されたのが先だろう。まずは腹を刺し、胸を刺し、マル害が倒れたところを絞めた。だが確実に死んだかまだ不安で、もう二、三回ぶっ刺した――ってとこじゃないか」

「つまり犯人はマル害の反撃を恐れ、念には念を入れた?」

「だろうな。そして刺創は浅めで、犯人は比較的非力であると推察される。そうなりゃ答えは、おのずと導かれるわな。この犯人は女か年寄りか病人か、もしくは小柄で腕力のない男だ。健康な成人男子であるマル害を怖がり、過剰殺傷にいたったんだ」

「ですが、怨恨の線も捨てきれません」

　佐坂は言った。

「犯人は女か年寄りか病人か、もしくは小柄で腕力に自信のない男。なおかつマル害に強い恨みを抱き、飽き足らず過剰に刺したのかもしれない」

「そりゃそうだ。この時点で決めるのは早すぎるな」

　検視官は肩をすくめた。

「どっちにしろ、マル害の直接の死因は絞殺だよ。眼瞼と眼球結膜に針先大の溢血点多数。舌骨が折れ、少量の脱糞、失禁、漏精あり。絵に描いたような絞殺死体だ。ほっといても、出血多量で死んだだろうにな」

「過剰殺傷か……」

　つぶやきながら、佐坂は室内をぐるりと見まわした。

　3LDKのマンションであった。掃除が行きとどいており、生活感がある。

コンロは三口で、スープが半分ほど入った片手鍋がひとつ載っている。食器棚には食器が二、三人分揃っていた。どれもシンプルで品がいい。コーヒーメイカーがあり、フードプロセッサがあり、食器洗浄機がある。冷蔵庫の扉には、うさぎや猫のマグネットが貼ってあった。

　――あきらかに、男の独り暮らしではない。

佐坂は立ちあがり、チェストに置かれた写真立てを手に取った。

マル害とおぼしき男性が、若い女性と笑顔で写っていた。なかなかの美人だ。背景は南の島らしい。バリ島かプーケットあたりだろうか、新婚旅行の写真に見えた。

背後から菅原が報告する。

「マル害は鴇矢亭一、二十九歳です。都内の建築事務所に勤務。さきほども言いましたが、この部屋の契約者本人です。財布の中の免許証から確認できました」

「財布が残っていたのか。物盗りの線は、ますます薄いな」

「そう思います。財布には現金が二万一千円。カード類や保険証も無事なようです。クレジットカードは二枚で、どちらも一般的なクラシックカードでした」

「第一発見者は？」

「隣人です。『お隣から悲鳴と、どたばたいう音が聞こえた。最初は夫婦喧嘩かと思ったが、あとで様子を見に行ったら、ドアの間に靴が片方挟まってひらいていた。様子がおかしいと思って覗くと、倒れている足と、血らしき赤い色が見えたので通報した』とのことです」

「挟まっていた靴とは？」

「女もので二十三・五センチ。スリッポンと呼ばれるタイプの、紐なしスニーカーでした。色は紺。鴇矢亭一の妻のものと思われます」

「その妻はどうした」

「現在、捜索中です」

「捜索中……。ってことは、身柄を確保できていないのか」

佐坂は愕然とした。

「ということは犯人に連れ去られたか、もしくは彼女自身の意思で現場から逃走した可能性大だな?」

「はい」

「それを早く言え」佐坂は片手で顔を覆った。

窓から外を見下ろす。イエローテープの向こうに、新たな捜査車両が着いたのがわかった。

黒のセダンから降りてきたのは、強行犯係係長の中郷だった。

「係長が臨場なすったようだ。……菅原、説明係を頼む。だが『順を追って』だぞ。係長には、さっきみたいに女房の件をすっ飛ばすなよ」

2

係長の中郷は叩きあげで、いわゆるお飾り上司とは一線を画す。

いまどきの係長は昇任試験が第一で、現場は部下に丸投げのタイプもすくなくない。だが中郷はすべての事案を把握したがる上司だった。現場にもこうして、みずから足を運んでくる。

「湘ちゃんよ」

中郷係長は頭髪を撫であげた。五十前にしては、だいぶ乏しくなった髪である。

「どう思う。逃げた女房の犯行とみて間違いなさそうか?」

「まだなんとも言えませんね」

佐坂は慎重に答えた。菅原が取ったメモをめくる。

「えー、マル害の妻は鴇矢亜美、二十八歳。新婚旅行時のものと思われる写真立ての写真には、昨年三月の日付が入っていました。第一発見者である隣人の証言によれば、『愛想のいい奥さんと、やさしそうな旦那さん。いままで一度も夫婦喧嘩の声なんて聞かなかったから、今回の騒音にはびっくりした。奥さんが過去に顔を腫らしたり、痣をつくっていたこと? まさか』だそうです。室内にも、ドメスティック・バイオレンスの痕跡はありませんでした」

「そうか。まあ夫婦間の殺人だからといって、DVだけが動機と決まったわけじゃあないがな。浮気、借金、モラルハラスメント……。星の数ほど動機はある」

「むろんです」

佐坂はうなずいた。

「凶器は?」中郷係長が顎をさする。

菅原が答えた。

「沓脱にビニールロープが落ちていました。該ロープには血痕が付着しており、索溝とも一致しました。ただし刃物のたぐいは見つかっていません」

「派手に刺されとるが、抵抗した様子はないのかい」

「腕にいくらか防御創があるようです。ただ刺創はすべて正面からで、背後からの創はありません。争った形跡がないのでマル害の不意をついた可能性は大ですが、女が油断している男を刺すならば、普通は背後から狙います」

「死亡推定時刻は?」

「直腸温度からして、午後六時から午後八時の間。隣人が悲鳴を聞いたのが『午後七時ちょっと過ぎ。BSの旅番組がはじまった直後』だそうですから、矛盾はないかと」

「ふん」

中郷係長は鼻から息を抜いた。

「マル害と、逃げた嫁さんの携帯電話はどうした」

「マル害本人のスマートフォンは、寝室で充電中でした。マル被の……」

佐坂は言いかけて、

「鴇矢亜美のスマートフォンは、家内で発見できませんでした」

と言葉を換えた。亜美が犯人と決まったわけではない。マル被と呼ぶには早すぎる。

「嫁さんの応答は?　マル害のスマホに番号が登録されとっただろ」

「かけましたが、電源を切っているようです。いまのところGPSもたどれません」

「ほう、スマホの電源を切る知恵があるか。突発的な犯行にしちゃ理性的だ。このへんどう思うね。事件マニアの湘ちゃん」

「その渾名、ほんとやめてください」

佐坂は眉根を寄せた。

「よってたかってゴリ押しするほど、面白いネタじゃないですよ」

「はは、そう怒るなって」

中郷係長は手を振って彼をなだめた。

「わかってるさ。湘ちゃんが詳しいのは女が被害者(ガイシャ)の事件だけだ。それも、若くてきれいな女のな」

「…………」

佐坂は反論を諦めた。

係長にも検視官にも悪気はないとわかっている。それによけいなことを言って、藪蛇(やぶへび)になりたくなかった。

佐坂湘が〝被害者遺族〟だと知っているのは、ごく一部の人間だけだ。

姉の美沙緒(みさお)は、二十七年も前に殺された。佐坂家は事件後、姉の位牌(いはい)とともに二度引っ越した。当時かかわった捜査員とて、大半が定年退職したはずだ。ストーカー規制法が成立する前に起こった、不運な事件であった。

――そして犯人は、とうに出所している。

姉を殺した男は、一審で懲役十二年を言いわたされた。控訴したものの、棄却で刑が確定。服役し、模範囚として九年後に仮釈放された。

男の行方を追うまい――。佐坂は己(おのれ)に言い聞かせていた。

なぜって、やつがどこでなにをしているか知ったなら、平静でいられる自信がない。

やさしかった姉。美しく、聡明だった姉。その無限の未来を奪った男が、たった九年服役しただけで野に放たれた。

許せなかった。だが、姉が復讐を喜ぶとは思えない。

倫理どうこうではなかった。法律の問題でもない。あの姉が、復讐で一生を棒に振る弟を望むだろうか——。そう思った。

代わりに佐坂は、警察官になった。

某私立大学の法学部を卒業後、警察官採用試験Ⅰ類に合格。規定どおり警察学校で六箇月間の訓練を受け、交番勤務を経て専務入り（せんむ）を果たした。

そして現在、佐坂は荻窪署の刑事課強行犯係にいる。

過去の事件——とくに女性が被害者となった事件記録を人一倍読みこんでいるため、〝事件マニア〟などと上司にからかわれがちだ。

それにうんざりする日もあったが、強く否定する気はなかった。知識は力だ。蓄（たくわ）えた知識が事件解決に役立つならば、それでいい。人殺しを、ことに若い無力な女を殺すようなやつを、野放しにするほうが我慢ならなかった。

そんな佐坂の思いを見透（みす）かすように、

「ま、今回は湘ちゃんが活躍するまでもないな。ごく単純な事件のようだ」

中郷係長が、彼の肩を叩いた。

「靴が片っぽだけの女じゃ、そう遠くへは行けんさ。捜査本部（チョウバ）が立つほどの事件じゃねえ。嫁さんが逃げこみそうな場所に、当たりだけ付けとけ」

　しかし、係長の予測ははずれた。

　鴇矢亨一の妻、亜美は三時間経っても発見されなかった。代わりにあらわれたのは、複数の目撃証言者であった。

「女性が車に押しこまれるのを見ました。路上パーキングに駐(と)まってた車です。確か、軽のワゴンだったかと。女性の髪がぐしゃぐしゃで、片方しか靴を履いてなかったのが異様でした」

「女性はあきらかにいやがっていました。でも歳の離れた親子のように見えたから、通報していいものかと……。女性は片方が裸足(はだし)で、上下ともスウェット。部屋着っぽかったです」

　女性を車に押しこんだ男の人相風体(にんそうふうてい)は、

「身長百六十センチくらいのお爺(じい)さん。年齢は七十代後半から八十歳くらい」

　で、全員が一致していた。

「大柄でおっかない男が女性を無理やり車に乗せていたら、すぐ通報したと思います。でも相手は老人だし、女性はいやがってはいたけど、助けを求めてなかったし……。家族間の喧嘩だったら、警察を呼ぶ筋合いじゃないかなって」

「靴が片っぽだけだし、てっきり酔っぱらいだと思いました。父親かお祖父(じい)ちゃんが、泥酔した女性を迎えに来たように見えたんです」

　と彼らは口ぐちに語った。

「マル対は鴇矢亜美を刃物で脅し、車に乗せたものと考えられます」

佐坂は中郷係長に言った。係長が腕組みして、

「だろうな。凶器となった刃物は、現場に落ちとらんかった。付近の植え込みにも側溝にもだ。いかに小柄な爺さんだろうと、包丁がありゃ女性一人さらうのはたやすい。しかも相手は、夫が目の前で殺されたばかりときてる」

「怯えで悲鳴も上げられなかったでしょう。わずかに抵抗できただけでも、たいしたものです」

佐坂はうなずいた。

「やれやれ、前言撤回だ」中郷係長がため息をつく。

「こりゃあ捜査本部が立つぞ。……ここんとこ、うちの管内は平和だったからな。本庁とお仕事するのは二年ぶりだなあ」

3

警察本部長の命により、『白根ハイツ殺人及び略取誘拐事件捜査本部』は、荻窪署の会議室に設置された。

捜査本部長には定石どおり、荻窪署の署長が就いた。住宅街のど真ん中で起こった事件であり、地域に詳しい者が任に就くのが望ましかった。

捜査主任官は本庁の管理官。副主任は荻窪署の捜査課長に決まった。本庁の実働隊としては、第二強行犯捜査第二係がやって来た。

——二年前の事件でも、派遣されてきたのは第二係だった。

ということは、また北野谷さんと組まされるのかな。

ひっそり佐坂は苦笑した。

北野谷輝巳は、第二強行犯捜査第二係の名物捜査員である。階級は佐坂と同じ巡査部長。年齢は向こうのほうが四、五歳上のはずだ。

基本的に捜査班は所轄と本庁から一人ずつ出し、二人一組で動く決まりである。たいていは若手とベテランがバディとなる。しかし前回は北野谷のたっての希望で、佐坂と相棒になった。

——噂どおり、偏屈な人だったな。

だが捜査員としては、確かに優秀であった。まず知識から入る佐坂とは違い、己の経験から生まれるひらめきで動く男だ。

——まあ、勉強になることは確かだ。

「佐坂さん、会議がはじまりますよ」菅原が声をかけてくる。

「いま行く」

応えて、佐坂は腰を浮かせた。

「えー、通報があった時刻は、六月十九日の午後七時四十九分。通報者はマル害の隣人である会社員男性。第一発見者も同様です。午後七時過ぎにマル害の部屋から不審な物音と悲鳴を聞いており、『静かになったので、テレビ番組が終わった頃に様子を覗きにいった』と証言しております」

壇上で事件概要を説明しているのは、捜査副主任である課長だった。

「被害者は白根ハイツ四〇六号室の住人、鴇矢亨一、二十九歳。千代田区の建築事務所で勤務する一級建築士でした。現場となったマンションは賃貸物件で、被害者の名義で借りられています。管理会社によれば、家賃の滞納や騒音、悪臭などの近隣トラブルは一度も起こしていません」

課長の声は張りがあり、会議室によく通った。

雛壇(ひなだん)には捜査本部長である署長はもちろん、捜査主任官や係長たちが座っている。

一方、一兵卒である佐坂や菅原たちの席は、向かいに並べられた長テーブルとパイプ椅子だ。

「死因は、紐状の凶器による頸動脈(けいどうみゃく)の閉塞(へいそく)が引き起こした脳の低酸素症。すなわち絞殺です。また胸部に二箇所、腹部に三箇所の刺創あり。検死解剖によれば、凶器は刃渡り十七センチの刃物で、おそらく牛刀とのことです。絞殺に使われたとおぼしきビニールロープは、現場から発見されました。刃物のほうは見つかっておりません。いまのところ、犯人が持ち去ったものと推測されます。また現場の床からは、亜美と同型の血液も発見されております」

誰かが佐坂の背を強くつついた。

肩越しに見やる。北野谷輝巳であった。

あいかわらず険相だ。ひどく痩せて骨ばり、顔いろも悪い。だが病気ではなく、これが地顔なのだそうだ。小男にもかかわらず、同僚にも被疑者にも舐められないのは、この独特な面相がゆえだろう。

「よう。おまえも臨場した一人らしいな」

「はあ、まあ」

佐坂は小声で答えた。ろくな挨拶もなしに、いきなり切りこんでくるあたりが北野谷らしい。

「どう思う」

「は？」

「マル害の妻は自主的な逃走でなく、犯人に連れ去られたものと仮定しよう。だが隣人が悲鳴を聞いた時刻から、すでに十四時間以上が経過している。どう思う？」

「〝四十八時間の壁〟ですか」

佐坂はささやきかえした。

俗に略取誘拐事件の生存の確率は、二十四時間以内に発見されれば七十パーセント、四十八時間以内ならば五十パーセントと言われる。そしてこのラインを越えれば、生存率は一気に落ちる。

なお、はなから殺害もしくは強姦が目的の略取であった場合は、この限りでない。失踪から二、三時間以内が山だとされる。

「犯人の目的がわからないので、まだなんとも言えません。成人の略取事件は、幼児が対象の事件と違ってケースバイケースです」

「なるほど」

北野谷はうなずいた。

「百点満点ない い子ちゃんの答えだ。……要するに、なにも答えちゃいねえ」

そう言って、彼は佐坂から顔を離した。腕組みし、不機嫌そうにパイプ椅子へ背を預ける。

壇上からは課長の声がつづいていた。

「……次に被害者の妻、亜美です。現場である白根ハイツ前の路上で、何者かに拉致(らち)される姿を複数名に目撃されています。亜美は二十八歳、渋谷区の旅行代理店に勤める会社員。身長約百六十センチで痩せ形。顔写真は、お手元の資料を参照願います。連れ去られた際の服装は部屋着で、上が紺と白の細い横縞、下が紺。片足のみ、紺の紐なしスニーカーを着用していると思われます。また負傷している可能性が大です」

佐坂は資料をめくり、鴇矢亜美の顔写真を見た。

例の新婚旅行らしき写真だ。青空をバックに、夫と並んで笑顔で写っている。

粒子の粗いコピー画像でも、二重まぶたの大きな目と、通った鼻すじが見てとれた。唇から覗く歯並びがきれいだ。

一方、被害者である鴇矢亨一もなかなかの男前だった。

歪(ゆが)んだ死に顔からは想像もつかぬ、さわやかな笑顔である。生前は美男美女で、さぞ似合いの夫婦だっただろう。

「えー、亜美を拉致したと思われる男の人着は以下です。身長約百六十センチ。推定八十代の男性。上は黒のジャンパー、下は黒っぽいズボン。マンションの防犯カメラを確認したところ、男が出入り口のインターフォンで四〇六号と応答を交わしたのち、中へ入り、エレベータで四階へ向かう姿が確認できました。

知人関係にあったか、業者を装ったのかはまだ不明です。頭からジャンパーをすっぽりかぶり、顔がわからないよう工作していました。工作はマンションを出る際も同様で、鴇矢亜美を先に行かせ、その後ろをジャンパーをかぶったまま歩いています。おそらく刃物で鴇矢亜美を脅し、部屋から無理に連れだしたものと推測されます。目撃者は複数いましたが、いずれも『暗くて顔は見えなかった』だそうです」

――八十代の老人男性が、刃物で若い女を略取、か。

佐坂は胸中でつぶやいた。

一般的には、祖父と孫ほどの年齢差である。しかし怨恨もしくは痴情のもつれでないとは言いきれない。現代の老人は、驚くほど肉体的にも精神的にも若い。いくつになろうが、男は若い女への興味を失わないものだ。

――マル害とその妻と、いったいどちらが襲撃の〝本命〟だったのか。

「えー、拉致に使われた車は、目撃証言によればワゴンタイプの軽自動車。色は紺。数メートル先のコンビニと、さらに二十数メートル先のパチンコ店の防犯カメラが該ワゴン車をとらえましたが、ナンバープレートは泥で汚されており、判読不能でした」

「Nシステムは?」

雛壇から質問が飛ぶ。課長は伏し目がちに、

「解析中です。ですが、ナンバーが読みとれないことには……」

と語尾を濁(にご)した。

誰かが鼻を鳴らすのが聞こえた。だがとがめる声はない。

課長は咳払いをした。

「ではつづけます。えー、鴇矢亜美のスマートフォンは現場に見あたらず、犯人が所持しているものと思われます。なお電源は切っているようで、GPS情報はいまのところ、たどれておりません――」

捜査班の組み分けが決まったのは、会議の二時間後だった。

佐坂は予想どおり、敷鑑(しきかん)にまわされた。敷鑑もしくは鑑取(かんど)りと呼ばれる捜査班で、被害者の交友関係や利害関係者、親類、友人などを順に洗っていく。

相棒も、これまた予想どおりに北野谷輝巳であった。

「おい、行くぞ」

さっそく背後から、北野谷が丸めた資料で肩を叩いてきた。やはり挨拶らしい挨拶のひとつもない。

「くだらん会議だの合議だので、すっかり時間を食われちまった。飯と便所はあとにしろ、す

ぐに動くぞ。……おまえが言うところの〝四十八時間の壁〟だ」

4

佐坂と北野谷は、電車で千代田区へ向かった。

「まずはマル害の情報が欲しい。マル害のスマホ履歴によれば、もっとも頻繁に通話やLINEを交わしていたのは同僚の綿谷という男だ。こいつから、さらえるだけ夫婦の情報をかっさらうぞ」

「了解です」

さからわず、佐坂はうなずいた。

鴇矢亨一の職場でもある建築事務所は、オフィスビルの三階にあった。

佐坂と北野谷は、『多目的室』の札が貼られた一室に通された。長テーブルとパイプ椅子が並ぶだけの、がらんとした無機質な部屋だ。

「驚きました」

くだんの綿谷は、開口一番そう言った。

その表情に嘘はなさそうであった。眠れなかったのか、まぶたが腫れぼったい。両目が充血している。亨一と同い年らしいが、若白髪で老けて見えた。

鴇矢亭一が自宅で殺されたニュースは、昨夜のうちにテレビやインターネットで流された。ただし亜美の拉致に関しては、まだマスコミに洩れていない。捜査主任官の判断であった。

「鴇矢亭一さんとは、どのようなご関係ですか」

佐坂は尋ねた。

「どのようなって……学生時代からの付き合いですよ」

「学生時代というと、大学ですか。高校？」

「大学からです。鴇矢もわたしも、同じ大学の建築学科でしたから」

綿谷が口にした名は、有名な私立大学のものであった。すかさず北野谷が、自前のスマートフォンをいじりはじめる。その大学に建築学科が実在するか、検索して確認しているのだ。

視界の端で北野谷の動きを確認しつつ、佐坂は問いを継いだ。

「その頃からお付き合いがつづいていたんですね。会社関係だけでなく、プライヴェートでも遊びに行くことがありました？」

「昔はね。でも最近はすくなかったです。わたしは独身ですが、向こうは家庭持ちですから。せいぜいで、仕事帰りに一杯ひっかけるくらいでした」

「鴇矢さんの奥さんとは、面識がおありで？」

「そりゃあ、まあ。披露宴に招待されましたし、新居にも呼ばれましたよ」

「印象はどうです」

「明るくて、感じのいい女性です。すべてにおいて〝ちゃんとしてる〟って感じの人ですね」

「ちゃんとしている、とは？　具体的にどういうことです」

「うーん、なんて言えばいいかな」

綿谷は考えこんでから、

「こまかいことですが、箸の持ちかたがきれいだとか、挨拶がはきはきしてるとか、お礼がすぐに言えるとか、そういう基本的なことができる人です。育ちがいい、って言やあいいのかな。そういう女性って、いまどき新鮮でしたね」

「育ちがいい、か」

北野谷が背もたれから身を起こして、

「では鴇矢亨一さんは、どうでした？」と尋ねた。

「は？」

「彼のお育ちもよかったんでしょうか？」

「質問の意味がわかりません」

綿谷はあきらかに気を悪くしていた。北野谷は意に介さず、

「いま検索したところ、あなたたちの出身大学の建築学科は、偏差値六十四だそうだ。六十四というと、全受験者の上位八パーセントくらいかな。うん、なかなかのもんです。子供の頃からいい塾に通わせてもらって、いい学校を出て、すんなり現役合格したってクチですかね？」

「……おれもあいつも、そんなんじゃありませんよ。すみませんね、ご期待に添えなくて」

苛立たしげに綿谷は答えた。一人称が「おれ」に変わっていた。

「あそこは独自の奨学金制度がある大学でしてね。華やかでチャラついたイメージがあるが、実際は苦学生だって多いんです」

「ではあなたも鴇矢さんも、卒業後は奨学金を返済なさっている?」

「もちろんです」

「もしかして、まだ払いつづけていらっしゃいますか?」

「ええ。でもボーナスなどで繰り上げ返済していますし、あとすこしで完済ですよ。べつに、先の見えない話じゃない」

「なるほど。鴇矢さんも事情は同じと考えていいですかね。つまり彼はまだ借金を背負っている身で結婚した、と。ふぅん。奥さんはご存じだったんですかね?」

「そりゃあ……」

綿谷はすこし詰まったが、

「知っていた、と思いますよ。鴇矢は、自分に都合の悪いことを隠して結婚するようなやつじゃない。結婚前に打ち明けたはずです」

「でもそれは、あなたの想像ですよね。はっきり鴇矢さんの口から、聞いたわけではないですね?」

「当たりまえでしょう。そんな――そんな突っこんだところまで、根掘り葉掘り訊きゃしません。いくら友人だからって、失礼じゃないですか」

綿谷は顔を紅潮させていた。

北野谷がうなずいて、「すみませんね。気を悪くされたなら失礼」と引く。

目くばせされ、しかたなく佐坂は質問役を交替した。

「質問をつづけさせていただきます。……えー、鴇矢さんの奨学金返済は、あと何年ほどで終わりそうでしたか。推測でかまいませんので、お答えください」

「ああ、……まあ、推測でいいなら」

綿谷は怒りを鎮めようと息を吐いてから、

「返済ペースはおれとほぼ同じか、もしくは鴇矢のほうが早いですよ。あと三年足らずってとこじゃないかな。さっきも言ったように、鴇矢は結婚前に何度か、繰り上げ返済していますから」

「そうですか。しかし浅学ながら、われわれは一級建築士の平均給与を知りませんのでね。お給料の額から見て、それは無理のない返済額ですか？」

「そのはずです」

綿谷はきっぱり答えた。

むろんあとで裏を取らねばならない。だが大きな嘘はなさそうだ、と佐坂は見た。つまり家計を圧迫し、家庭不和の種になる額ではなかったらしい。

「ところで、さきほど『新居にも呼ばれた』とおっしゃいましたね。鴇矢さんご夫婦の暮らしぶりは、あなたの目から見てどうでした？」

「どうって、ごく普通に幸せそうでしたよ。マンションは陽当たりがよくて、きれいに整頓されて……。なんの問題もなさそうでした」

「鴇矢亨一さんと亜美さんは、何年ほどお付き合いしてから結婚したんでしょう」

「二年くらいかな。陶芸サークルで知り合ったと聞きました」

「サークルとは？」

「いわゆる社会人サークルってやつですよ。カルチャーセンターとかでやってる系の、あれです。壺だの食器だのをつくって、市の展覧会に出してましたっけ」

「なるほど、陶芸ね」

佐坂は相槌を打った。正直言えばまったくわからない分野である。だがこれで、夫婦の出会いがたどれる。彼らの共通の知り合いも見つかりそうだ。

「約二年のお付き合いを経ての結婚、と。では亜美さんと交際をはじめてから、もしくは結婚後に、鴇矢さんが変わった点はありますか？」

「ありますよ。あいつ、禁煙しました」

綿谷は即答した。

「鴇矢は学生時代から、けっこうなチェーンスモーカーだったんです。酒は飲めないわけじゃないが、好んでは飲まない。パチスロや競馬はやらないし、車もバイクも持ってない。『煙草が唯一の嗜好品なんだ。こればっかりはやめられない』といつも言ってました。なのに彼女と交際した途端、すっぱりやめちまった。亜美さんが、生まれつき気管支が弱いんだそうでね。へえ、女のためならやめられるのか――と、びっくりしたのを覚えています」

「では、金遣いなどはどうです？　恋人ができると、彼女のために散財しがちな男性も間々いますが」

「いやあ、あいつは真逆のタイプです。むしろ、一段と締まり屋になったんじゃないかな。付き合いはじめの頃から、結婚を視野に入れてたと思います。奨学金を返しつつ、せっせと貯金してましたよ」

「ほう」

首肯してから、佐坂は言った。

「ところで鴇矢さんから、老人がらみの愚痴をお聞きになったことはないですか？　たとえば近隣トラブルだとか、交通事故を起こしたとか、遺産争いとか」

「はあ？　老人？　いいえ」

綿谷は目をしばたたいた。

「あいつが誰かとトラブルを起こしたなんて、聞いたためしがありません。いたって温厚なやつですからね。それに面倒ごとがあれば、事務所の顧問弁護士に相談したはずです。弁護士の先生ってのは横の繋がりが強くて、『財産関係ならこの人』『離婚したいならあの人』と、その分野に強い先生を紹介してくれますから」

「そうですか」

佐坂は引き下がった。綿谷の口調はよどみなく、嘘の気配は嗅ぎとれない。

代わるように上体を起こしたのは、北野谷であった。

「……鴇矢亨一さんは、いつから煙草を吸っておいでで？」

「はあ？」

綿谷が眉根を寄せる。一瞬にして、警戒と不信感があらわになる。

北野谷が頭を掻いて、

「いえね、あなたの話じゃ、鴇矢さんはずいぶん真面目な男性のようだ。奨学金で偏差値六十四の私大へ進み、二十代で一級建築士の試験に合格。飲む打つ買うには興味がなく、金遣いもきれい。その中で『学生時代からチェーンスモーカー』というエピソードだけが、いささか浮いているように思われまして」

「……べつに、喫煙は犯罪行為じゃないでしょう」

「もちろん。コンビニでもスーパーでも、煙草は普通に売っていますからね」

北野谷は肩をすくめた。

「そしてわれわれは少年課じゃあない。追っているのは、あくまで彼を殺した犯人です。そのために被害者である彼の人となりを正確に知っておきたい。彼が何歳から煙草を吸っていたかを、とがめだてしたくて訊いてるんじゃありません。おれが言ってる意味はわかりますね？……鴇矢さんは、大学に入ってから煙草を覚えたんですか。それとも、その前からでしたか？」

綿谷はしばし北野谷を睨んでいた。

だがやがて、ふっと肩の力を抜いて、

「……大学に入る、はるか前からだそうです」と言った。

「正確には、いくつくらいからでしょう?」

「さあ。でもおれより早かったらしいから、小五か小六あたりじゃないかな」

綿谷が自嘲(じちょう)するように笑い、髪を掻きあげる。

その指さきと爪が、脂(やに)でひどく黄ばんでいることに、佐坂ははじめて気づいた。田舎の老人などによく見られる爪だ。ピースやハイライトなど、ニコチンとタール量の高い煙草を何十年も吸っているとこうなる。

二十九歳の綿谷がこの色になるには、すくなくとも十五年以上の歳月が必要なはずであった。

綿谷は弁解するように、

「誤解しないでください。べつに、あいつが悪いわけじゃないんだ」

と言った。

「しいて言えば、よくなかったのは環境ですよ。いつでも煙草がすぐ手の届く場所にあった。吸っていても、叱る大人がまわりにいなかった。……そもそも精神的に満たされていりゃあ、小学生が煙草なんかに手を出すわけないんだ。喫煙云々(うんぬん)くらいで、あいつをわかったような気にならないでください。ほんとうに」

5

佐坂と北野谷は、ふたたび電車で移動した。

二人は吊り革に摑まり、並んで揺られていた。平日の電車はいつになく空いていたが、彼らに座る習慣はなかった。

「……マル害の爪も、ニコチンで染まっていましたか？　検視の際に気づきませんでしたよ。北野谷さんは、写真で確認したんですね？」

小声で佐坂は問うた。

「ひでえ色だった」北野谷が答える。

「おれはまったく吸わんからな。ああいうのが気になっちまうんだ」

彼は窓の外に目を向けたままつづけた。

「怒らせて動揺させたのに、同僚の証言に揺れはなかったな。ま、おおよそは信用していいだろう。生前のマル害は、友人が本気で怒ってかばう程度には〝いいやつ〟だった。真面目でそこそこ優秀だった。しかし家庭環境は、お世辞にもよくなかったようだ。マル亜の箸使いだの礼儀だのを、同僚は『育ちがいい』と語った。無意識の対比だ」

捜査本部は、鴇矢亜美の隠語を〝マル亜〟としていた。まだ彼女を百パーセントの略取被害者と決めかねているからだ。

そして現場から去った老人のことは〝マル対〟つまり捜索対象者と呼んでいる。

現在は自動車警邏隊に半径五キロ圏内を捜索させるかたわら、被害者宅に捜査員三名を待機させていた。マル対から、身代金要求の電話が入るかもしれないからだ。

しかしいまのところ、固定電話にも鴇矢亨一のスマートフォンにも、それらしき連絡はないままである。

「マル亜の両親は？」

「連絡が付きました。今朝、地元の所轄署を出たそうです。そろそろ捜査本部に着いた頃じゃないかな」

まわりに乗客がいないのを確認の上、二人は小声でぼそぼそと話した。

「……結婚には、反対されなかったんですかね」

「あ？」

「マル害の家庭環境がよろしくなかったと仮定するなら、マル亜のご両親が諸手を挙げて賛成したとは思えません。娘婿を殺してまでも、娘を取りかえしたかった――と考えるのは突飛すぎますが、なにかしらトラブルの火種はあったかもしれない」

「まあな。おれが親なら、娘の結婚相手は吟味に吟味する。くだらねえ男のもとで苦労させるために、二十数年育てたわけじゃねえ」

「わけじゃねえって。北野谷さん、独り身じゃないですか」

「うるせえな、おまえも独身だろうが。仮定の話にごちゃごちゃ言うな」

険相を歪めて吐き捨て、それきり北野谷は黙った。

そんな彼を、佐坂は真横から見下ろした。

身長百七十五センチの佐坂より、どう見ても北野谷は十センチ以上低い。

警視庁は警察官の採用試験において、身長および体重制限を設けている。いずれは全国的に撤廃する流れと言われているが、佐坂が合格したときは『男性なら身長百六十センチ以上、体重四十八キロ以上』が決まりだった。北野谷はおそらく、規定ぎりぎりで通ったはずだ。

――この体軀で、暴力団相手にも睨みが効くんだから恐れ入る。

心中でつぶやいてから、佐坂は窓に目を戻した。

ガラス越しに景色が流れる。梅雨どきのせいか、アパートやマンションの壁に浮いた雨染みがやけに目に付く。

重苦しい曇天のもと、世界全体がくすんで見えた。垣根の向こうに覗いた、矢車菊の青だけが奇妙に鮮烈だった。その青が一瞬で消える。やがてあらわれた雑多な看板群も、右から左へ猛スピードで消えていく。

電車は駅へすべり込み、代わりに構内の灰いろが視界を満たした。

駅名を告げるアナウンスが響いた。

杉並区のカルチャーセンターに教室を置く陶芸サークル『陶和』は、三十人超のメンバーを抱える大所帯であった。

入会金ありの月謝制で、活動は週二回。手びねりコースと電動ろくろコースがあり、どちらも初級、中級、上級に分かれているという。

鴇矢夫妻はともに、電動ろくろの中級コースであった。

「に、ニュースを観ました。ほんとうに、あの鴇矢さんが被害者なんですか？　人違いとかじゃなく？」

中級コースのサークルリーダーだという女性は、緊張で肩を強張らせていた。

「鴇矢亨一さんとは、いつからのお知り合いですか」

佐坂は尋ねた。

女性は不安そうに目を泳がせて、

「彼がサークルに入会したときですから、ええと、四年くらい前だと思います」

「彼と亜美さんとは、どちらの入会が早かったんです？」

「亜美ちゃんのほうが、一年ほど早いです。……あのう、亜美ちゃんも、いま警察にいるんですか？　ご遺体って解剖とかするんですよね。いつご自宅に返してもらえるんでしょう。お葬式って、そのあとになります？　亜美ちゃんさえよかったら、わたし、なにかお手伝いしたいと思っていて……」

前のめりになって話しだす。佐坂は彼女を手で制して、

「すみません。まだ捜査がはじまったばかりでして、いつとは明言できないんです」

となだめた。

「それより、鴇矢ご夫妻はあなたから見てどんな方たちでしたか」

「どんなって……二人とも、普通です。ごく普通のいい人で、怖い事件に巻きこまれるようなご夫婦じゃありません」

声を詰まらせながら、彼女は語った。

「亨一さんは、とても真面目な人です。ちょっと無口で、女性慣れしてない感じでしたけど、そこがまた誠実な印象で……。亜美ちゃんは明るくて、誰にでも好かれるいい子です」

「あなたは鴇矢夫妻の披露宴で、新婦の友人代表としてスピーチされたそうですね」

佐坂は言った。これは綿谷から仕入れた情報だ。

「スピーチで、お二人のなれそめについても話されたとか。鴇矢夫妻が交際にいたった流れを、われわれにも教えていただけますか」

「ええ、はい」

リーダーの女性はうなずいた。

「ええと、二人が仲良くなったのは、展覧会後の打ち上げの飲み会からです。帰る方向が同じなので、亨一さんが亜美ちゃんを送っていって……。翌日のメールで、亜美ちゃんが亨一さんを『感じがいい』『やさしい』ととても誉めていたので、これは進展するんじゃないか、とぴんと来たのを覚えてます」

「その後、二人はすぐ付き合いはじめたんですか?」

「それが、そうじゃなかったんです。はじめの二、三箇月は、メッセージをやりとりするだけの仲でした。冷やかすつもりで亜美ちゃんに『鴇矢さんとはどうなったの?』と訊いたら、『どうもなにも、話せることなんかありません。嫌われてはいないと思うんだけど……』なんて寂しそうな答えが返ってきて、あらあらと思いました」

「ということは、鴇矢さんはさして亜美さんに興味がなかった？」

「逆です。誰が見たって、彼は亜美ちゃんのことが好きでした。でもどう誘っていいかわからない、自信がないといったふうで、傍(はた)で見ているこっちが焦(じ)れったかったです。亜美ちゃんは亜美ちゃんで、奥手な子だし」

女性の口が徐々にほぐれてきている。佐坂は重ねて問うた。

「では、交際にいたったきっかけはなんだったんです？」

「それは……」

リーダーの女性はすこし言いよどみ、

「……これ、披露宴のスピーチではぼかしたんです。わたしがしゃべったって、洩らさないでくださいね」と念押ししてから言った。

「じつは当時、サークル内に、亜美ちゃんに付きまとう男性がいたんです」

「付きまとい？　ストーカーですか」

「うーん、ストーカーとまでは思ってませんでした。でも、亜美ちゃんが迷惑していたのは確かですよ。相手はずいぶん年齢が上の方(かた)でしたし」

「年齢が上」

佐坂は繰りかえし、横目でちらりと北野谷を見やった。声音(こわね)を平静に保って、

「ずいぶん上というと、おいくつくらいです？」と問う。

「定年退職後にサークルに入られた方でしたから、六十六か七だったと思います」

女性が即答する。

佐坂は内心で落胆した。それでは目撃証言と年齢が合わない。とはいえ、老けて見える六十代という可能性もなくはなかった。

リーダーの女性がつづける。

「亜美ちゃんは礼儀正しくて誰にでも愛想がよかったから、年上受けしたんです。その男性はきっと、彼女の礼儀正しさを誤解しちゃったんでしょう。でもねえ、二十代なかばの女の子からしたら六十代の男性なんて、父親よりさらに上ですよ。下手(へた)したらお祖父(じい)ちゃんですもの。……でも、逆にそれがよくなかったのかも」

「と言うと?」

「亜美ちゃん、そうとうなお祖父ちゃん子だったらしいんです。いつもご老人に親切でね、『死んだ祖父もあのくらいの年頃だったから』なんて言って、横断歩道を渡るお爺さんに手を貸したり、電車で席を譲ったりしてました。そのやさしさが、逆に仇(あだ)になったんですよ。付きまとわれたときも『年配の方を邪険にできない』と、困り果ててましたっけ」

「で、その困っている亜美さんを助けたのが、鴇矢亨一さんだった?」

「そうです」

得たり、と彼女は首を縦にした。

「彼はなるべく亜美ちゃんと一緒に帰ったり、しつこく話しかけられたら割って入ったりと、ガードしてあげてました。そうこうするうち、仲が進展したんです。こんな言いかたはあれですけど、あの男性は結果的にキューピッドでしたね。一気に親しくなった二人は、何度かのデートを経て、ようやく交際にいたったんです」

「なるほどね。ところで亜美さんに付きまとったその男性は、まだサークルに在籍しておられますか？」

「いえ。二人がお付き合いをはじめて、すぐにやめました。さすがに居づらかったんでしょう。お気の毒と言えばお気の毒ですが、引き止めるのも失礼かと思い、講師の先生が退会届を受理されました」

「そうですか」

裏を取っておかねば、と思いつつ佐坂は首肯した。

「お二人は約二年ほど交際し、結婚したそうですね。交際期間中に、なにかトラブルはありましたか？　亜美さんから相談を受けたことは？」

「ありません。ごく順調なお付き合いでした」

「では披露宴は？　とどこおりなく進行しましたか。おかしな出席者はいませんでしたか？」

「おかしな……」

一瞬、彼女の眉が曇る。

佐坂はつづく言葉を待った。しかし彼女は声音をあらため、

「おかしいというほどじゃ、ありませんが」

と取ってつけたように言った。話の芯をそらしたのが、表情と口調からありありとわかった。

「出席者の人数がすこし、アンバランスかなとは思いました。割合で言うと八対――いえ、七対三くらいで亜美ちゃん側のほうが多くって」

それは「すこし」ではないな、と佐坂は思いながら、

「おおよその内訳を教えていただけますか」と訊いた。

「ええと、亜美ちゃんのほうは、小中高大の友人と、職場の同僚。サークルのメンバーからはわたしを含めて三人。親戚に、もちろんご両親です。亨一さん側は大学の友人と、同僚。それと……お母さま、が」

リーダーの女性は、嘘のつけないタイプだった。あきらかに、鴇矢亨一の母について語る際に声が詰まった。

すかさず北野谷が突く。

「彼の母親が〝おかしな出席者〟ですか」

「あ、いえ、そんな」

慌ててリーダーの女性は手を振った。

「おかしいとか、そんなんじゃないんです。ただ、あの、亨一さんの母親にしては、意外だったというか」

「意外とは?」

「なんていうか……、華やかな……にぎやかな人だな、と」

まさに〝奥歯にものの挟まったような言いかた〟だ。

北野谷が口をつぐむ。佐坂も彼にならって、質問をやめた。

気まずい沈黙が流れる。

やがて観念したように、彼女はバッグからスマートフォンを取りだした。液晶を何度かタップし、画像を表示させて佐坂へ差しだす。

「……披露宴で撮った集合写真です。前列の一番左が、亨一さんのお母さま」

液晶を覗きこんで、なるほどと佐坂は納得した。

五十代なかばだろうか、派手な化粧をした金髪の女性が写っていた。

新郎の母親だというのに、腿の上までスリットが入ったノースリーブのドレス姿である。酔いで真っ赤な顔で、新郎の友人らしき男性にしなだれかかっている。

新婦の両親だろう男女が黒留袖とモーニングで直立しているだけに、その醜態はかなり目立った。

「きっと、息子さんが結婚するのが寂しかったんでしょう。お酒をかなり飲まれたようで……。羽目をはずされた、という感じでした」

言葉を選びに選んで、リーダーの女性が言う。

——結婚には、反対されなかったんですかね。

佐坂の脳内で、さきほどの北野谷への質問がよみがえる。

——マル害の家庭環境がよろしくなかったと仮定するなら、マル亜のご両親が諸手を挙げて賛成したとは思えません。

「ありがとうございました」

　女性の手に、佐坂はスマートフォンを返した。彼女がほっと息をつく。

　佐坂は問うた。

「ところで、『陶和』に八十代の男性メンバーはいらっしゃいますか？」

「え？　いいえ」

　唐突な質問に面食らったか、彼女が目をぱちくりさせる。

「最高齢のメンバーは七十四歳で、女性です。男性の最年長は、ええと、確か六十八歳だったかと」

「そのかたの画像は、いまお持ちですか？　できれば亜美さんに付きまとっていたというメンバーのお顔も確認したいのですが」

「お待ちください。カルチャーセンターの会報を持ってきます」

　リーダーの女性が立ちあがった。

　二分と経たず、彼女は戻ってきた。カラー印刷されたページの写真を指して、

「三年以上前の写真ですが、こちらが最年長のかたです。そしてこちらが……さっきもお願いしましたが、わたしが言ったって内緒にしてくださいね。亜美ちゃんにしつこくしていた、堀(ほり)さんです」

　覗きこんですぐに、違うな、と佐坂は思った。

　どちらの男性も七十代後半には見えない。歳より老けているどころか、豊かな黒い髪が若わ

かしい。しかし念のため、会報はもらっていくことにした。

「こちら、お預かりしてよろしいですか」

「ええどうぞ。無料でお配りしているものです」

佐坂は礼を言って会報をクリアファイルにしまった。さらに質問をつづける。

「このカルチャーセンターで活動するサークルは、全部でいくつあるんでしょう。それと、年齢層が高いサークルを教えていただけますか」

「サークルは現在、十三か十四くらいのはずです。年齢層が高いのは……たぶん俳句か囲碁じゃないでしょうか」

「その俳句サークルや囲碁サークルと、交流は？」

「ほぼありません。同じ展覧会に出品する水彩画や書道サークルとなら、すこし行き来はありますけど」

「では、サークル同士でトラブルが起こったことは？」

「ないと思います。すくなくとも、わたしは把握していません」

リーダーの女性はきっぱりと答えた。

今日はここまでだな、と佐坂は思った。その横で、北野谷がゆっくり口をひらく。

「……最後に、鴇矢夫妻の作品を見せてもらえませんか」

「はい？」

「作品ですよ。現物でも、画像でもいい。お二人がつくった陶芸作品を拝見させてもらえませんかね」

「あ、はい。現物がありますよ。どうぞこちらへ」

女性は椅子から腰を浮かせた。

「ふたつとも、去年の秋の展覧会に出されたものです」

女性の声を背に、佐坂はガラスケースにかがみこんだ。

鴇矢亜美の作品は、一輪挿しであった。ほっそりしたシルエットに白一色で、挿し口に金彩がほどこしてある。

佐坂は陶芸などまったく興味がない。出来の良し悪しもわからない。だが、わからないながらも「なかなか巧(うま)い」と思った。

しかし北野谷の意見は違った。

「ほぼ完全に左右対称だな。感性としては平凡。しかし平凡なりに調和がとれている。常識があり、知能がやや高めな女性の作品。典型的だ」

「北野谷さん、陶芸がわかるんですか」と佐坂。

「わかるんですか、だと？　おまえ、おれの趣味を忘れたか」

「ああ……。はい、そうでしたね」

慌てて応えた。声音に、ついため息が混じる。

対する鴇矢亨一の作品は、渋緑(しぶみどり)の腰高湯呑(こしだかゆの)みであった。知識のない佐坂には、いい出来に見える。しかし北野谷は辛辣だった。

「こいつは自己表現する気がねえな。わざわざ金を払ってサークルに入るからには、なにかしら解放したいものがあったはずだ。だが結局は殻を破れず、目立たない色と造形を選び、それなりに体裁を整えることに腐心している。こいつをつくった男は、おそらく自分が好きじゃあねえ。知能はまあまあ高い。取りつくろうのも巧い。だが根っこの自己評価の低さが、どうにも透けて見えやがる」

ひどい言いようだ、と佐坂は思った。

リーダーの女性が、目をまるくして北野谷を見ている。

今後の人生で、陶芸をやる予定はない。ないが、万が一やることになったとしても北野谷にだけは作品を見せまいと決心した。いやそもそも、プライヴェートで付き合いたい相手でもない。

最後に鴇矢亜美に付きまとったという〝堀〟の連絡先を聞いて、二人はカルチャーセンターをあとにした。

6

元会社役員だという堀は、浅黒くゴルフ焼けした男性であった。肩や上腕の筋肉は張っているわりに、脂肪たっぷりの下腹が目立つ。

「息子たちが独立しましたのでね。いまや古女房と二人暮らしですよ」

そう言って笑う堀は、5LDKのマンションで悠々と隠居生活を送っていた。沓脱に並ぶ靴はバリーにフェラガモ。壁の隅には、マジェスティのゴルフクラブセットが立てかけてある。

ここでの質問は北野谷に任せ、佐坂はメモ役に徹した。

北野谷は相手によって慇懃無礼にも、おだて役の道化にもなれる男であった。今回は後者だ。堀はまんまと乗せられ、常識人の仮面を一枚ずつ脱いでいった。

「だいたいね、いやならいやと言やあいいんですよ。女ってのはずるいです」

憤然と堀は言った。

「都合が悪くなると、すぐ被害者ぶるんだからな。亜美ちゃんはね、確かにわたしを誘ったんだ。誘っておいて、ほかに男ができたら掌を返したんですよ。どうして女ってのはああなんでしょう。虫も殺さないような顔をして、まったく怖い怖い。

……ええ、ニュースなら観ましたよ。鴇矢くんも災難ですな。それを思うと、うん、わたしゃあ運がよかった。おかしな女にかかわることなく、すんでのところで不運を回避できた。ま、これも人生経験の差ってやつかな」

ため息をついたそばから、

「ならなぜ迫ったかって？　野暮だなあ、刑事さん。いやよいやよも好きのうち、とよく言うじゃないですか」

にやりと笑ってみせる。

「どこまでが女の焦らしなのか、駆け引きなのか。そこの見きわめが肝なんだな。一回いやと言われたくらいで引いたら、男がすたりますよ。それに女の子は早熟ですからね。亜美ちゃんみたいな子には、わたしくらい熟した男が魅力的に映るんです。そういう背伸びしたがりの子を見抜く眼力が、生涯現役でモテるコツですよ」

「はあ」佐坂は内心で呆れた。

会報のプロフィールによれば、堀は現在六十九歳だ。その歳になって「いやならいやと言え」と言った口で、「いやよいやよも好きのうち」「わたしくらい熟した男が魅力的」とうそぶく。あいた口がふさがらなかった。

しかし北野谷は、辛抱づよく堀をおだてていった。

堀の口はさらにほぐれ、しまいに、しんみりとこう語りはじめた。

「この歳になってね、思うんですよ。人生でやり残した唯一のことは恋愛だ、とね」

まぶたを伏せたその表情は、本気そのものだった。

「妻とは見合い結婚です。いや、それがいけないってわけじゃありませんよ。あの頃はそれが普通だった。親の勧めで家柄が釣りあう女と結婚し、子供を二人か三人つくって、出世していくのが人生の喜びだと思ってた。……しかし七十の坂を目前にすると、むなしい人生だったと思いますね。ああ、一生に一度でいい。命がけで女に惚れてみたかったなあ」

堀はうっとりと天井を見上げてみせた。

「わたしらの年代はね、社会のために身を粉にして働いてきたんです。そのご褒美が欲しい、せめて美しい女性で報われたい、と願うのははたして罪ですかね？」

　彼のご高説を小一時間聞いてのち、佐坂と北野谷はいとまを告げた。

　二人の去り際にも、堀はこう言いはなった。

「つくづくわれわれは損な世代ですよ。働きづめに働いて、脇目もふらず社会に尽くす一方で……。ああ、いいことなんか、なにひとつなかったな」


「ケッ、ふざけやがって」

　吊り革に摑まって揺られながら、北野谷は悪態をついた。

「年金が確保された逃げきり世代の爺いが『いいことなんか、なにひとつなかった』だと？　寝言は寝て言いやがれ。あいつら、バブルの恩恵を受けたど真ん中世代じゃねえか。糞が。糞に失礼なくらいの糞だ」

「北野谷さん、落ちついて」

　佐坂はやんわりと諫めた。

　確かに堀は不快な男だった。言い草も、態度も腹立たしかった。自分の娘や孫ほどの女性に「人生でやり残した唯一のことは恋愛」「社会のために働いてきたご褒美が欲しい」などと勝手な理屈を押しつける口ぶりは——なにより佐坂に、姉を殺した男を思いださせた。

　玄関まで見送りに出た、堀の細君が脳裏に浮かぶ。脂ぎった亭主とは正反対の、痩せぎすで精気の抜けた女であった。

「佐坂」北野谷が口をひらく。

まだ顔は苦にがしそうだ。しかし声音は落ちついていた。

「なんです」

「おれはいまのいままで、略取劇は七対三でマル亜の自作自演だろうと思っていた。だが、考えをあらためることにする」

北野谷はまっすぐ前方を見据えていた。

「マル亜は、あんな間抜けの色呆け爺い(いろぼ)に狙われるようなチョロい女だ。世間知らずのお人好しだ。現場から逃げるくらいはできても、スマホの電源を切って行方をくらますだの、略取を装うだのと悪知恵をまわせるタマじゃない」

「では十対ゼロで、マル亜を信用すると?」

すこし驚いて、佐坂は問いかえした。

「いや」北野谷が首を横に振る。

「一から考えなおすってだけだ。現在、五分五分のフラットだ」

「でしょうね」

佐坂はうなずいた。

納得だ。捜査の入りばなだというのに、捜査員が関係者の誰かを頭から信用し、目を曇らせるわけがない。菅原のような新米ならまだしも北野谷が、である。

——とはいえ、おれこそ気を付けなければ。

佐坂は己に言い聞かせた。

さきほど堀に抱いた個人的な反感。あれはよくない。

感情を完全に押し殺すつもりはなかった。怒りも嫌悪も捜査には必要だ。姉の件を思い起こし、応用するのも悪くない。だが個人的な感情は、いらぬ先入観を生む。

——心を、揺らさないようにしなくては。

佐坂は内頰をひそかに嚙んだ。


署に戻ってすぐ、佐坂は中郷係長のもとへ向かった。

「係長。敷鑑一班、報告二件願います」

メモを見ながら今日の成果を報告する。中郷係長はうんうんとうなずいて聞き、

「地取り班の調べと、大きな矛盾はないな。いまのところ、鴇矢夫妻に表立った問題は見つかっていない。マル亜が顔を腫らしていたこともなけりゃ、夫婦喧嘩の声も聞かれとらん。マル害が借金取りに追われていた形跡も、近隣トラブルの噂も出てこない」

と肩をすくめた。

「だからして、マル亜がおっさんに狙われやすいタイプというのは収穫だな。うん、言われてみりゃあ〝職場の花〟になりそうな子だ。おとなしやかな美人で、それでいて芯は強そうな優等生。おっさんてのは、こういう子に弱いんだよなあ」

声音に実感がこもっている。

佐坂はつづけた。

「マル亜は、旅行代理店で営業事務をしていました。人と接することの多い業種です。顧客がらみで、なにかあったかもしれませんね」

「だな。あの容姿なら、あわよくばと狙う男は一人や二人じゃなかったろう。旅行代理店の社員なんてのは、愛想よくしてなんぼだからな。営業スマイルを誤解しちまう男は、いつの世もすくなくない」

係長は額をつるりと撫でた。

「よし、ひとまず課長に報告だ。旦那であるマル害の顧客や職場トラブルも、並行して当たってくれ。おっと、それからマル害の過去もな。湘ちゃんの調べじゃ、やつのお育ちはよろしくないようだ。いまはご清潔でも、昔はとんでもないヤンチャをしとったかもしれん」

「了解です」

佐坂はうなずいた。

「ところで、マル害のスマホからはなにか出ましたか？」

「いんや。菅原たちに調べさせたが、成果なしだ」

中郷係長は肩をすくめた。

「浮気のメッセージなし。出会い系や援交の履歴もなし。おまけにやつは毎日、退勤前にマル亜に連絡していた。『これから帰るよ。なにか買って帰るものはある？』『今日は早く帰れそうだから、ぼくが食事当番を交替しようか？』だとさ。いまどきの夫婦だなあ」

やれやれ、と言いたげな係長には取りあわず、佐坂は問いを継いだ。

「クレジットカードの引き落とし不能の通知や、ゲームに課金したレシートメールなどはどうです？」

「ああ、ゲームか。おれはそっち方面はさっぱりだが、いまはいい歳こいた大人でも、ゲームのガチャガチャに大金を注ぎこむらしいな。まったく、おかしな世の中になったもんだよ」

中郷係長は片手を上げ、佐坂の背後へ「おーい、菅原」と呼びかけた。

菅原が駆け寄ってくる。係長は佐坂を顎で指し、

「すまんがスマホの中身について、もういっぺん湘ちゃんに説明してやってくれ。おれがよぼよぼ話すより、おまえに任したほうが早い。まずはゲーム関連からだ」

菅原が「了解しました」と一礼する。

「えー、では報告いたします。マル害のスマホには、いくつかゲームアプリがダウンロードされていました。しかしどれも無料のパズルゲームやレトロゲームで、課金の履歴はありません。クレカ会社からの督促メールや、電話の履歴もありません」

「SNSはどうだ？」

佐坂は尋ねた。

菅原が間髪を容れず答える。

「マル害が実名で、フェイスブックとインスタグラムに登録していました。マル亜はインスタ

グラムのみで、お互いフォローし合っています。ただしマル害は飽きたのか、それとも忙しいのか、結婚後はほとんど投稿していません。マル亜のほうは、最新の投稿が先週の土曜。内容は読書、食事、旅行などの記録が主でした」

その場で佐坂は、両者のIDを教えてもらった。

佐坂自身はSNSをやらない。閲覧専用のアカウントがあるだけだ。あとでチェックできるよう、ひとまずブックマークしておいた。

菅原がつづける。

「マル害は、A社のスマートフォンを所持していました。現物は捜査支援分析センター（SSBC）へまわしてあります。一方、マル亜はD社のスマートフォンです。こちらもD社に、通信履歴データをもらえるよう依頼済みです」

「よし、ご苦労」

佐坂は自分のスマートフォンを内ポケットにしまった。

と同時に、廊下がわっと騒がしくなった。

金切り声が近づいてくる。若いとは言えない女の声だ。喚（わめ）いている内容までは聞こえなかった。なだめるような複数の声がそこへかぶさる。

「おう、やってるやってる」

中郷係長が苦笑した。

「あの声は、マル害の母親だな。湘ちゃんが聞きこんできたとおり、なかなかに強烈な母ちゃんだよ。五十をとっくに過ぎてるだろうに、頭を真っ金々(キンキン)に染めて、パンツが見えそうなミニスカートで遺体確認に来やがった。菅原をはじめ、若い署員どもに洩れなく色目を使うんでまいってるよ」

「マル亜のほうのご両親は？　到着したんですか」

佐坂は問うた。菅原が廊下を気にしながら答える。

「一時間ほど前に着きました。主任官の命令で、マル害の母親とかち合わないよう、別室で待機させています」

さすがベテラン捜査員だ。そつがない。両家の親は、お世辞にも折り合いがいいとは言えないはずであった。

「ちょうどいいや。湘ちゃん、マル害の母親とちょっくら話してきてくれ」

中郷係長が顎をしゃくった。

「おれがですか。しかし敷鑑班が取調べに出張るのは……」

渋る佐坂に、係長はかぶりを振った。

「取調べじゃない。遺族をなだめつつ、ちょいとお話を聞くだけさ。熟女受けしそうなイケメンといやあ、荻窪(うち)署じゃ湘ちゃんくらいだからな。菅原ほどピチピチじゃあないが、薹(とう)が立ってるってほどでもない。ま、せいぜいご機嫌をとってこいや」

「……自信はありませんが、了解です」

佐坂はうなずいた。

視界の端で、北野谷が立ち上がるのがわかった。彼はいつもこうだ。報告せず、会話にも交ざらないくせに、話が聞こえる位置はしっかりキープする。

「頼んだぞ」

中郷係長が二人に片手を振った。

7

鴇矢亨一の実母は五十四歳で、鴇矢ミレイと名乗った。

現在は中野（なかの）の飲み屋街に建つ、スナック『撫子（なでしこ）』でホステスをしているという。本来なら店の一軒も持っていそうな年齢だが、

「店と前借（バンス）のことで揉めちゃってさ。去年、チーママから格下げになったのよう」

と恥じる様子もない。

ちなみにミレイという派手な名は、源氏名でなく本名だった。ミレイの母も水商売一本で生きた女で、「将来、源氏名で迷う苦労がないように」と付けた名だそうだ。

「霊安室へは、もう……」

行かれましたか、と佐坂は尋ねようとした。しかしその前に、

「亨一も馬鹿だよ。全部、あんな女と結婚したせいだ」

とミレイは鼻息荒く言いはなった。

「あの女はね、疫病神さ。一目見たときから、あたしにはちゃーんとわかってた。あんたらも覚えておきな。ああいう虫も殺さないような顔した女が、いっちばん怖いんだよ。腹の底で、なに考えてるかわかったもんじゃない。……ああ、息子にもっと女遊びさせとくんだった。失敗した。あたしが女に免疫を付けさせなかったから、あんな上っ面だけのアマに引っかかっちゃったんだねえ」

つばを飛ばしてまくしたて、かと思えば急に涙ぐみはじめる。

洟を啜るミレイに、北野谷が無言でティッシュの箱を押しやった。ミレイは遠慮なく三枚抜き、けたたましい音をたてて洟をかんだ。マスカラが滲んで、目のまわりが真っ黒だ。

「疫病神とは、どういうことです?」

穏やかな声音をつくって、佐坂は問うた。

「亜美さんの素行や挙動に、あなたから見て不審な点があったんですか?」

「不審も不審。不審だらけさ。ふん、男の目ばっか気にして、しなしな歩いちゃってさ。お上品ぶってるとこが逆にいやらしいよ。あたしのこと、口じゃ『お義母さま、お義母さま』なんて持ち上げるくせに、ゴミでも見るような目つきしやがるんだから。言っとくけど、あの手の清純ヅラした女ほど、アッチのほうはお盛んなんだよ。あのデカ尻じゃ、若い頃にガキの二、三人堕ろしてたって、あたしは驚かないね」

要するに、具体的な瑕疵はなにもないらしい。その後、佐坂が何回か角度を変えてついて

も、

「女の勘よ」

「長年の経験でわかるの！　あんな性悪女、見たことないね」

とあいまいな言葉が返ってくるだけだった。

「それより、ねえ、あの女はどこにいるわけ？　もう逮捕したの？」

丸めたティッシュを放り、ミレイは身を乗りだした。

「亜美さんがやったと思うんですか？」佐坂は尋ねた。

「は？　なに言ってんの？　亭主が殺られりゃ、犯人は女房と相場が決まってる。どんな間抜けでも知ってる、世界共通のお約束よ」

「では亭一さんには、奥さんに殺される理由があったと？」

「まあ、そりゃ……。うちの子はケチで、小金を貯めこんでたからね」

ミレイは鼻柱へ皺を寄せた。

「あ、誤解しないで。亭一はあたしの自慢の息子だったのよ。誰の血筋か知らないけど、本さえ読ましときゃおとなしい、ぜーんぜん手のかからない子だった。よそのガキはぎゃんぎゃん泣き喚いたり、火遊びしたりとろくなもんじゃなかったけど、うちの子は違ったよ。なにしろ四歳から、一人でお留守番できたんだから。あたしがいなくても、一人でパン食べて、一人でパジャマに着替えて、一人でしっかり布団で寝てたもん。親孝行な子だったわ。——唯一の欠点が、あの貧乏性のケチケチ癖」

ミレイは鼻で笑った。

「奨学金を返すだなんだと、馬鹿正直にさあ。あんなの、いくらだって抜け道あるってのに……。あの子は勉強はできたけど、お利口さんじゃなかったね。生きた金の遣いかたがわかってなかった。おまけにケチケチ貯めこんだ金を、あんな女のために婚約指輪だの披露宴だのと注ぎこんで……。ああ、ほんとに馬鹿な子だった。せっかく一級ナントカ士になれたのにさ。親不孝者だよ。なんもかも全部、台無しじゃないか」

本音はそこか。佐坂は内心でつぶやいた。

要するにミレイは、息子が自分以外に金を遣うのが我慢ならなかったのだ。

結婚となれば、金はどんどん出ていく。彼女がいま言ったように、婚約指輪、披露宴、新婚旅行。新居へ引っ越す費用や、家財道具を揃える金もいる。

その上に子供ができてしまえば、遣う金は何百万単位だ。養育費用や学費だけでなく、塾や習いごとにも金がかかる。新しい服や靴だって毎シーズン必要である。

となれば実母の存在など二の次、三の次だ。一級建築士になった自慢の息子の金は、あらかた妻子に吸いとられてしまう。ミレイのような女にしてみれば、さぞ許せない話だったろう。

「ねえ、さっさと教えなよ。あの女を逮捕したの？」

ミレイが机を叩いた。頰が引き攣っている。

「教えてくれるまで、ここを動かないからね。あの女を牢屋にぶちこんだの？」

「まあまあ、落ちついて」

佐坂は手でミレイをなだめた。内心、辟易していた。もし亜美が現場から消えて行方不明だと知ったなら、「ほら見たことか」と万歳しそうな勢いだ。

「それより、霊安室へは行きましたか？　息子さんの遺体は確認されたんですよね？」

ミレイはうっと詰まった。その両目に、涙が見る間に盛りあがっていく。

感情の起伏が激しい上、喜怒哀楽がころころ変わるので疲れる。ふたたび盛大に洟をかむミレイに、佐坂は問うた。

「亨一さんの父親は？　連絡が付きますか」

「……付かないよ。もう三十年も会ってない」

ミレイが声を落とす。

「べつに、必要ないだろ。いたって役に立ちゃしないよ。あの子の顔なんか、あいつは知りもしない」

声のトーンを変え、しんみりとミレイは語りだした。

自分の実母もキャバレーやバーのホステスで、この業界しか知らずに生きてきたこと。父親の名さえ知らないこと。二十代のときバーテンダーと同棲し、妊娠を告げた途端に逃げられたこと。結局わが子も父のない子にしてしまったこと。

亨一が思いがけず出来のいい子で嬉しかったこと。なのに、幼い頃から苦労をかけてしまい、後悔していること。もしやりなおせるなら、亨一が子供だった頃に戻って、今度こそうんと可愛がってやりたいこと――。

「だってさあ、まさかこんなことになるなんて、思わないじゃん」

ミレイは涙を拭き拭き、言った。

「いきなり息子が殺されるとか、誰が想像するよ？　百歩譲って、亨一がこっちの業界にいたならまだわかるよ。でも亨一は、大学まで行った堅気（かたぎ）の子だったんだ。そりゃ、ちょっとは喧嘩もしたよ。けどいつかは親子として、やりなおせると思ってたのに……」

ミレイは顔を上げた。

「ねえ、あの女を逮捕したんでしょ？　したわよね？」

形相が変わっていた。

眼球に血のすじが走り、膨れあがって見える。

「絶対に絶対に、あの女が殺したんだからね。あんたら、あの女の見てくれにだまされんじゃないよ。きっと共犯がいて、間違いなく男さ。ちくしょう、うちの亨一をあんな目に遭わせやがって……。ねえ刑事さんたち、約束してよ。あの糞アマを、一秒でも早く死刑にしてちょうだい」


コーヒーの自動販売機は、長い廊下の突き当たりに設置されていた。

まずは佐坂が、モカのミルク入りを選んで押す。次いで北野谷は、キリマンジャロのブラックを選んだ。

「――どう思います」

佐坂は小声で、北野谷に尋ねた。

「ミレイは感情的すぎて、確かな証人とは言えません。しかし女の勘とやらを、まるきり無視していいものでしょうか？　長年水商売で食ってきて、それなりに人を見る目はあるでしょう。彼女の言うとおり、マル亜はうわべがいいだけの腹黒い女だったんでしょうか」

北野谷が熱いコーヒーを吹きながら、

「〝にぐにぐの腹から、めごめごが生まれる〟」つぶやくように言った。

「はい？」

「うちの祖母(ばあ)さんは北海道出身でな、そこの方言というか、慣用句だ。〝憎い憎い嫁の腹から、愛(め)ごい愛ごい孫が生まれてくる〟——。ひでえ言葉だが、それだけに実感がこもっている。嫁(よめ)姑(しゅうとめ)の仲に、理屈なぞいらないんだそうだ。孫は無条件に愛ごい。だがその子を産んだ母親は、息子を奪った女だというだけで、どんな容貌だろうが性格だろうが憎い」

「要するに、嫁姑の確執が不幸な殺人に発展した、と？」

「あの母親ならやりかねんだろう。あの女が激情にかられて嫁を刺し、息子も巻き添えにしたというなら、誰しも納得する」

「ええ。『激情にかられて』ならね」

佐坂はうなずいた。

「しかし今回の犯行は、マル亜をさらう手順などを含め、計画的すぎます。鴇矢ミレイには不釣り合いですよ。あの女に車を用意させたり、スマホの電源を切らせたりの知恵はありません。

た。

「だとしたら爺いはミレイの愛人か、もしくはなんらかの利害関係にある」

自動販売機の脇に置かれたベンチを、北野谷が顎で指した。佐坂は一礼し、彼の隣へ腰かけた。

しいて考えれば、現場から立ち去った老人が共犯ですかね」

「おまえがおっかねえ姑と話している間に、マル亜のSNSを見つけたぜ」

北野谷が自前のスマートフォンを取りだして、
と画面を見せた。

「インスタのユーザーネームでSNS内を検索したところ、同じアルファベット列に、マル亜の誕生日の数字を足したユーザーIDが見つかった。アカウント名は『MIA@戦う兼業主婦』。亭主には内緒の裏アカってやつだな。中身は、姑への愚痴が満載だった」

液晶の文字へ、佐坂は目を走らせた。

『今日も姑さま襲来。インターフォン越しに小一時間騒いで帰っていった。もう神経病みそう。泣きたい』

『姑さま、会社帰りに待ち伏せ。駅に着くまで、ぴったり横に付かれて〝あの子と別れろ別れろ別れろ別れろ〟って耳もとで言われつづけた。これってなんの呪い？　つらすぎる』

『夫は全面的にわたしの味方だから、まだ耐えられる。それでも、たまに結婚を後悔しちゃう。普通の、常識的な親を持つ男性と結婚しておけばよかった……』

「なるほど。こいつは夫には見せられませんね」

佐坂は納得した。

北野谷がスマートフォンを引っこめて、

「マル亜は同じような境遇の主婦たちと相互フォロワーになり、愚痴り合ってストレス解消していたようだ。公開部分だけでこの調子だから、ダイレクトメッセージも閲覧する必要があるな」

「情報技術解析課からSNSの運営会社に依頼するよう、課長に申請しておきます」

うなずいた佐坂に、

「おい事件マニア。過去に類似事件はあるか」

と北野谷が問うた。

「嫁姑間のいさかいなぞ、全国津々浦々(つつうらうら)にある。しかし姑がわが子を殺した上、計画的に嫁をさらわせた事件というのは、過去に存在するか」

「覚えている限りでは、ありません」

佐坂は答えた。

「姑による嫁殺しで、真っ先に思いだすのは平成十四年に札幌で起こった事件です。嫁に入眠剤を盛り、頭部を階段に叩きつけて殺害。ただし関係性は今回と逆で、嫁による姑いびりがエスカレートし、耐えかねた姑が逆襲したものです。家庭内の空気はそうとう悪かったようで、犯行の前年には息子が一家心中を企(くわだ)てるほどでした」

「では、姑にいびられた嫁の事件は？」

「平成四年に、姑を浴槽で溺死させた事件があったはずです。二世帯住宅での同居で、一挙手一投足に嫌味を言われるような生活だったようで、殺意の引き金は『孫は渡さない。おまえだけ出ていけ』と面罵されたことでした」

「調子が出てきたじゃねえか。ほかには？」

「平成十六年に茨城で、祖母が実の孫二人の首をロープで絞める殺人未遂事件がありました。動機は『嫁を困らせてやろうと思った』です。長男以外の孫が、自分になつかないので不満だったようです」

「ふん」

北野谷は唇を曲げた。

「どれも単純な事件だ。そして、しいたげられた側の逆襲だ。最後のやつは微妙だが、おそらく婆さんは『いじめられているのは自分』と思いこんでいただろう」

「あまり参考にならず、すみません」

「いや、思考パターンの参考になる。マル亜の自作自演という可能性も、やはり否定できんとわかった。耐えに耐えた女は、逆襲する。憎い相手にいやがらせをするためなら、血縁さえ手にかける」

「では姑への逆襲の手段として、マル亜が夫を殺したと？　しかしマル害は、妻であるマル亜の味方でしたよ」

「そうは言ったって、親子だ。母子家庭で苦労してきたようだし、それなりの絆はあるだろう。

どこでころっと掌を返すか、わかったもんじゃねえ」

　翌朝も晴れ間の見えぬ曇天であった。

　朝の捜査会議は九時にはじまった。敷鑑班からは、佐坂が代表して報告した。亨一の同僚と、サークルリーダーの女性の証言。そして亜美と姑の折り合いが悪く、一触即発だったこと等々である。

　つづいて鑑識が報告に立った。マグカップの唾液が鴇矢夫妻の血液型と一致したこと。室内から指紋や繊維が複数採取されたこと等が、順次発表された。

　また亜美の両親の証言も取れた。母親いわく、

「結婚には反対しました」

「亨一さんは穏やかで、やさしい人です。でも結婚は家同士の結びつきですから、本人だけがよくても……」

「亜美には『我慢できなかったら、いつでも帰ってきなさい』と言ってありました。いまどき離婚歴なんて恥じゃないんだから、と」

「きっと、あの母親が人を雇ってやらせたんだと思います。保険金狙いかもしれません。お願いです。一刻も早く、亜美を見つけだしてください」

だそうである。

　地取り班は、新たな目撃情報を入手していた。亜美を略取したとおぼしき老人の、さらに詳

しい人着だ。

「推定八十代の男性。黒のジャンパーと、黒っぽいズボン」までは同じだが、

「女の人を車に押しこむとき、横顔が見えたんです。右の頬に、薄茶いろの大きな痣がありました。南アメリカ大陸みたいなかたちの痣です」

目撃者は塾帰りの中学三年。つまり受験生であった。ちょうど地理の勉強でもしていたのかもしれない。具体的でありがたい証言だった。


捜査会議が終わってすぐ、佐坂は北野谷と署を出た。

向かう先は目黒区のマンションだ。住人は、亜美の学生時代からの親友である。現在は育児休業中で、終日家にいるという。

佐坂は電車の中で、ミレイが勤務するスナック『撫子』のインスタグラムをチェックした。

ホステスの平均年齢と同様、客の年齢層も高い。アップされた画像には、七十代後半から八十代に見える客がぽつぽつ写りこんでいた。しかし、右頬に痣のある客は見あたらない。

フォロワー欄に、佐坂はミレイ個人のアカウントを見つけた。飛んでみると、店で着るらしい派手な衣装や、ネイルの画像が満載だった。それに交じってミレイの自撮りや、彼女の母親の画像もアップされている。

——ミレイの実母ならば、つまり亨一の祖母だ。

佐坂はじっと老母の画像を見つめた。

年齢より老けた外見に、長年の不摂生ぶりがあらわれている。現役時代は綺麗にメイクしていただろう顔もいまは皺くちゃで、黄ばんだ白髪が垂れかかっていた。腰は曲がり、八十代なかばにも見える。

——そうか。ここまで老いると、男女の区別が付きにくいな。

ならば老爺に変装することも……と考えかけて、いや、この老婆の身長は百六十センチもないな、と思いなおす。

ななめ左から写しているので、痣の有無はわからない。だが横の棚との比率からして、せいぜい百五十センチ前後だろう。

——とはいえ、この祖母にも動機はある。

建築士の亨一の稼ぎにぶら下がりたかったのは、ミレイだけではないはずだ。この祖母もミレイ同様、亜美を邪魔に思っていたのではないか。

——亨一を殺してしまっては元も子もない。だが共犯者が、弾みで刺してしまった可能性はある。

考えこむ佐坂の真横から、絞った着信音が聞こえた。

北野谷のメール着信音だ。内ポケットから北野谷が携帯電話を取りだし、メールを確認する。

数秒後、眼前に液晶が突きつけられた。

反射的に文面を読み、佐坂はあやうく呻きそうになった。

鴇矢亜美のものと思われる指が——根もとで切断された左手の小指が、『白根ハイツ』の宅配ボックスから見つかったという報せであった。

第三章

1

丹下薫子は、怯えていた。

これまでの二十四年間の人生で、薫子は大きな恐怖にみまわれた経験がなかった。平穏な家庭に生まれ、ごく穏当に育ってきた。

母方の祖父、ならびに実父は弁護士である。そう言えば裕福に聞こえるだろうが、二人とも金儲けなど眼中にない。利益にも名声にも繋がらぬ事件ばかり引き受け、そのたび手弁当で奔走する人たちだ。

母は在宅で翻訳業をしている。五つ上の兄は会社員で、すでに二児の父だ。千葉の実家は二世帯住宅にリフォームされ、両親と兄夫婦とで同居中だった。

薫子は現在、都内で独り暮らしをしつつ、某大学院の社会学研究科に籍を置いている。修士課程二年生の、いわゆるM2である。

当然ながら、院生は大学生より忙しい。実務実習が多い上、最低でも月に二度はレポートの提出が課される。残念ながら彼女は筆が遅いほうで、毎回締め切りに遅れがちだった。

その日の夕方、薫子は帰りのバスに揺られていた。

車窓の外に顔を向け、いつものように頭の中でレポートの文章を組み立てる。

院前のバス停から乗って駅を経由し、そこからはアパート近くのバス停まで二十分だ。午後六時を過ぎて、窓の外は茜に染まっていた。桃と橙をまだらに刷いた空の端が、早くも夜の紺に侵されはじめている。

――今回こそ、締め切りに間に合わせなきゃ。

薫子は短いため息をついた。

一日遅れただけで、Aプラス判定からは除外される。三日遅れたなら、内容の出来にかかわらずC以下とされる。E以上なら及第とはいえ、さすがにDやEは取りたくなかった。

ここ三箇月というもの、薫子はBプラス以上を拝めていない。季節が変わる前に挽回しなくては、と思う。思うが、気ばかり焦る。

遅れる理由は、自分でもわかっていた。

――気の利いたことを書かなきゃと、肩ひじ張りすぎなのよね。

薫子はそこそこ優秀な院生だ。だがけして〝そこそこ〟以上ではない。きらりと光る才能だの、打てば響くようなクレバーさにはほど遠い。

――凡才の自覚があるからこそ、背伸びしたくなっちゃうんだなあ。

薫子はバスを降りた。バス停の真ん前はコインランドリーで、その横はコンビニである。

アパートへ帰る前に、このコンビニに寄るのが薫子の日課だった。

とくに買うものがなくても、レポートの資料をコピーしたり、はたまたスキャンしてデータ化したり、ＡＴＭでお金を下ろしたり、公共料金を払ったりと、なにかしら用事がある。色とりどりのお菓子や、菓子パンの新商品を眺めるだけの日もあった。それだけでも、なんとなくストレス解消になる。

「いらっしゃいませえ」

自動ドアをくぐる。とうに顔見知りの、タイ人の女性店員と笑顔を交わす。

まず雑誌コーナーをチェックし、次にドリンクの棚へ向かった。

すこし迷って、ライム味のチューハイを二本籠に入れる。「レポートを書き終えたらのご褒美」と自分に言い聞かせ、棚を離れた。

弁当コーナーにはパスタの新商品が並んでいた。海老のトマトクリームパスタが、具を増量してリニューアルしたらしい。

薫子はしばし悩んだ。ちょっと高い。でも海老や蟹のクリーム系パスタは、彼女の大好物だ。蟹缶や冷凍の海老で、素人がお店の味を出すのはむずかしい。そして最近のコンビニパスタは、下手な店よりよほど美味しい。

――いいや、買っちゃえ。

冷凍ごはんは今朝ちょうど食べきったし、乾麺も切らしてるし、と言いわけする。

ほんとうは七時に炊きあがるよう炊飯器をセットしてきた。とはいえ早く帰って、予約をセットしなおせばいいだけだ。

缶チューハイとパスタを入れた買い物籠を手に、レジに並ぼうとした刹那。

真横から、衝撃を感じた。

「きゃあっ」

悲鳴を上げたのは、薫子ではなくタイ人の店員であった。

薫子はよろけ、その場でたたらを踏んだ。腕から買い物籠がすべり落ちる。あやうく棚に激突するところだった。

なぜか真っ先に目に入ったのは、レジに立つ店員の顔だった。手に口を当てている彼女の顔を見てから、ゆっくりと薫子は首をめぐらせ、ぶつかってきた主を見やった。

老人だった。

薫子とさして変わらない身長の、小柄な老爺だ。八十歳前後に見えた。腰をやや曲げ、首を前に突きだしている。黄ばんだ白髪に、薄汚れた服。右頬に大きな薄茶いろの痣があった。

「あ、――すみません」

反射的に薫子は謝った。

ぶつかってきたのが向こうだとはわかっていた。それでも「相手はお年寄りだから、こっちが譲らないと」という思いが勝った。

落ちた商品を拾い集めようと、床にしゃがむ。老人も同じくしゃがむのがわかった。ああ、一緒に拾ってくれるんだ――と思ったのも束の間、手が伸びてきた。

老人の痩(や)せさらばえた手だった。床の商品ではなく、まっすぐ伸びてくる。薫子の胸に触れようとしている。

思わず薫子は身を引いた。老人と、やけに近い距離で目が合う。

老人は笑っていた。すぼめたように皺(しわ)の寄った口が歪(ゆが)み、乱杭歯(らんぐいば)が覗いていた。

突きだされた五本の指が、すこし離れたところで――薫子の胸の高さで蠢(うごめ)いた。揉むような仕草だ。見せつけている。老人がやはり、にやにやと満面で笑っている。

薫子の全身が粟立(あわだ)った。冷水を浴びせられた気分だった。

老人がわざとぶつかってきたのだと、理屈でなく肌で察した。老人の嘲笑(あざわら)うような目が、なにより雄弁に物語っていた。

慌てて商品をかき集め、そそくさと立つ。買い物籠をレジ台に置き、

「男の人、呼んで」

老人に聞こえるよう、わざと大きな声で店員に頼んだ。

「お願いします。バックヤードにいるでしょ? 早く呼んできて」

「あ、ああ。はい」

店員が慌ててバックヤードの扉を開け、「店長、店長!」と叫びはじめる。

その間、薫子はレジ台に背中を押しつけ、老人を睨(にら)んでいた。背後を取られたら、無理やり抱きつかれそうな恐怖があった。

老人は深追いしてこなかった。にやつきながら、ゆっくり後ずさる。

バックヤードから店長があらわれた。途端、老人は身をひるがえして逃げた。意外なほど俊敏な動きだった。店を駆け出ていく。みるみる背中がちいさくなる。

呆然と、薫子は立ちつくしていた。

「あの……お客さま?」

店長の声で、はっとわれに返った。

タイ人の店員が、店長の背中にしがみついて「痴漢ね、痴漢! おじいさんの痴漢!」と訴えている。

「ええと、変質者ですかね。警察を呼ばれます?」

「あ、いえ……。大丈夫です。直接なにかされたわけじゃ、ないし……」

薫子は首を振った。

そうだ、べつに直接被害があったわけじゃない。それに警察が、未遂の痴漢ごときで動くはずもない。電車通学だった高校時代、女子生徒の多くが毎日のように触られていたけれど、駅員も警察もろくな対応をしてくれなかった。

「缶、へこんじゃったね。大丈夫? いま取りかえますね?」

店員が、いたわるような笑顔を向けてきた。

2

結局夕飯は、床に落とした海老のトマトクリームパスタになってしまった。店員は取りかえると言ったが「いえ、いいです」と固辞して購入したのだ。へこんだ缶チューハイもそのまま買いとってきた。

交換が店のマニュアルなことくらい知っている。だがこういうとき、どうも遠慮してしまう。もともとの性格に加え、親のしつけの影響であった。

――警察と教師と弁護士の子供は、人一倍まわりの目を気にしないとな。

幼い頃から、そう言われて育ってきた。

世間の目はこの三つの職種に厳しい。ほかの子ならお目こぼしされる悪さでも、警察と教師と弁護士の子供はそうはいかない。いらぬ陰口を叩かれたくなかったら、人一倍謙虚にしているしかないんだ――と。

スマートフォンが鳴った。

発信者を見る。実家の固定電話だった。

「もしもし、薫子ちゃん？」

母ではなかった。兄嫁の声だ。落胆が声に出ないよう注意しながら、

「どうも、おひさしぶりです」

丁寧に薫子は挨拶をした。

「ひさしぶり。ねえ、上の子の誕生日が再来週なの覚えてる？　パーティする予定なんだけど、薫子ちゃんは出席できそう？　あ、べつにいいのよ、無理しなくても。院生さんは忙しいもんね。車(アシ)もないし、わざわざ特急に乗ってまで来るほどのことじゃ……」

一方的にまくしたててくる。

はいはい、来るなってことね。薫子は内心で嘆息した。

もっと正確に翻訳するならば、

「小姑(こじゅうと)なんてうざいだけだから来るな。でもプレゼントは宅配便で送ってちょうだいね」である。

兄は薫子と同様、おとなしい男だ。兄嫁に押し切られるように付き合いはじめ、できちゃった結婚――いや、授かり婚にいたった。

ちなみに両親との同居話を進めたのも、実家を二世帯住居にリフォームしたのも兄嫁の主導であった。

「子供たちのために貯金しておきたいから、家賃を浮かせたいんです」

「お金のためなら、ちょっとくらいの窮屈な思いは我慢できます」

歯に衣(きぬ)着せず、兄嫁はずけずけと言いはなった。

両親は最初から、そんな兄嫁に圧倒されっぱなしであった。父は弁護士としては優秀だが、俗世に疎い。母はお嬢さま育ちで世間ずれしておらず、孫を盾にされると手も足も出ない。

薫子はというと、はじめて会ったときから兄嫁に敵視されていた。お互い「うまが合わないタイプだ」と一瞬でわかった。顔合わせの席ではさりげなく足を踏まれたし、結婚披露宴ではカメラマンに任命され、集合写真からはずされた。

「小姑にうろちょろ写られたら、一世一代の日が台無しじゃん」と洩らしていたと後日知り、さすがに呆れた。

そんな兄嫁が支配する実家が居心地いいはずもない。進学して独り暮らしをはじめてからは、すっかり足が遠のいている。

――だから、いちいち釘を刺してくる必要なんてないのに。

電話までしてくるなんて、げんなりだ。いや、それともプレゼントの催促が本題だろうか。

まさか現金を書留で送れなんて言わないよね――と、あやぶんだそのとき。

がたり、と外から物音がした。

薫子は肩を跳ねあげた。反射的に、音の方向を振りかえる。

家鳴りではなかった。隣室から響いた音でもない。

――確かにベランダのほうから、聞こえたような。

スマートフォンをハンズフリーにし、そっとテーブルに置く。

音をたてぬよう立ちあがり、掃き出し窓に近づいた。窓はカーテンで覆われている。この部屋は二階で、よじ登れるような高い木やフェンスはまわりにない。

──まさかね。

カーテンを薄く開け、外をうかがった。

人影はなかった。気配や視線も感じない。音も止まったようだ。

ほっと薫子は息をついた。

そうよね、気のせいよね、と自分を笑う。たまたま変なお爺さんとかち合ったせいで、神経過敏になってしまった。きっと風だ。物干し竿が風で揺れて、音をたてただけだろう。

ハンズフリーにしたスマートフォンから、兄嫁の声が流れつづけている。

「それでね、上の子はゲームのアイテムが欲しいって言うんだけど、あたしはそういうのいやなわけ。あの子も来年から小学生だし、もっとこう、情操教育を意識していかないとでしょ。だからさ、将来の投資と思って……ちょっと薫子ちゃん、聞いてる？　聞いてんのぉ？」

3

老爺とふたたび遭遇したのは、二日後の朝だった。

水曜は講義のある日だ。薫子は駅から大学院へと向かうバスに乗っていた。

通勤通学ラッシュとは時間帯がずれるため、混み合うことは滅多にない。運賃箱の読み取り機にＰＡＳＭＯをかざす。

なかば定位置と化した、窓際の一人掛け席に腰かけた。

さて院に着くまで、前回の講義の録音を聴いておこう――とバッグからイヤフォンを取りだしかけ、ふと薫子は手を止めた。

視線を感じた。ゆっくりと首をめぐらし、目を見ひらく。

コンビニでぶつかってきた、あの老爺が斜め前に座っていた。

横向きのベンチシートに腰かけている。気のせいではなかった。あきらかに体ごと薫子のほうを向き、首を伸ばして彼女を凝視している。

黄ばんだ白髪。頬の痣。間違いなかった。着ている服まで、一昨日見たのと同じだ。いつから着ているのか、もとは白かったであろうシャツが垢で黒ずんでいる。

――どうして?

真っ先に薫子の頭に浮かんだのは、疑問だった。なぜこんなところに。どうしてわたしを、そんなふうに見ているの。

次いで、ずんと沈むような重い恐怖がやって来た。

――わたし、あんな人知らない。なのにどうして? なぜわたしに付きまとうの。コンビニでぶつかったから? でも、あれはどう考えても向こうからだった。わたしを狙って、あの人から体当たりを――。

そこまで考えて、薫子は愕然とした。

――まさか、あのときからだった？

一種の痴漢だとは思っていた。でも、たまたま店内にいた若い女を狙っただけと思いこんでいた。そうじゃなかったとしたら？　最初からわたしが標的だったのでは？　いやでも、やっぱりコンビニで目を付けられたのかも。

思考がぐるぐるとめぐる。

暑くもないのに、頭皮から汗が滲んでくる。

運転手に助けを求めようか、と一瞬考えた。しかし考えたそばから、「まだなにもされていないのに？」と内なる声がせり上がる。

――運転手さんになんて言う気？　一昨日コンビニでぶつかったお爺さんが、こっちを見ているからやめさせてください、って？　馬鹿馬鹿しい。そんなことを口走ったら、頭がおかしいと思われる。

まだ視線を感じた。しかし薫子は顔をそむけ、イヤフォンを両耳に嵌めた。

目を閉じる。外界のすべてを遮断する。

――乗客は十人近くいる。いくらなんでも、この状況で手は出してくるまい。

そう己に言い聞かせた。灼けつくような視線を意識しつつも、薫子は録音した講義内容に集中しようとつとめた。

院前のバス停で、予定どおり降車した。

老爺は一緒に降りてはこなかった。薫子は胸を撫でおろした。

走り去るバスを見送って、自意識過剰だったかな——と自嘲する。あのコンビニに来るくらいだから、生活圏が重なっていておかしくない。同じバスに乗り合わせたのは、きっと偶然だ。こちらを見ていたのだって、「この前ぶつかった、生意気な女だ」と気づいたからだろう。いい気分はしないが、計画性があったとは思えない。

「あーあ。こんなんだからモテないのかなぁ」

口の中でぼやく。

上京してからというもの、薫子には彼氏がいない。男友達はいるし、仲の良い男子の後輩もいる。でも、どうも色っぽい方向に話がいかないのだ。

「飲み要員だけじゃなく、そろそろデートの相手も探さなきゃ……」

——おっと、その前にレポートがあった。

まだテーマを決めただけだもんね。資料も読まないと——そう自分を叱咤しながら、薫子は足を速めた。

予想どおり、帰りのバスに老爺の姿はなかった。

そうだよね、と納得しつつバスに乗る。後ろから三番目の一人掛け席に腰かけ、やっぱり自意識過剰だった、とひっそり笑う。

——セクハラお爺ちゃんなんて、どこにでもいるじゃない。めずらしいことなんか、なんにもない。

そりゃあ、胸を揉まれるようなジェスチャーをされたのは不快だった。ぶつかってこられたのも、バスの中で凝視されたのもいやだった。

けれど二十代の自分たちと、彼らは価値観そのものが違うのだ。昭和の頃はセクシャルハラスメントの概念すらなかったと聞く。七十、八十を過ぎて、感覚をアップデートするのは困難だろう。

――それに、もしかしたら認知症患者かもしれない。

年代からいってあり得る。病気ならば、責めるわけにいかない。

――ご家族ならもっと大変だろうし……ううん、独居老人という可能性もある。

いまさらながら、薫子は恥じた。

社会学を専攻する彼女にとって、障害者や高齢者は福祉的にも経済的にも〝見守られ、保護される〟べき存在だ。恐怖を感じてしまったことを、不見識を恥じた。

――わたしって、ほんと駄目だ。

幼い頃から「謙虚にしろ」と言われて育ったのに、なにも身についていない。自分のことばかり気にしているから、思考も視野も狭いんだ。いいレポートが書けない理由もそこだろう。

自己嫌悪にまみれつつ、薫子はバスを降り、コンビニに入った。

そして凍りついた。

眼前に、あの老爺がいた。

笑っている。にやにや笑いを頬に貼りつけている。雑誌コーナーの前に立ち、嘲笑を浮かべて薫子を見つめている。

考える間もなかった。体が勝手に動いた。

薫子は入ったばかりの店を出て、そのままあとも見ずに駆けた。

振りかえる余裕はなかった。ローファーを履いてきてよかった、と思った。パンプスやミュールではこんなふうに走れなかった。

薫子は接骨医院の看板を右折し、さらに小路を左折して、クリーニング店の植え込みに隠れた。

震える手で、バッグからスマートフォンを出す。

五分待とう、と思った。五分経っても老爺が追いかけてこなかったら、植え込みの陰から出て、アパートに走ろう。

だが結局、薫子はその場で十二分待った。

クリーニング店を出入りする客に奇異な目を向けられ、店員に窓越しに覗かれても立てずにいた。

店員に声をかけられるにいたって、ようやく決心がつき、立ち上がった。もごもごと言いわけしながら、顔を赤くして店の敷地を出る。

——わたし、なにをしてるんだろう。

早足で歩きながら、薫子は思った。

自分でもわからなかった。べつに、なにをされたわけじゃない。危害らしい危害を加えられてもいない。ただ自分の行く先々に、あの老爺がいたというだけだ。たったそれだけのことなのに。

――なのに、怖い。

怖い。気味が悪い。それに、いやだ。

あの目がいやだ。あの笑みもいやだ。こちらを見透かすような、蔑むような歪んだ笑顔。

なにより老爺からは、得体の知れない害意を感じた。

これまでの半生で、薫子は他人から強い敵意や害意を向けられた経験がなかった。

兄嫁には、確かに疎まれている。意地悪なクラスメイトに無視されたことだってある。しかし、いずれも相手は同性だった。やることはたかが知れている。嫌味や無視に神経を削られはしても、肉体的に危害を加えられる恐怖はなかった。

――けれど、今回は違う。

相手は老人とはいえ、男性だ。骨格が違う。衰えていても、もともとの筋肉量や握力が違う。もし襲われたなら、無傷で逃げきれる自信はなかった。

さいわい背後から追ってくる気配はない。

薫子はいまや、小走りになっていた。

明日からはスニーカーで通学しよう、と心に決める。スカートもやめだ。外出する際は、必ずスニーカーとデニムだ。

短い横断歩道を渡り、アパートに着く。外付けの階段を駆けあがった。さすがに息が切れ、ドアに片手を突いて鍵を開けた。

背後をうかがいつつ、ドアをひらく。

誰もいないようだ。階段をのぼってくる足音も聞こえない。

部屋に入って、すぐ施錠した。ドアチェーンもしっかりと掛ける。念のためチェーンを指で何度か引いて、強度を確かめた。問題はなさそうだ。

靴を脱ぎ、バッグを置いてひと息ついた。

コップに水を汲み、呷る。飲んでみてはじめて、喉がからからだったと気づいた。あっという間に飲み干してしまう。

部屋着に着替え、ベッドに腰かけて、しばしスマートフォンをいじった。いつもどおり友達のＳＮＳをチェックし、ＬＩＮＥのメッセージに返事をし、ポータルサイトでニュースを観た。

ようやく、気持ちが落ちついてきたのを感じた。

薫子は立ち上がって、コンロにケトルを置いた。

お湯を沸かし、お気に入りのカップに熱く濃い紅茶を淹れる。紅茶には角砂糖をふたつ放りこんだ。ちびちびと啜るように飲む。買い置きのクッキーをかじる。

やがて胃が温まり、糖分で空腹感が癒やされると、安心感が湧いた。

ＬＩＮＥの着信音が鳴った。スマートフォンを見る。

後輩の男子学生からだった。

とくに色っぽい関係ではない。しかし二人で映画に行ったり、買い物をする程度には仲のいい相手である。メッセージは、

「強風で、総武線遅れてまーす！　そっちはバス大丈夫？」

といった、たわいない内容だった。

「大丈夫。もう家に着いた」

と返事を送ってから、

「それより、聞いてくれる？　じつはわたし、この間からおかしなお爺さんとニアミスしてばっかりで……」

と薫子はつづけた。

紅茶と糖分がもたらす安堵が、愚痴を言える余裕を生んでいた。コンビニでぶつかられたこと、朝のバスで睨まれたこと、ふたたびあのコンビニで待ち伏せされたこと等を説明すると、

「うわっ、それストーカーじゃないすか！」

びっくり顔のスタンプ付きで、後輩はそう反応した。

「べつに、ストーカーとまでは考えてないけど」

ひかえめに薫子は予防線を張った。「モテるアピール？」だの「勘違い女」だのと思われたくなかった。

「いやいや、油断しちゃ駄目ですって。老人の恋愛トラブルって、マジで多いらしいっすよ。介護施設でボランティアやってる友達から、そういう話よく聞きます。いくつになっても男は

枯れないんだなーって、聞いててちょっと引くくらい」

後輩はいたって真剣で、かつ無邪気だった。

薫子は返信を打った。

「ちょっと、恋愛トラブルって言いかたやめてよ。わたしがあのお爺さんとなにかあったみたいじゃない」

「そうは言ってないっしょ。心配してんですよ。ていうかマジで、交番とか近くにあります？ 相談だけでもしといたほうがいいっすよ」

相談ねえ。薫子は考えた。

最寄りの交番は、〝近く〟とは言えない。徒歩で二十分ほどだろう。だが通りがかりに、薫子と同じ年代の警官を何度か見かけていた。

――若い人なら、ちょっとは相談しやすいかもね。

「そうだね、ありがとう」

礼を言い、薫子はＬＩＮＥのやりとりを切りあげた。冷めた紅茶の残りを飲み干し、

「電車、遅れてるんだ。強風かあ……」

つぶやいて、ベランダをうかがった。

物干し竿やハンガーを、いまのうち室内に入れておいたほうがよさそうだ。風で飛ばされ、よその家のガラスを割ったりしたら目も当てられない。

後輩に愚痴ったおかげで、胸が軽くなっていた。交番に相談しようと考えたことで、気が大

きくなってもいた。

薫子はカーテンを半分ほど開けた。

――うん、誰もいない。

下から見上げる視線も感じない。

掃き出し窓をひらき、ふとベランダになにかが落ちていると気づいた。白っぽい、ちいさな布きれだ。

――どこかの洗濯物かしら。飛ばされてきたのかな。

でも、どこの家のものか判別しようがない。管理会社に連絡して預けるか――、と考えながら拾い、広げてみて、薫子はぎょっとした。

男性もののブリーフだ。

しかも、洗われていなかった。悪臭がぷんと鼻を突く。悲鳴をあげ、薫子は思わずブリーフを放った。ベランダの柵を越え、風にはためきながら落下していく。

急いで部屋へ駆け戻った。叩きつけるように窓を閉め、洗面所へ走る。

薫子は手を洗った。冷たい水で洗い、ハンドソープを泡立てて洗い、流水で洗い流してから、また洗った。冷たさで手の感覚がなくなるまで洗った。

やがて、彼女はその場にへたりこんだ。たった今見た黄褐色の染みが、眼裏(まなうら)に焼きついていた。そして、あの強烈な悪臭。

間違いない。故意にベランダに放りこまれたのだ。誰がって？　考えるまでもない。こんな下劣ないやがらせをする人間は、ほかに心当たりがない。

――あの老人だ。

でも、なぜ？　薫子は混乱した。

ほんとうに後輩が言ったとおり、恋愛感情によるストーカーなのか？　わたしはあのお爺さんを知らない。けれどどこかで出会って、一方的に気に入られてしまったんだろうか？

薫子は人目を惹(ひ)くような美人ではない。かといって醜女(しこめ)でもない。十人並みの、ごく平凡な容貌だ。「おとなしそう」「学級委員タイプ」だと言われる。よく言えば清楚(せいそ)で、悪く言えばいたって地味だった。

――だから、付け入られたんだろうか。

そういえば世の痴漢が狙うのも「おとなしそうで、反撃しそうにないタイプ」だと聞く。この女なら泣き寝入りするだろうと、外見で甘く見られたのか。

明日、絶対に交番へ行こう。薫子は心に誓った。

さすがに腹が立ってきた。孤独な老人のストレス解消かなにか知らないが、舐められて、嘲(あざけ)られながら付きまとわれるなんてまっぴらだ。

薫子は苛立ちながら、窓という窓の施錠を確認してまわった。玄関ドアのチェーンもいま一度確かめた。

その夜は、スマートフォンを握りしめて眠った。

4

翌日、薫子は実務実習を休んだ。朝一番に向かった先はむろん交番である。

しかし警官の反応はかんばしくなかった。頬ににきび痕の残る警官は、

「ええと……で、結局なにもなかったわけですよね」

と困ったように額を掻いた。

「怪我させられたとか、ものを壊されたとか、そういうのはなし？　うーん、じゃあ動けないな。被害があったら、また来てくれます？」

これ見よがしに簿冊を閉じる。

薫子は唖然とした。実習を休んでまで、勇気を出して来たというのに、これじゃまったくの無駄足じゃないか。

「ひ――被害なら、ありました。ベランダに、汚れた下着が投げこまれて」

薫子は食い下がった。しかし警官は眉ひとつ動かさなかった。

「うん、さっき聞きましたよ。で、証拠品は？」

「証拠……」

思わず鸚鵡（おうむ）返しにする。そんなものはない。道路に落ちたあと、どこに消えたかもわからな

い。警察に届けるためだとしたって、他人の汚れた下着を部屋に置いておくなんてまっぴらだった。

「せめて、スマホで撮った画像か動画でもありゃあね。あなたの一方的な話だけじゃ、こっちは判断しようがないでしょ。証拠もなしに人を疑ってたら、この世は冤罪天国になっちゃいますよ」

「そんな――」

撮影なんて、そんな余裕があるもんか、と怒鳴りたいのを薫子はこらえた。

確かに証拠は大事だ。でも悪意をぶつけられて、咄嗟に「録音だ、撮影だ」と頭がまわる人間なぞそうはいるまい。

いやがらせを受けて、うろたえた。パニックになった。それは罪なのか。人として当たりまえの反応ではないのか。

「ス、ストーカー規制法、とか、あるじゃないですか」

声が震えないよう、抑えながら薫子は言った。

「法律で、故意の付きまといや待ち伏せは規制されているはずです。汚物の送付なども、ストーカー行為の範疇に入ります」

父からの受け売りだった。

しかし警官は、鉛筆の尻でいま一度額を掻いた。

「ふーん。ということはあなた、その爺さんと恋愛関係にあったの?」

「――は？」

「いや、だってストーカー規制法って、男女の痴情のもつれに適用される法律ですからね。恋愛感情、好意、それによる怨恨。これらが動機じゃないと、警察はストーカー規制法で取り締まることはできないの。で、あなたはそれでいいわけ？　見たとこ、まだ結婚前のお嬢さんでしょ？　下手に騒ぎたてると、いろいろよくない噂が立っちゃうよ。『爺さんの愛人だったー』『パパ活ならぬジジ活してたー』なんて世間は言うだろうけど、そういうの平気なタイプ？」

　薫子はふたたび啞然と警官を見返した。

　なんだろう。この人、なにを言ってるんだろう。こんな言い草、市民を脅してるみたいじゃないか。あたかも面倒ごとを持ちこむな、醜聞を立てられたくないなら黙っていろ、と言いたげなこの態度――。

　二の句が継げないでいる薫子に、

「じゃ、そういうわけなんで。なにかあったらまた来てください」

　警官は言い放ち、追いはらうように手を振った。

　薫子はかっとなった。怒りで顔に血がのぼり、視界が狭まるのを感じた。頰が熱い。泣きたくなんかないのに、ひとりでに目がしらが熱くなってくる。

「なにかあったら、って……」

　涙声になりませんように、と祈りながら、薫子は声を押しだした。

「……それって要するに、わたしが傷つけられでもしない限り、なにもしてくれないってことですか」

言いながら、父の仕事の意義がようやくわかったと思った。頭でわかっていたつもりで、まるでわかっていなかった。

父の職業を「犯罪者の味方をするなんて、反社会的だ」と思った時期もあった。でも反権力って、必要なんだ。弁護士って、こんな思いをする人のための職業なんだ――と。

だが眼前の警官は、やはり意にも介さなかった。

「まあ、そっち方面の巡回を増やしますよ」

苦笑しながら、いま一度片手を振る。

「それでいいでしょ？　警察にできることなんて、実際そのくらいしかないんですって。わかってください」

肩を落として、薫子はすごすごと交番を出た。

朝のうちは、スムーズに相談が終われば院に顔を出そうと思っていた。だがその意欲は完全に失せていた。いまはとにかく、早く家に帰りたい。帰って布団にくるまって、身心を休めたい。

徹夜でレポートを仕上げたときより疲労困憊していた。〝徒労〟の二文字が、重くのしかかる。

――父に、相談すべきだろうか。

薫子は悩んだ。

父は刑事事件を主に扱う弁護士だ。ストーカーによる殺傷事件だって、何度か担当している。だが親に心配はかけたくなかった。さっきの警官が言ったように、脇の甘い娘だと思われ、叱られるのもいやだった。

第一、父はつねに忙しい。母と先週電話で話したところによれば、いま抱えている案件はそうとうに厄介なようだ。かたや無期懲役を食らうかどうか、瀬戸際にいる依頼人。かたや老人一人に付きまとわれ、あたふた狼狽する馬鹿娘――。どう考えても、優先すべき対象はあきらかだった。

「帰ろ……」

赤信号で立ち止まり、低くつぶやく。アスファルトに落としていた視線を、ふと上げる。

途端、薫子は目を疑った。

ガラスの向こうに、あの老爺がいた。

窓ガラス越しだ。路線バスの窓であった。例の老爺が乗っている。窓から、にやにやと薫子を見下ろしている。そしていまにもバスは、数メートル先の停留所へ停まろうとしていた。

バスが停車した。ドアが開き、乗客が列をなして降りてくる。その中にあの老人もいた。やはり薫子を見ている。笑っている。

逃げなきゃ――。薫子は思った。

でも、動けない。根が生えたように足が動いてくれない。

そのとき、背後で高い歓声があがった。子供の声だ。空気を切り裂くような、きぃんと響く高い声であった。

その声で、なぜか足の呪縛（じゅばく）が解けた。

薫子はきびすを返した。そして走った。交番に戻るまでに何分かかるだろう。今度こそ信じてもらえるだろうか。そういぶかりながら、駆けた。

ほんの十メートル走ったところで、僥倖（ぎょうこう）があった。

駅経由のバスが停まっている。ドアが開いている。

薫子はすかさず駆けこんだ。がくがくする足を操ってステップをのぼり、通路を歩いて、なんとかシートに座った。途端、全身からどっと力が抜けた。

だが、安堵は束の間だった。

停車時間が長い。後払いのバスだからだ、と薫子は気づいた。支払いにもたついている客がいる。主婦らしき中年女だった。降りる間際になって両替し、丁寧に小銭をひとつひとつ数えている。

——お願い、早く発車して。

薫子は祈った。その祈りを嘲笑うかのように、主婦はゆったりと降車していった。なのに、まだバスは動こうとしない。

「乗るの？　乗ります？」

運転手が、外の乗客に声をかけている。首を伸ばして外を見、薫子は絶望した。

あの老爺が、バスに追いついたのだ。乗ってくる。老いた両足を大儀そうに動かしながら、バスの階段をのぼってくる。ドアが閉まった。

判断を間違えた、と薫子は悟った。

あのまま走りつづけるべきだった。老爺を完全に撒(ま)いてしまうまで走って、どこかでタクシーを拾って帰ればよかったのだ。

老爺は、薫子のすぐ後ろの席に座った。薫子は絶望した。入れ歯の臭気と体温がこもった、ぞっとするような吐息だった。

背後で老爺は、なにやらぶつぶつとつぶやいていた。内容までは聞こえない。聞こえないだけに、気味が悪かった。ときおり挟まれる忍び笑いが、さらに嫌悪感をかきたてた。

バスが駅に着くまで、薫子は青ざめ、身を硬くしているしかなかった。

駅でバスを降り、ふたたび薫子は走った。

今度こそ老爺を撒いてしまうまで、足を休めず走った。

約三十分走りつづけ、もう限界だ、と立ち止まる。信号柱にもたれ、ぜいぜいと荒い息を吐く。

こんなに走ったのは久しぶりだ。髪も、シャツも、汗でびっしょりだった。頭皮から噴きだす汗が、頬をつたって顎(あご)からしたたり落ちる。

今夜はネットカフェにでも泊まろうか、と考えた。だがすぐに「駄目だ」と内心で打ち消した。

あの老爺なら、店内まで追いかけてくるかもしれない。ネットカフェの個室は、外からでも簡単に覗ける。あの老爺なら、一室一室見てまわるのも厭わないだろう。

かといって、ビジネスホテルに泊まるには所持金が乏しかった。最近は女性専用のカプセルホテルも増えているらしいが、この近辺にはない。上野あたりまで行かねばならない。

アパートからあまりにも離れるのはいやだった。あの汚れた下着がほんとうに老爺の仕業なら、とうに住居はばれているのだ。留守の間に、侵入されでもしたら——。想像するだけで、鳥肌が立った。

——もっと近所付き合いしておくんだった。

薫子は悔やんだ。これが実家付近なら、助けを求められる知り合いが何人もいる。町内を歩けば「あら、丹下先生んとこのお嬢さん」「カオちゃん、こんにちは」と誰かしらが声をかけてくれる。

でも、いまは違う。なにが起ころうと駆けこめる先なんてない。頼っていい人が、薫子がそう思える相手がいない。

迷った末、アパートに帰ろう、と決めた。

結局、自宅が一番安全なのだ。住所を知られていようと、戸締まりさえしっかりしておけば大丈夫だ。あの老人に、ドアを蹴破ってまで入ってくる力はあるまい。

近づいてくるタクシーに、薫子は手を上げた。

さいわい老爺はコンビニにいなかった。

薫子は買い物籠を腕にかけ、手早く食料を放りこんでいった。カップラーメン。缶詰。レトルト食品。日持ちのするビスケットやチョコレート。冷凍食品のパスタに炒飯（チャーハン）。

一週間ほど籠城（ろうじょう）しよう、と己に言い聞かせる。

その間、講義や実習には出られないがしかたない。「実家で急な不幸があった」とでも、あとで学生課に連絡しておこう。

――証拠がなけりゃ動けない？　なら、証拠を溜めればいいのね。

今日からは、なにかあれば片っぱしから録音録画してやる。家にいれば迎え撃てる。一週間ぶんの証拠を提出すれば、警察だって無視できないはずだ。

レジには例のタイ人の店員がいた。商品で山盛りの買い物籠に、彼女が目をまるくする。

「どうしたの？　こんなに買うの、めずらしい」

「ちょっと……しばらく家で勉強しようと思って」

愛想笑いでそう返すと、店員は「学生さんって大変ね」と同情顔になった。

5

アパートに帰って、薫子は真っ先にスマートフォンを充電した。いま一番頼りになるのはこれだ。録音と録画ができて、SNSで外に発信することも、通報もできる万能ツールである。

時計を見上げた。午後一時半。

いつの間にかお昼をまわってしまった。食欲はないが、なにか胃に入れておいたほうがいいだろう。

ケトルをコンロにかけ、コンビニ袋から餡パンを取りだした。お湯が沸くまでの間、戸締まりを再点検する。

浴室の窓、OK。ベランダの窓OK。キッチンに面した小窓OK。玄関のドアの鍵は、さっき厳重に締めた。トイレは換気扇だけで窓がないし、ほかに侵入口はない。

ティーバッグの紅茶で餡パンを流しこみ、薫子はノートパソコンを立ちあげた。

レポートのテーマを変えよう、と思った。

数日前までは、限界集落について書こうと決めていたのだ。〝限界集落は田舎に限らない。関東近郊にも、いや都内にだって存在する〟——が主題のレポートであった。以前から興味を抱いていたテーマだ。資料だって充分に集めた。でも、いまは書ける気がしない。限界集落云云に頭が集中してくれない。

薫子はキーボードを叩き、レポートのタイトルを変えた。『都会という巨大共同体の中での孤独、ならびに犯罪被害への不安』

一気呵成に、二千字書いた。

高名な社会学研究者の名をど忘れして、ようやく手を止める。

時計を見ると、二時間が経っていた。

ふっと息を吐く。紅茶のおかわりを淹れよう、と立ちあがった。充足感が体を満たしていた。

こんなに書けたのはいつぶりだろう。湯気の立つカップを片手に、カーテンを細くひらく。

高揚した気分が、瞬時に萎んだ。

――あいつだ。

カーテンを薫子は握りしめた。

あいつが、窓の外にいる。街灯柱のすぐ脇に立ち、薫子の部屋をまっすぐ見上げている。

――やっぱり、この部屋を知ってたんだ。

わたしがこのアパートの何号室に住んでいるか、あいつは知っている。

例の汚れた下着は老爺のものでは、という疑念が確信に変わった。薫子は吐き気を覚えた。

ほんのわずかな間とはいえ、素手で触ってしまったのだ。胃液とともに、昼食のパンが喉もとまでこみあげる。

どうしよう。薫子は迷った。

このまま無視するべきだろうか。でもほうっておいたら、いつ帰ってくれるかわからない。交番に通報？　駄目だ。今日のやりとりで、警察は当てにならないと骨身に染みた。それにまだ肝心の証拠が揃っていない。

——あ、そうだ。

充電していたスマートフォンを、薫子は手にとった。

アドレスから、後輩の男子学生を呼びだす。LINEでなく通話を選んだ。

すこし家が遠いけれど、彼ならたぶん来てくれる。気のいい子なのだ。LINEでストーカーの件を打ち明けてあるから、長々と説明する必要もない。

四回のコールで、後輩は「はい」と応答した。

「もしもし？　ごめん、丹下だけど、いまおうち？」

「ああ丹下さん。電話なんてめずらしいっすね。おれなら、いま家ですよ。なんかありました？」

「じつはね……」手短に薫子は説明した。

「え、マジでいま外にいるんすか？　ストーカーが？」

と後輩は声をうわずらせ、

「やばいじゃないすか。待っててください。おれ、すぐ行きます」

と言うが早いか通話を切った。

——よかった。

スマートフォンを胸に押し当て、薫子は目を閉じた。

最初からこうすればよかった。後輩は元ラグビー部だけあって、筋肉質で大柄である。目測だが身長百八十センチ前後で、体重は九十キロ以上あるだろう。その体格の後輩に凄まれれば、若い男でも怯んで引くはずだ。

後輩は二十分ほどでやって来た。マウンテンバイクを飛ばしてきたのだという。

「ストーカー、どこです？　まだいます？」

「いるの。ほら見て、あそこ」

窓越しに、薫子は指をさした。

後輩が「なんだ」と笑う。

「弱っちそうな爺さんじゃないっすか。おれが行って、話付けてきますよ。二度と来るなって脅しときます」

言うが早いか、後輩はのぼってきたばかりのアパートの階段を駆け下りていった。

二階の窓から、薫子は彼を見守った。後輩が老爺に呼びかける。なにやら話しこんでいる。老爺がぺこぺこと頭を下げる。

ものの数分で、後輩は戻ってきた。

「謝ってましたよ。『もうしない』って」

彼は苦笑していた。

「『独り暮らしが長くて寂しかったんだ。相手にしてもらえると思って、年甲斐もなく勘違いしてしまった』だそうです。それから、伝言を頼まれました。『迷惑がられているとは思わなかった。すまなかった』と」

「そ、そう……」

薫子はあいまいに応えた。

――これだけ？　ほんとうに、これで終わり？　相手にしてもらえると思って？

ただ寂しくて、わたしを付けまわした？

でも、だったらなぜ汚れた下着を投げこんだり、これ見よがしに胸を揉む仕草をしたりするの。それともあれは、全部わたしの気のせい？　被害妄想？　ただの考えすぎだったの？

ぐるぐると思い悩む薫子に、後輩は笑顔で言った。

「このご時世、寂しいお年寄りって多いですからね。まあ丹下さんも、気にしすぎないほうがいいっすよ」

だが懸念は当たってしまった。

後輩が帰ってから、たった四時間後のことだ。

ドアを蹴られる音に、薫子は文字どおりその場で飛びあがった。

蹴る音は三回つづいた。そののち、急に静まりかえったかと思うと、かすかな音が響いた。

ドアポストの投函口が、かたりと鳴る音だった。

――外から、なにか入れられた。

薫子は固唾（かたず）を呑んだ。

時刻はすでに夜だ。今日の郵便物はすでに受けとった。音からしてチラシや宣伝ティッシュのたぐいではないし、業者ならまさか蹴っては行くまい。

あいつだ、と薫子は確信した。

いやだ、と思う。見たくない、とも思う。でもそのままにしておけない。証拠品なら保存する必要があるし、汚物や生ものなら放置はできない。

壁にすがるように、立ちあがった。膝から下がこまかく震えた。

クロックスを突っかけ、そっとドアに近づく。

紙に包まれたなにかが、沓脱（くつぬぎ）に落ちていた。

薫子はとって返し、キッチンからゴム手袋を持ってきた。手袋をはめた手で、紙包みを慎重につまみあげる。

中身は小石が二つと、かじりかけの餡パンだった。パンには歯型がくっきりと残り、かじり口が唾液で濡れていた。包んでいた紙はエロ本のページを破いたもので、『女子大生に強制中出しレイプ！』との文字が極太フォントで躍っていた。

薫子は包みを放りだし、トイレに走った。

耐えられなかった。便器にかがみこみ、激しく嘔吐した。胃が空っぽになり、胃液しか出なくなっても、まだ吐いた。涙が滲んだ。

吐くだけ吐いてしまうと、薫子はふらりと立ちあがった。

スマートフォンを手に取る。履歴から後輩の番号を呼びだし、かける。

「丹下さん？　どうしました？」

声が遠い。まわりが騒がしく、雑音が入る。

「すみません、いま居酒屋なんすよ。サークルの連中に呼びだされちゃって……よかったら、丹下さんも来ます？」

「ううん、行けない。それより……」

つかえながら、薫子はたったいまあったことを話した。ドアを蹴られたこと。投函口から小石と餡パンが投げこまれたことを。エロ本の記事については、恥ずかしくて口に出せなかった。

「なあんだ」

後輩は電話口で笑った。

「小石と餡パン？　はは、あの爺さん、かまってちゃんだなあ。そんなん捨てときゃいいっすよ。相手にしなきゃ、いつか向こうのほうが飽きますって」

「え、でも……」

「べつに実害はないんだし。ね？」

通じていない――。

薫子は愕然とした。と同時に、痛いほど思い知った。

後輩は確かにいい子だ。付き合ってもいない女の呼び出しにすぐさま応じ、見ず知らずの老人の孤独に同情できる、いまどきめずらしい好青年だ。

――でもそれは、彼自身が強者だからこそ生まれる余裕だ。

百八十センチの長身。がっちりとたくましい体軀。見た目で侮られた経験など、きっと一度もないだろう。

彼から見たら、あいつは弱々しいただの老人だ。その老人にさえねじ伏せられるかもしれない女性の――薫子の恐怖など、彼には実感できない。どんなに親身になってくれても、根本的なところで理解し合えない。

「うざいのはわかりますよ。わかるけど、笑ってスルーしてあげましょうよ。相手はお年寄りなんですから、ちょっとは大目に見てあげないと」

快活に後輩は笑った。

6

翌朝は可燃ゴミの日だった。しかし部屋を出られなかった。

ゴミ収集所まで歩くのさえ、怖かった。腐りそうな生ゴミはビニール袋で厳重に包み、冷凍庫に押しこんだ。

カーテンをぴたりと閉めきった部屋は、昼でも薄暗い。しかし電灯は点けず、電池式の卓上スタンドのみで過ごすと決めた。

保温ポットも、エアコンも切った。冷蔵庫以外の家電は、なるべく使わないようつとめた。電力メーターが大きく動いていたら、中にいると悟られてしまう。

薫子はノートパソコンに向かい、レポートに没頭した。

集中のためイヤフォンを使おうか迷い、結局やめた。物音が聞こえないのでは、万が一のとき逃げ遅れる恐れがある。

正午過ぎ、薫子はコンロでお湯を沸かしてカップラーメンを啜った。水とラーメンだけの食事はわびしかったが、胃が満たされるとすこし落ちつけた。

窓の外が気になった。しかし「見るまい」と己に言い聞かせた。

──こうなったら持久戦だ。

向こうが飽きるまで待つしかない。

あいつはこちらの反応を愉しんでいる。ならば徹底的に接触を絶ち、無反応を貫くしかない。この女に貼りついていてもつまらない、と思わせるのだ。

その日は結局、夕方までなにも起こらなかった。

──おなかすいたな。シャワーも浴びたい。

だが悩んだ末、シャワーは諦めることにした。浴室には窓がある。むろん施錠してはいるが、覗かれそうで怖かった。

夕飯はレトルトカレーにした。いつもなら電子レンジを使うが、今日は冷凍ごはんと一緒に湯煎した。

食べ終えて、スマートフォンをチェックする。友人から、ＬＩＮＥに二件メッセージが届いていた。あたりさわりのない返事を送っておいた。

零時過ぎに、薫子はベッドに入った。

卓上スタンドを〝微〟に切り替え、点けたままにしておく。カーテンはぶ厚いから、この程度の光なら外に洩れないだろう。いまは部屋を真っ暗にしたくなかった。

ベッドに仰向けになる。まぶたを閉じる。

眠れまいと思ったのに、意識はすぐに薄れた。一日中神経を張りつめていたから、疲れたのだろう。薫子は、吸いこまれるように眠りに落ちていった。


翌朝は六時半に目が覚めた。

いつもより一時間早い起床だ。ぐずぐず二度寝せず、すぐにベッドから出た。

室内を見まわす。

――うん、異状なし。

カーテンは隙間なく閉ざされ、卓上スタンドは〝微〟のまま点っている。水切り籠に立てかけた食器の角度まで、最後に見た記憶のままだ。

玄関ドアに首をめぐらせかけて、薫子は動きを止めた。

ドアポストに、なにか挿しこまれている。

気づかなければよかった、と思った。でもいったん知覚してしまったなら、そのままにしておけない。

薫子はふらりと立ちあがった。

ドアポストに挿しこまれていたのは、やはり破ったエロ本のページだった。『素人女子大生発情！　AVデビューを密着取材』だの、『女子大生、禁断のM奴隷化』『メス堕ち女子大生』だのと、これ見よがしに〝女子大生〟の四文字が躍っている。

沓脱も無事ではなかった。見下ろして、薫子は泣きたくなった。

エロ記事の前に、棒アイスを投げこまれたらしい。どろどろに溶けたアイスが、今朝の朝刊と沓脱のタイルをべったり汚していた。

惨状をスマートフォンで撮ってから、薫子は半泣きで掃除をした。

エロ本はなぜか湿っていた。アイスは残った棒からして、三本放りこまれていた。一昨日の餡パンと同様、かじりかけかもしれないと思うと胃がざわついた。溶けたアイスにあいつの唾液が混じっているかと思うと、掃除しながら叫びだしたくなった。

――もっと高セキュリティの物件に住めばよかった。

院生の中には、オートロックのマンションに住む子が何人かいる。防犯カメラ付きの女性専用アパートに住まう子もいた。「うらやましいけれど、家賃にお金をかけるくらいなら本を買いたい」と思ってきた。

――でも、いまならわかる。

安全はお金で買えて、かつお金には換えられない。いくらかかろうが、目の前の危険に比べれば安いものなのだ。

ドアポストをテープで塞いでしまおうか、薫子は悩んだ。

しかしここを塞ぐと、郵便物が受けとれない。朝刊はともかく、郵便物は個人情報の塊(かたまり)である。あいつの手に渡るのだけは避けたかった。いまから私書箱や局留めの手続きをしように も、部屋を出て郵便局まで行かねばならない。

――とりあえず、配達員さんが来る時刻まで塞いでおこう。

郵便配達員は、たいてい午後一時から二時の間に来る。その時間帯だけ、テープを剝(は)がして待とう。

疼痛(とうつう)を訴えるこめかみを、薫子は指で押さえた。

7

その後三日間は、なにも起こらなかった。

薫子は短く眠っては起き、また眠っては起きた。二時間以上眠るのが、怖くなっていた。朝刊は販売店に電話して、半月ほど止めてもらうことにした。

薫子は真っ黒に煮出した紅茶をがぶがぶ飲み、眠気の限界までレポートを書いては、倒れるように眠ることを繰りかえした。

レポートだけが順調に進んだ。食料はさほど減らず、紅茶や緑茶、飴、ガムばかりが消費されていった。食べなければ、と頭では思う。だが胃が痛んで、食事について考えただけで吐き気がした。

ふ、と薫子は目を覚ました。

また床で眠ってしまったらしい。

冬じゃなくてよかった、と思いつつ、薫子は上体をのろのろと起こした。

関東でだって、寒さで凍死する人はいるのだ。エアコンをつけなくても過ごせる季節で、不幸中のさいわいだった。

そこまで考えかけ、〝不幸〟の二文字にふと自嘲する。

――確かにこんなの、不幸としか言いようがないよね。

いわれもなく見舞われた不幸、いや、災厄と言ったほうが適切か。

なにも悪いことなんかしていない。あの老爺と、以前になにかあったとも思えない。なのに自分はいま、どうしようもない苦境に陥っている。これが不幸や不運でなくてなんだろう。

苦笑してかぶりを振ったとき、視界の端にドアポストが見えた。

郵便物が挟まっている。そういえば一時すこし過ぎにテープを剝がしたのだ。時計を見ると、二時五分だった。

薫子は膝立ちになった。それだけで体がふらついた。

ろくな栄養を摂(と)っていないせいか、足に力が入らない。よろけながらも玄関ドアへ向かい、投函口に挟まった封筒を引き抜いた。

その瞬間。

投函口が大きく開いた。

向こう側から指で押し開けられたのだ、と気づくまでに、ゼロコンマ数秒かかった。

投函口の向こうに、皺ばんだ口と乱杭歯が見えた。

「あああああああああーあー！」

覗いた口が絶叫するのを、呆然と薫子は見つめた。

無意識に後ずさろうと、上がり框(かまち)に尻餅(しりもち)を突く。

「ああああああああぁぁあああーあーあー！」

絶叫はつづいている。

やけに赤い舌が、口腔で躍動しているのがはっきり見えた。

薫子は床に尻を付けて後退(あとずさ)りながら、待っていたのだ——と悟った。彼女が郵便物を抜くのを、こいつはドアの外で、じっと待っていた。

おそろしいほどの執念だった。長々とつづく絶叫に、薫子は愉悦の響きを感じとった。

こいつは悦(よろこ)んでいる。わたしの怯えを、恐怖を、愉しんでいる。糧(かて)にしている。

——誰か、通報して。

薫子は願った。

できることなら自分で通報したい。でも、腰が抜けてしまったのか動けない。お願いだから、誰か、管理会社でも警察でもいいから、迷惑行為として通報して。

だがあたりは静まりかえっていた。

ああそうか、平日だ、と薫子は絶望した。

ここは単身者ばかりのアパートだ。平日のこの時刻に、在宅の住人はほぼいない。みんな会社や大学に行ってしまったのだ。誰一人気づいてくれない――。

床にへたりこんだまま、薫子はいつ果てるとも知れない絶叫を聞きつづけた。

ふたたびはっとわれに返ると、老爺はいなくなっていた。

どうやら声を聞きながら、失神してしまったらしい。

跳ね起きて、薫子はドアへ走った。ドアポストを厳重にガムテープで塞いでから、沓脱に落ちた紙きれに気づく。

切り抜いた新聞記事であった。無意識に目で文字を追い、薫子は息を呑んだ。

記事の見出しにはこうあった。

『台東区で女子大生が絞殺される。痴情のもつれか』

強調するように記事は赤のサインペンで囲まれ、小馬鹿にしたようなスマイルマークまで書き添えられていた。

8

その夜、薫子は一睡もできなかった。

もはやレポートを書く気力はなかった。スマートフォンは充電器に挿しっぱなしで、二日間手にとっていない。テレビのニュースはもちろん、ネットのポータルサイトさえ見ていなかった。

――シャワーを浴びたい。

床にうずくまって、薫子は思った。

一度その考えにとらわれてしまうと、頭から離れてくれなかった。視野が狭まっていると自分でもわかる。きっと寝ていないせいだ。思考を切り替えられない。

――シャワーを浴びたい。ううん、熱いお風呂につかりたい。

もう三日以上、体も髪も洗っていない。髪に触れるたび、自分でも感触にぞっとする。きっとひどい臭いだろう。脂と垢の塊だ。

――シャワーを浴びたい。浴びたい。浴びたい。

五分だけ、と己に言い聞かせ、薫子はふらふらと浴室に向かった。

浴槽にお湯を溜めて、ゆっくり浸かるのは無理だろう。でもせめて、髪だけでも洗いたかった。このままでいたら、自分さえ嫌いになってしまいそうだ。

数日ぶりの熱い湯を浴び、薫子は髪を洗った。一回では泡立たず、三回洗った。ごっそり抜けた髪が指に絡み、怖いほどだった。体もやはりろくに泡立たず、タオルで擦るようにして二度洗った。

浴室を出て、薫子は部屋を見まわした。

――この部屋、こんなだったっけ。

卓上のノートパソコンの位置が、なんだか変わっている気がする。そういえばカップも、あんなところに置いたっけか。抽斗が微妙にひらいてやしないだろうか。それを言うなら、スリッパの角度だって――。

崩れるように、薫子はその場にへたりこんだ。

駄目だ。駄目だ駄目だ。

もうなにも信用できない。浴室にいた間に、あいつに侵入された気がする。理性では馬鹿げているとわかるのに、感情が、神経が付いてこない。

――もし、侵入されていたとしたら？

だとしたら、買い置きの食料になにかされたかもしれない。クロゼットの下着にも、枕にも布団にも触られたかもしれない。いやだ。気持ち悪い。気持ち悪い気持ち悪い気持ち悪い気持ち悪い気持ち悪い気持ち悪い気持ち悪い。

耐えられない。

薫子は頭を抱え、床にまるくなった。

吐きそうだ。頭が痛い。空っぽの胃から、酸っぱい胃液がこみあげてくる。気持ち悪い。気持ち悪くてたまらない。

――あいつはわたしを、どうしたいんだろう。

薫子はいぶかった。

いやがらせの数々は、あきらかに性的な匂いを振りまいている。あいつが薫子を〝そういう〟対象として見ているのは間違いない。その事実に、いまさらながら嫌悪で全身が粟立つ。

――まさか犯されて、殺される？　あんな老人に？

いやだ。そんなの、自分で舌を嚙み切ったほうがましだ。だったらいっそ――。

反射的に首を振る。われに返り、己に言い聞かせる。

――駄目。自殺なんて考えちゃいけない。

自殺なんて、あいつに対して負けを認めるも同然だ。絶対に駄目だ。そんなことより、そう、もっと現実的な手段を取るべきだ。

震える手を、薫子はスマートフォンに伸ばした。アドレスから実家の番号を呼びだす。耳もとでコール音を聞く。

「はい、丹下です」

兄の声だ。安堵のあまり、薫子は泣きだしそうになった。

「もしもし、お兄ちゃん？」

「ああ、なんだおまえか。どうした。母さんに替わろうか?」

「いいの」薫子は洟を啜った。

「お願いだから、そのまま聞いて。あのね、いまわたし――」

薫子はスマートフォンを両手で包んだ。言葉が溢れでて、止まらなかった。


しかし、結果から言えば無駄だった。

兄はものの役にも立たなかった。後輩以下だった。

「父さんには言うな。おれが片を付けてやる」

と請け合っておきながら、老爺に面と向かうと二言三言、笑い混じりに注意しただけで帰してしまった。

「おまえなあ」

戻ってきた兄は、満面に「まいったな」と言いたげな苦笑を浮かべていた。

「かわいそうに、相手はよぼよぼのお爺ちゃんじゃんか。あんな年寄りに強く出られるかよ。おれに弱い者いじめさせる気か?」

――弱い者いじめ。

薫子は悄然と肩を落とした。兄にもあいつが――あれが弱者に映るのだ。

後輩ほどでなくとも、兄はあの老爺よりはるかに背が高い。若く健康な体を持ち、老人ごときに負けるなどまずあり得ない。

でも、わたしは違うのに。

若くたって、しょせん女だ。あの老人と比べて強者だとはとうてい言えないのに。

そう言いたかった。しかし言葉は喉の奥で干上がり、凝(こご)っていた。なにを言っても無駄な気がした。

「父さんには、心配かけるんじゃないぞ」

妹の頭をぽんと叩き、兄は目じりに笑い皺を寄せた。人の好(よ)さそうな笑みだ。いかにも〝善人〟の表情だった。

兄嫁から電話があったのは、その夜のことだ。

小気味よさそうに、兄嫁は電話口で薫子をさんざん罵倒した。

「ストーカーが出たって、大げさにぎゃあぎゃあ騒いだんだって?」

「しかも相手はお爺ちゃんですって? ふん、馬鹿馬鹿しい」

「よけいな騒ぎは起こさないでよね。うちには子供がいるのよ? ご近所に顔向けできなくなったらどうしてくれるの。お義父(とう)さんの仕事にもかかわるじゃない」

「うちの人だって、暇なわけじゃないんだから。今後、くだらないことで呼びつけるようなら縁切りも考えます」

どうやら帰宅した兄は、笑い話として兄嫁に全部ぶちまけたらしい。兄夫婦の間で笑いものにされたと想像しただけで、薫子の手は震えた。

「モテなさすぎて、逆に自意識過剰になっちゃったのかしら?」

兄嫁は勝ち誇ったように言い、
「ともかく、そっちのことはそっちで片づけてよ」
と吐き捨てて通話を切った。むなしく通信音を発するスマートフォンを手に、薫子はしばらくその場を動けなかった。

午前零時過ぎ。

薫子は床に座りこみ、裁ちばさみの刃をじっと見つめていた。先月買ったばかりの新品だ。刃はよく研がれており、蛍光灯の光を銀いろに弾いていた。

――いざとなったら、これで。

口の中で、薫子はつぶやいた。朝からなにも食べていないのに、空腹感さえなかった。すこしも眠くなかった。

包丁は駄目だ。包丁やナイフでは、殺意があったと推定されてしまう。

――でも裁ちばさみなら、正当防衛を主張できるはず。

ええ、咄嗟に手にとったんです。そう警察の事情聴取に答える己の声まで想像できた。怖くて、無我夢中でした。ただ身を守りたい一心でした――。

指で、そっと刃をなぞった。

先端はどきどきするような鋭さだ。これなら、ほんとうに刺さるだろう。女の力でも柔らかい腹部を狙えば、ずぶりと刃が皮膚にのめって、食いこんで。

――いやむしろ、こちらから打って出てもいいのではないか。

先手必勝、という言葉が浮かぶ。

向こうから襲ってくるまでなんて待てない。だって、わたしはもう限界だ。神経がぎりぎりまで張りつめているのがわかる。張りつめて、張りつめて、いまにもぷつんと切れそうだ。

そうだ、交番の警官だって言っていたじゃないか。なにかあってからでないと動けない、と。お望みどおり〝なにか〟起こしてやろう。そしたらあの警官だって、駆けつけざるを得まい。現場を見て、彼はいったいどんな顔をするだろう。

驚くだろうか。もっと親身に聞いてやればよかったと後悔するだろうか。そうだったらいい。いや、そうなって欲しい。せいぜい後悔するがいい。ざまあ見ろ。

思考が逸脱しつつある――。そう薫子は頭の隅で気づいていた。

でも、止められなかった。まともにものが考えられない。研ぎすまされた刃から、目がそらせない。

物音がした。玄関ドアの向こうだ。

あいつがいる、と薫子は悟った。

感じる。気配がする。

ふらり、と薫子は立ちあがった。壁に体を寄せ、もたれながら玄関まで歩く。手には裁ちばさみを握りしめていた。心強かった。宝物のように感じた。

裸足(はだし)で框から下り、ドアチェーンをはずす。

ロックを開錠する。手で、ゆっくりとドアを押しひらいた。

そこに、老爺がいた。

笑っている。薫子を見ている。

殺さなければ。薫子はつぶやいた。でも、ああ、体が動かない。すくんでしまっている。手の中の裁ちばさみが、ひどく重い。

老爺の右手が緩慢に上がり、薫子をまっすぐに指さした。

皺の寄った口が、無音で動く。その動きが、お、と読みとれた。つづいて、ま、と動く。お、ま、え、は、あと、ま——。

——おまえは、あとまわし。

にやりと唇を歪め、老爺はきびすを返した。

離れていく。廊下を歩き、外付けの階段を降りて、老爺が帰っていく。足音が、すこしずつ遠ざかる。

薫子の膝が、かくりと折れた。

その場に彼女はくずおれた。全身が震え、力が入らなかった。いまになって恐怖が、全身を浸している。鳥肌と悪寒がひどい。

——なに、いまのは。

いま起こったことは、なんだったんだろう。そしてわたしは、なにをしようとしていたんだろう。本気で、人を殺そうと？　まさか。まさか、でも——。

ようやく手から力が抜けた。
裁ちばさみが沓脱に落ち、にぶい音をたてて、わずかに跳ねた。

翌日から、老爺の付きまといはぴたりとやんだ。

理由はわからなかった。「おまえはあとまわし」の意味も、やはり把握できないままであった。

さらに一週間休んだのち、薫子は通学を再開した。

仕上げたレポートは、資料不足にもかかわらずAプラスと採点された。

後輩からは「あのお爺ちゃん、どうなりました?」とLINEが来たが、

「来なくなった。ありがとう」

とだけ返信しておいた。それ以上詳しく説明したくなかった。甥っ子の誕生日には、五千円分の商品券を郵送した。

それからしばらく経った朝、薫子は紅茶を飲みながら朝刊を読んでいた。

荻窪（おぎくぼ）のマンションで若夫婦の夫が殺された、との記事が三面に載っている。なんとはなし、薫子は壁のカレンダーを見上げた。

六月二十日。

——そうか。あの夜から、もう二十日以上過ぎたんだ。

はからずも老爺と対峙した夜から、早くもそんなに日が経ってしまった。遠い記憶に思える

し、同時に昨日のことのようにも感じる。

薫子はため息をついたのち、スマートフォンを取りだした。

グーグルのトップページにつなぐ。検索をはじめる。

検索ワードは『ストーカー』であった。『ストーカー　被害者　執行猶予』または『ストーカー　恋愛以外　規制法』『ストーカー　正当防衛』……。

一心に、薫子は指を動かしつづけた。

第四章

1

佐坂は会議室の隅で、炊き出しの芋煮を啜っていた。

捜査本部が立てば、捜査と捜査員のフォローは庶務班の役目だ。捜査本部の設営や管理だけでなく、朝に夕に人数ぶんの仕出し弁当を用意し、茶を淹れ、ときにはこうして炊き出しをする。

——しかし、芋煮とはめずらしいな。

首をかしげた。たいてい炊き出しといえば、おにぎりに沢庵、味噌汁が定番だ。たまにカレーか豚汁ならば大御馳走、といったところである。

芋煮は牛肉と里芋がたっぷり入って、牛蒡の鄙びた香りがした。具はほかに葱、こんにゃく、舞茸。野菜と茸からいい出汁が出ている。味噌ではなく、醬油ベースの味付けであった。

今回の庶務班は、荻窪署内の生活安全課からかき集めたはずだ。意外に気の利いたものを用意するな、と佐坂が感心していると、

「座るぞ」

頭の斜め上から不愛想な声がした。

返事は待たず、北野谷が湯気の立つ椀を持って隣に腰をかける。

一拍の間を置いて、「ああ」と佐坂は膝を打った。

「もしかして、北野谷さんですか。この芋煮」

北野谷は否定せず、「だったらなんだ」と犬歯を剝いた。

「糞が。ろくな食器がありゃしねえ」

じつは北野谷の趣味は、顔に似合わず料理である。食器や陶器にうるさいのもそのせいだ。風の噂では、自宅の食器棚にマイセンやウェッジウッドをずらりとコレクションしているらしい。

「おれはミネストローネにしたかったんだがな。セロリが嫌いだのなんだのと、ごねる馬鹿が複数いたんでやめた」

「なるほど」

笑いそうになるのをこらえ、佐坂は低く相槌を打った。

「それはそうと、こんなに肉を入れたんじゃ予算オーバーでしょう。よく庶務班が許可しましたね」

捜査費用の割り当ても、基本は庶務班がおこなう。捜査本部が立てば所轄署が費用を持つのがお決まりだが、お世辞にも警察の予算は潤沢とは言えない。一年に二件以上の重大事件を抱えた所轄署は、年末を待たず予算が尽きるというのが通説だ。

「材料費は、おれが出した」

北野谷がむっつりと言う。

「ほんとうですか？」

「嘘をついてなんになる。料理はいいストレス解消になるんだ。とくに野菜を刻んだり、皮を剝くのはいい。心が空っぽになる。無我の境地というやつだ」

「なるほど……」

再度うなずきながら、佐坂はあらためて芋煮の汁を啜った。美味い。誰が作ったにせよ、味に変わりはない。

それでなくとも敷鑑や地取りなど、外まわりの捜査員は野菜不足になりがちだ。立ち食い蕎麦や牛丼の早食いに慣れた胃に、野菜たっぷりの芋煮は染み入った。

佐坂が礼を言おうとしたとき、

「捜査員にも、ストレス解消は必要だ」北野谷がぽつりと言った。

「……事件に、ろくな進展がねえからな」

佐坂は言いかけた言葉を呑み、

「はい」

とうつむいた。

鑑定の結果、宅配便で届けられた小指はやはり鴇矢亜美のものであった。マンションに残されていたヘアブラシの毛髪と、ＤＮＡ型が一致した。

また亜美の母親とも親子関係が立証され、かつ「傷口に生体反応あり」との結果が出た。つまり鴇矢亜美は、その時点で生存していた。生きたまま、彼女は犯人に指を切断されたのだ。

「なんのためだと思う」北野谷が言った。

「犯人はなんのために、マル亜の指を送りつけやがった?」

「わかりません」

佐坂は首を振った。

「普通に考えれば、『人質はまだ生きている』との証明でしょう。警察が生体反応を調べるのを承知で、自分が間違いなく真犯人であり、マル亜を確保していると誇示してみせた。これは、一般には営利誘拐犯の手口です。だがいまだに、向こうから身代金の要求はない。それ以外の要求もいっさいない」

誘拐事件で指の切断と言えば、昭和六十一年の『三井物産マニラ支店長誘拐事件』が有名だ。三井物産のマニラ支店長が、軍事組織に誘拐された事件である。

誘拐犯は三井物産本社や通信各社に、脅迫状や人質の写真を送りつけた。指を切断されたかに見える写真であった。くだんの写真は、マスコミによってセンセーショナルに報道された。

「要求がないのでは、向こうの目的も出かたもわからない。動きようもない。……歯がゆいのひとことです」

「同感だ」

北野谷は里芋を口に放りこんだ。

亜美の小指が入っていた箱や梱包材、宅配の送り状などからは、指紋、掌紋、皮脂が複数検出された。だがどれも過去の前科データにヒットしなかった。

発送元は八王子のちいさな商店である。駄菓子や文房具を細ぼそと売る昔ながらの店で、当然ながら防犯カメラなどはなかった。

店主の老婆によれば、

「ご近所さんじゃない人が、うちから荷物を発送するのは滅多にないから覚えてる。歳はわたしと同年代か、ほんのちょっと若いくらいの男性よ。ほっぺたに大きなガーゼを貼っていた。手袋？　してたかもねえ」

だそうだ。背恰好も年齢も、亜美を拉致した老人と一致していた。

北野谷が芋煮をひと啜りして、

「おい事件マニア。一般に誘拐や拉致といえば、猥褻目的、身代金目当て以外になにがある」

と問う。佐坂は答えた。

「テロなどの政治犯が要求を通すため、というケースが多いです。日本では赤軍派の活動が活発だった時期に、『よど号ハイジャック事件』『あさま山荘事件』などで人質がとられました。しかし鴇矢夫妻に特定の思想や、政治的活動とかかわった形跡は見られません」

「あとは？」

「誘拐婚、というものがあります。見初めた娘を家族ぐるみでさらい、一方的に既成事実を作って婚姻にいたらしめるという前近代的なしきたりです。二十世紀に入っても被害例が複数ありました。次には、若い労働力の確保として子供をさらう例ですね。こいつは、現代日本で起こる可能性は低いでしょう。次に宗教的儀式。生贄（いけにえ）などのため誘拐されるパターンがありますが、これも可能性は低いかと」

「ふん」

北野谷は箸（はし）を置いた。

「ようやく舌がまわるようになったじゃねえか」

「は？」

「うるせえのは嫌いだが、横で黙りこくられても鬱陶（うっとう）しいんだよ」

ようやく意味がわかって、佐坂は恥じ入った。

鴇矢亜美の指が届けられてからというもの、確かに彼は消沈していた。捜査で後手にまわった悔しさももちろんある。だが正直言って、ダメージの理由はほかにあった。

姉の事件のトラウマが、よみがえったのである。

〝あの男〟は刃物を手に、下校途中の姉を襲った。姉は咄嗟（とっさ）に防御しようと、右手を上げて頭部をかばったらしい。

男が振り下ろした刃は、その手をざっくりと裂いた。

悲鳴を聞いて通行人が駆けつけたとき、姉は胸といわず腹といわず滅多刺しにされていた。

利き手の指二本は切断されかかり、付け根でかろうじてぶら下がっていたという。

「……すみません」

小声で佐坂は謝った。

つらい思い出だ。しかし佐坂のトラウマなど、今回の事件になんの関係もない。捜査員は誰一人知らないのだし、むろん北野谷が知るよしもない。捜査中に、私情を挟むべきではなかった。

ふん、と北野谷が鼻から息を抜き、

「いいから食え。残すなよ」

とふたたび箸をとった。

「それより、芋煮を作るこつを教えてやろう。いいか、里芋は水から煮るんだ。それから肉はあらかじめ醤油と酒で下味を付けておく。こんにゃくは必ず手でちぎって……」

そうだった、と佐坂は内心で嘆息した。料理好きなのはいいが、この人は講釈が面倒くさいのだ。

思わず佐坂は、窓越しに遠くを見やった。

捜査主任官から、

「公開捜査に踏み切るぞ。マル亜の顔写真と略取犯の似顔絵を、マスコミ等に適宜公開していく」

と発表があったのは、そのわずか二時間後のことであった。

2

鴇矢亜美の親友に会うのは二度目だった。高校時代からの親友だという彼女は、

「なんでも訊いてください。すこしでも捜索のお役に立てるなら——」

と、頬を強張らせて請け合った。

ちなみに彼女も既婚者で、亜美と亨一が結婚する前年に式を挙げている。お互いの披露宴では、余興として歌やピアノ演奏で場を盛りあげたそうだ。

夫婦二組でキャンプをしたり、日帰り温泉に出かけたこともあるという。鴇矢夫妻と家族ぐるみで付き合いがあった、貴重な友人であった。

「亜美から、結婚生活の愚痴……？　ええ。何度も聞かされました。でも、亨一さんに関してじゃありません。お姑さんのことばかりです」

己の仇敵を語るかのように、彼女はきゅっと眉を吊りあげた。

「ここだけの話ですが、わたし、亜美には『恋愛と結婚は違うよ』って何度もアドバイスしたんです。いくら亨一さん自身がいい人でも、あんなおかしなお姑さんがくっついてくるんじゃあ……って。ええ、お節介はわかってます。でも結婚って、当人同士だけの問題じゃないでしょう。いまどき〝家同士の結びつき〟なんて古くさく聞こえるでしょうけど、厄介な人と縁つ

づきになったら、親きょうだいにまで迷惑がかかるのが現実じゃないですか」

語気荒く、彼女は言いきった。

佐坂は尋ねた。

「ということは、亜美さんは結婚前からお姑さんと折り合いがよくなかったんですね？」

「折り合いとかじゃありません。向こうが一方的に、亜美を攻撃していたんです」

「攻撃ね……。ではその攻撃の内容を、具体的にお聞かせ願えますか」

「はい」

亜美の親友は息を吸いこんで、

「まず、亨一さんのアパートであの子がくつろいでいたら、いきなり急襲されて『誰だ、この女！』と大騒ぎされたのが皮切りでした。そのとき亜美は、お姑さんと初対面でした。なのに『尻軽』だの『売女(ばいた)』だの、ひどいことを言われたそうで……。あのしっかり者の亜美が、泣きながら電話してきたんですよ？　だからわたしも、いまだに忘れられないんです」

と一気にまくしたてた。

佐坂は手帳にペンを走らせて、

「それはお気の毒に。しかし亜美さんは、そんな母親がいると知っても亨一さんとの別れを選ばなかった。なぜだと思いますか？」

「なぜって……そりゃあ、やっぱり好きだからでしょう。それに亨一さんが、全面的に亜美の側に立ったことも大きいです。男の人ってなんのかの言っても、結局は母親の肩を持つ人が多いですもん。でも亨一さんは違いました。亜美のために……ううん、亜美以上に、彼自身が母親から逃げたがってました」

「なぜそう判断したんです？　具体的なエピソードはありますか」

北野谷が口を挟む。

彼女は数秒考えこんでから、

「ええと、たとえば……。ああ、そうそう、これも結婚前の話ですけど、お姑さんが亜美の職場を突きとめて、酔っぱらって押しかけてきたらしいんです。カウンターの前で亜美のフルネームを叫んで、『うちの息子をたぶらかした女だ。金目当ての尻軽ビッチだ。引きずりだしてここで土下座させろ。いますぐクビにしろ！』って大騒ぎしたそうですよ。さいわいクレーマー慣れした業界ですから、『上司に嫌味を言われただけで済んだ』と亜美は苦笑いしてましたけど。

でもその一件を知った亨一さんは、亜美にこう言ったそうです。『おれが地方へ逃げたら、きみ、付いてきてくれるか？』と。『以前から考えてたんだ。母に人生を食いつぶされるのはまっぴらだ。いまより収入は落ちるだろうが、きみ、一緒に来てくれないか？』って――」

「それで亜美さんは、なんと？」

「即答できなかったそうです。いえ、収入どうこうじゃありません。亜美は東京生まれの東京育ちですからね。いくら好きな相手でも、親も親戚も友人も捨てて付いてこいと言われて、すぐに『はい』だなんて言えませんよ」

でしょうね、と佐坂はあやうく素直にうなずきそうになった。

殺された鴇矢亨一は、一級建築士の資格を持っていた。都内並みの給与を出す建築事務所を地方で見つけるのは骨だが、一般の会社員に比べれば転職ははるかに有利だ。

しかし問題はそこではない。

家を捨て、親きょうだいと別れての駆け落ち結婚ができるかどうか——。応と即断できる女性は、そうそういるまい。

「では生前の亨一さんは、自分の母親を避けていたんですね？」

「避けていたというか、はっきりと嫌ってました」

彼女は断言した。

「彼、無口な人でしたけど、お酒が入ると口がほぐれるんです。うちの主人と一緒に四人でバーベキューをしたとき、缶ビールを片手にしみじみ言ってました。『早く大人になりたくて、母親や過去の影から逃げたくて、この歳まで必死に生き急いできた。まさかこんなにくつろいだ気持ちで、誰かと酒を飲める日が来るなんて思わなかった。ほんとうに亜美は、おれにいろいろなものをくれた』って。……変な話ですけど、わたしそのとき、泣きそうになっちゃいました。なんていうか、すごく亨一さんの言葉に実感がこもっていてね。わたしたちなんかより、はるかに苦労してきた人なんだって……あらためて、実感したというか」

かすかに洟を啜る。

佐坂は重ねて問うた。

「彼の口から、母親に対する愚痴などを聞いたことはありますか?」

「ほとんどありません。『金をせびられて困る』とこぼしていた程度です。恥だと思っていたんでしょう。亜美にさえあまり話さなかったようで、『結婚したんだから、もっと心のうちを見せてくれていいのに』とあの子が嘆いてました」

「そんな厄介な母親がいるというのに、しかし、お二人は東京にとどまった」

北野谷が言う。

「結局は都心から離れず、二人とも職場すら変えることなく結婚に踏み切った。なぜでしょうね?」

「そこは、亜美がこう言ったんだそうですよ。『よく考えたら、なんでわたしたちが逃げなくちゃいけないの?』『なにも悪いことはしていないのに、家族も仕事も捨てて逃げるなんておかしい。あなたが味方してくれるなら、わたしもお義母さんと戦う。受けて立つ』って」

亜美の親友は苦笑した。

「びっくりでしょ? あの子、おとなしそうに見えて意外と気が強いんです。亨一さんも約束どおり、全面的に亜美の側に付いてくれましたしね」

「だが現実は、そううまくはいかなかったようですな」

北野谷は手帳をめくった。

「亜美さんは匿名のSNSから、こう発信しています。『今日も姑さま襲来。泣きたい』『つらすぎる』『普通の、常識的な親を持つ男性と結婚しておけばよかった……』等々」

「それは……。はい、ええ」

彼女が目を伏せる。

「受けて立つ、と言ったとおり、結婚後の亜美はがんばって応戦したんです。でもあのお姑さんは、エキセントリックすぎました。亜美たちの新居に押しかけて無理やり家捜ししたり、あの子の服やアクセサリーを盗んだり……。根負けした亨一さんが、お金を渡すまで梃子(てこ)でも帰らなかったそうです」

「ふうむ。しかしなぜ鴇矢亨一さんは、母親に新居の場所を教えたんでしょう？」

佐坂は言った。

「職場は変えられなかったにしても、マンションの住所を教える必要はなかったはずだ。押しかけられると予想できたろうに、なぜでしょうね？」

「住所は、お祖母(ばあ)さんから洩(も)れたみたいです」

「お祖母さん？」

「はい。亨一さんのお祖母さん。おっかないお姑さんの実母です。亨一さん、『祖母の人生も、母の巻きぞえになったんだ。だから祖母とは連帯感があった。母はともかく、祖母には邪険にできない』と亜美にこぼしていたそうです」

「巻きぞえとは、どういう意味ですか」

「わかりません。亜美が訊いても答えなかった、と聞いてます」

彼女はそこで言葉を切り、ため息をついた。

「……亜美を誘拐したのは、きっとお姑さんですよね」

「まだそうとは決まっていません」

佐坂は慎重に答えた。しかし亜美の親友は首を振って、

「いえ、絶対そう。だって亨一さんも亜美も、ほかに敵なんていなかった。二人とも、好んで人と争いたがる性格じゃありませんでした。それに」

「それに？」

北野谷がうながす。彼女はすこしためらってから、

「それにこれが、もしほんとうにお姑さんの企みなら……」

顔を上げ、言った。目にうっすら涙が溜まっていた。

「——亜美はきっと、もう生きていないと思います」

3

鴇矢亨一は二十九年前、千葉県沢館(さわだて)町に生まれた。なお十四年前の市町村合併により、沢館町の名は現存しない。現在は成田市の一部となっている。

母の名はミレイ。祖母はシゲ子。きょうだいはいない。

ミレイは佐坂の問いに「亨一の父親とはもう三十年も会ってない」「あの子の顔なんか、あ

いつは知りもしない」と答えた。そのとおり、戸籍に父の名はなく空欄である。

亨一は九歳までを沢舘町で過ごした。

しかし小学三年生の二学期なかばに、母親と祖母とともに上京。この際、本籍地を「東京都千代田区千代田一番」、つまり皇居に移している。

住民票はといえば、実際の住まいがあった江戸川区に移された。亨一はこのアパートから、区立小学校と中学校に通った。

小学校時代の級友からの印象は、「おとなしい。無口。なにを考えてるか、よくわからない」。

また中学時代の級友は、「急にガリ勉になったイメージ。友達はほとんどいなかった。たいてい校内の図書室にいた」と語っている。

そのガリ勉の甲斐（かい）あってか、亨一は公立ながら偏差値六十五の進学校に合格した。

母親のミレイは、都内のピンクサロンやおさわりパブ、キャバレーなどを転々としたようだ。ただし九年前からは、中野（なかの）のスナック『撫子（なでしこ）』に腰を落ちつけている。

高校卒業後、亨一は有名私立大学の建築学科に現役合格した。

さらに二十六歳で一級建築士の資格を取得。二十八歳で結婚と、この流れだけ見れば順風満帆の人生である。

賃貸マンション『白根（しらね）ハイツ』に、妻の亜美とともに入居したのは去年の三月。

保証人となったのは亜美の両親だった。家賃の滞納は一度もなく、近隣トラブルや騒音問題も皆無である。

これまでの半生において、非行歴なし。前科なし。特定の宗教や思想にかぶれた形跡はなく、特定の支持政党もなし。

一方、鴇矢亜美は東京都武蔵野市に生まれた。

旧姓は笹塚。父は紡績会社に勤める会社員で、母親は歯科衛生士である。三歳下の妹が一人いる。富裕層でこそないが、一軒家住まいで何不自由なく育った。

中学時代の級友が語った印象は、「勉強もスポーツもできた。優等生で、先生のお気に入り」。偏差値五十四の私立女子高から、私立大学の英文科へ進んだ。

卒業後は、旅行代理店で営業事務として勤務。職場での態度は「真面目。機転が利く。責任感が強い」。

異性にまつわる醜聞はいっさいなし。また、五十代以上の男性客や上司に受けがよかったという。これは『陶和』のサークルリーダーの証言とも一致する。

亨一と同じく非行歴なし。前科なし。特定の宗教や思想にかぶれた形跡なし。

亜美の顔写真を公開してからというもの、捜査本部には情報提供の電話が一日五十本ほど入るようになった。

児童の誘拐事件であれば、この八倍、十倍の通報が入るところだ。やはり成人ゆえ、注目度はさほど高くない。いまのところ有益な情報はなく、新たな目撃情報もないままだった。

ただ毎朝の捜査会議で、方針はおよそ二方に固まりつつあった。

ひとつは亜美のストーカーが鴇矢夫妻を襲い、亜美を略取した説。

もうひとつはミレイが知人を雇い、亨一を殺して亜美をさらった説である。

「マル亜自身の狂言では？」

という説も、なくはなかった。

「ミレイにとって息子は金づるでした。殺したところで得はありません。マル亜にストーカーがいたという確たる証言もない。かねて恨んでいた姑に、罪をかぶせようというマル亜の企みでは？」

「だがその場合、なぜ夫の亨一を殺す？　それに狂言で自分の指まで切るか？」

「夫が母の味方に寝がえり、裏切られたと思ったのかもしれません。はずみで刺してしまった可能性もある。指に関しては、マル亜の親友が『おとなしそうに見えて意外と気が強い』と言っていたじゃないですか。嫁姑同士の憎悪と確執は、常識の範囲を超えることが間々あります」

だがこの意見は「やはり現実的ではない」としりぞけられた。

また亨一が加入していた保険に、ミレイを受取人とした生命保険が一本見つかったこともミレイ犯行説を後押しした。

受け取り金額は一千万だった。実子の命に見合うとは言えないが、金に困窮していれば充分に心惑う額である。

機動隊は、引きつづき周辺を捜索。自動車警邏隊は範囲を半径十キロに広げて巡回。

交通課には紺のワゴンの特徴、亜美の顔写真、略取犯の似顔絵を頭に叩きこんだ上で、ネズミ捕りまがいの交通チェックをつづけさせている。

そして捜査員たちは、担当をさらに分けた。ミレイを張りこむ班、亜美の身辺を洗いなおす班、金の流れを追う班――。

佐坂と北野谷は、鴇矢夫妻の関係者を継続して追うと決まった。

北野谷はリストの紙を振って、

「ふむ。この『披露宴招待リスト』ってやつは、なかなか役に立ちそうだ」

と唸った。亜美の親友が提供したリストであった。

「おい事件マニア、次はこの関谷とかいう教師から話を聞くぞ。亨一側の招待客で、唯一の〝恩師枠〟だ。尊敬する恩師になら、やつもなにか洩らしたかもしれん」

4

関谷は現在も、都内の中学校で教師をつづけていた。

「テレビのニュースを観て仰天しました。同姓同名の別人と思いたかったが、鴇矢という苗字はかなり稀少ですから……」

昼休み中の呼び出しに応じた彼は、そう言って沈鬱にまぶたを伏せた。

場所は、校内の空き教室である。

関谷は四十歳前後の、よく日焼けした精悍な男だった。社会科の教師らしいがスーツではなくジャージ姿で、体育担当と言っても通りそうだ。

「ほんとうはお葬式にも出たかった。でもお母さんに、『家族だけで済ませる』と断られました。いまだにお線香一本上げさせてもらえません。どうもわたしは、昔から亨一のお母さんに嫌われていまして……」

「ほう。なぜです？」北野谷が問う。

関谷は苦笑して、

「よけいなことをした、と恨まれているんです。わたしは亨一の、中学二年と三年次の担任でした。その頃は二十代で、われながら血気さかんな時期でしてね。そのわたしの目に、亨一はとても〝もったいない生徒〟だと映った」

「もったいない、とは？」

「あの子は賢い子でした。あの子が自覚している以上に、です。しかし成績は、中の下から下の上あたりで停滞していた」

関谷はつづけた。

「知能と学力が、見合っていなかったんです。しばし観察した結果、わたしは亨一が正しい勉強法を知らないだけだと気づいた。家庭環境もよくなかったようです。狭いアパートに母親の彼氏が出入りしていて、勉強に集中できる暮らしじゃあなかった」

関谷は考えた末、亭一に二冊の参考書を与えた。

そして言った。

――この二冊を完璧にやりこめば、絶対に成績は上がる。放課後、校内の図書室で待っていなさい。

――時間が許す限り教えてやる。司書の先生には、話を通しておくから。

「見込んだ以上でした。面白いように、亭一の成績は上がっていった。急上昇と言ってもよかったです。中間テストでは二百位台だったのが、期末テストでは五十位内に食いこんだ」

関谷は缶コーヒーで舌を湿した。

「そうなれば、教える教師のほうだって夢中になります。亭一は、教え甲斐のある子でした。打てば響く手ごたえがあった。あいつ自身、学習意欲や向上心は人一倍あったんです。なのに環境や、親や、経済状況が許してこなかった。……きっとタイミングもよかったんでしょう。わたしのちょっとした手助けで、あの子はめきめき頭角をあらわしていった」

関谷いわく、成績が上がる前の亭一は〝無口で暗い生徒〟だったという。人の目をまっすぐ見ず、他人を寄せつけないところがあった。

しかしテストの順位で自信を付けたのか、彼はすこしずつ級友と打ちとけはじめた。ちらりとだが、笑顔を見せることさえあった。

ただ、障害はあった。母親のミレイである。

ミレイは関谷に向かい、

「うちの子にかまわないでちょうだい。施(ほどこ)しのつもり？　大きなお世話だよ」

と顔を歪(ゆが)めて吐き捨てた。

「卒業したら亨一は、店に出入りしてる××組に面倒みてもらう約束なんだ。だから高校なんか行く必要ないのさ。澄ましたツラしてるけど、先生、あんただって男だろ。算数の解きかたなんかより、あの子に女のコマしかたを教えてやんなよ。そのほうが、よっぽど将来の役に立つよ」と。

当時の関谷は知らなかったが、××組とは某指定暴力団の三次団体にあたる的屋団であった。店云々(うんぬん)は、ミレイが当時勤めていたキャバレーのことだろう。

――うちの母がすみません、先生。

亨一は悄然(しょうぜん)と肩を落とし、だが関谷の目を見てきっぱりと言った。

ぼくは母の言うとおりに生きたくない。絶対に進学したいです、と。

――お母さんは昔からああなのか？

関谷は問うた。

すみません、と亨一はいま一度謝り、答えた。

――母も祖母も、水商売だけで生きてきた人だから。二人ともあの業界の常識しか知らないんです。そのせいもあって、ぼくは千葉ではずっといじめられてました。

――ぼくは自分の子供には、あんな思いをさせたくない。勉強して、大学に進んで、母とは違う世界に逃げたいんです。

その声は震えていた。しかし、決然としていた。

「……それが、亨一が中学二年生の冬のことです。十四歳の子供がああまで言い切るとは、よほどのことですよ」

と関谷はかぶりを振ってみせた。

つい先日、ミレイは警察で「息子が思いがけず出来のいい子で嬉しかった」と供述した。あれは嘘だったわけだ、と佐坂はひとりごちた。

「幼い頃から苦労をかけてしまい、後悔している」とも言ったが、同じく嘘だろう。どのみち証言の信憑性は、はなから薄かった。

「鴇矢一家はなぜ、故郷を出て上京したんでしょう。亨一さんから、そのことについてなにかお聞きでしたか?」

佐坂は尋ねた。

亨一は小学三年生の二学期なかばにして転校し、上京している。年度どころか学期末を待たずの転校は、いかにも不自然だ。

「詳しくは聞いていません」

そう関谷は前置きしてから、

「しかし『母のせいだ』と、あの子が言葉すくなに洩らしたことがあります。『母のせいで地元に住んでいられなくなって、夜逃げ同然に飛びでてきた。いつだって、ぼくまで母の泥をかぶらされるんだ……』と」

その瞬間、佐坂の脳をちらりとなにかがかすめた。

しかし捕らえる前に、閃き(ひらめ)は思考の間をすり抜け、消えてしまった。

ともかく鴇矢亨一は、その勉強熱心さもあって、関谷をはじめとする教師たちからこころよくバックアップされたらしい。

結果、彼は公立ながら有名な進学校に合格した。

合格発表を見た亨一は、自宅ではなくまっすぐに学校の職員室へ駆けてきたという。関谷と亨一は、抱きあって涙ながらに喜んだ。

中学卒業後も、関谷は亨一と連絡を取りつづけた。

貧困家庭の子に学習支援活動をするＮＰＯ法人を探しだしたのも、奨学金の連帯保証人になったのも関谷である。

「あいつのお母さんは、最後まで大学進学に反対していたようですがね。結婚の際も、かなり揉めたと聞いています。あんないいお嬢さん、普通の母親なら諸手を挙げて歓迎したでしょうに……」

関谷はため息をついて、

「犯人の目星は、付いたんでしょうか」

と訊いた。佐坂は首を横に振った。

「すみません。捜査の詳細はお話しできないんです」

「そうか、そうですよね」

関谷はテーブルに目を落とし、

「……お願いします」と低い声で言った。

「……お願いします。犯人を、絶対に捕まえてください。あいつは……亨一は、殺されるために生まれてきたわけじゃない。あんな最期を迎えるために、劣悪な環境で、歯を食いしばって勉強してきたんじゃあないんですよ……」

5

佐坂と北野谷は、亨一の同僚であった綿谷を再度訪問した。

綿谷は迷惑そうな様子を隠さなかったが、

「犯人逮捕のため、お願いいたします。あなただって亜美さんがご心配でしょう。警察のためでなく、鴇矢ご夫妻のためにご協力ください」

と佐坂が頭を下げると、渋しぶながら了承した。

「話せることは、前回に話しましたよ。今度はなにを訊きたいんです?」

眉間に皺を刻んだままの綿谷に、北野谷が言う。

「以前あなたは、鴇矢亨一さんにトラブルの影はなかった、とおっしゃった。みなさんそうお言いです。『彼は恨みをかうような人間ではなかった』とね。まあ、確かに彼自身はそうだったかもしれない。しかし彼の親族ならばどうでしょう。ほかの方がたより、あなたは亨一さんの生育環境にお詳しい様子だ。この言葉の意味がわからないほど、あなたは察しの悪いかたじゃありませんよね？」

慇懃無礼のお手本と言っていい口調だった。

前回と同じく、綿谷は北野谷の煽りに顔を赤くした。

「どういう意味です。生まれ育ちのよくない人間は、犯罪に巻きこまれて当然とでも言いたいのか」

「まあまあ、落ちついて」

慌てて佐坂は綿谷をなだめた。内心で苦笑する。これでは典型的な〝飴役と鞭役〟だ。

綿谷は荒らげかけた息をおさめて、

「……偏見を、持たないでやって欲しいんだ」

唸るように言った。

「心理学だのなんだの机上の空論をこねまわすやつらは、『幼少期の環境が人間の八割をつくる』なんて言う。だが、違います。何歳になろうが人は変われる。家庭環境がどんなに劣悪だろうと、学べる限り人は成長するんだ。三つ子の魂百まで、なんて大嘘だ」

両の眼球が血走っていた。

「ずいぶんと、亨一さんに共感しておられるご様子だ」

皮肉をたたえて北野谷が言う。

綿谷は忌々しげにそっぽを向いた。

「前も言ったでしょう。おれだって、あいつと似たような育ちですよ。母親がろくでもない男を、家にとっかえひっかえ連れこんで……。よくある話です」

「披露宴以前に、亨一さんの母親と会ったことは？」

「あります」

綿谷の声音は、平常に戻りつつあった。

「わざわざ息子の大学まで、金をせびりに来たんですよ。厚化粧して、みっともない太腿ぎりぎりのミニスカートで……。鴇矢は、恥ずかしそうだった。傍で見てるおれまで、同じくらい恥ずかしくなった。だから、見かねて声をかけちまったんです。『なぜ大学名や学部を親に教えたんだ。おれは進学したとすら明かさず、あいつらから逃げきったぞ』とね。……親しくなったのは、それからです」

「亨一さんはあなたほど、実の親にシビアになれなかった？」

「親というか、祖母にですね。あいつは母親を嫌っていたが、祖母に対してはガードが甘かった。その祖母を、母親は情報源にしていたようです」

よし、と佐坂は声に出さずうなずいた。

収穫だ。亨一が生前に『祖母とは連帯感があった。祖母には邪険にできない』と語ったという証言と一致する。綿谷は警察に反感を抱いてはいても、嘘をつく気まではないらしい。

「彼は、お祖母ちゃん子だったんでしょうか？」

「いや、甘えている感じじゃありませんでした。なんというか……同志だったようです」

「同志、ね」

「あいつはずっと、母親と祖母とで狭いアパートに三人暮らしだった。『祖母と組んで、二対一になれたときだけ母親に対抗できた』んだそうです。高校に進学できたのも、祖母が加勢してくれたからだと言っていました。とくに東京に来て家族三人きりになってからは、祖母の存在が頼りだった、と」

「鴇矢一家が上京した理由については、なにかご存じですか？」

抑えた口調で佐坂は尋ねた。ここが今日の本題であった。

綿谷が答える。

「母親が連れ込んだ男のせいだ、と聞きました。それ以上は知りません。とはいえ、おれも似た経験はしていますからね。見当は付きます。あいつの一家は、その男がらみで逃げなきゃならなかったんでしょう」

「ほう、つまり？」と北野谷。

「よしてくださいよ、わかるでしょう。ヤクザか半グレか知らないが、母親の彼氏がなにかやらかして、ケツも拭かずにばっくれた。となれば女にだって追い込みがかかる。だから一家で、人の多い都会へ夜逃げしたんです。……これもまた、よくある話ですよ」

確かに、と佐坂は胸中でつぶやいた。

チンピラ男のせいで女まで迷惑をこうむる。ありふれた話だ。しかし問題は、その男が今回の事件に関係するかどうかである。

鴇矢一家を夜逃げさせるほどのことを〝やらかし〟た男が、そうそう更生するとは思えない。ミレイはまだ男と切れていなかったのだろうか。二人がかりで亨一の稼ぎにぶら下がろうとしたのか？　しかし拒否されて、殺した？

あのミレイに、殺害や誘拐を計画できるおつむはあるまい。主犯ではなく従犯と考えるほうが自然である。

背後に男がいるのはほぼ確定として、過去の男も洗う必要性がでてきた。実行犯の老人との関係が、その過程で浮かびあがる可能性は低くない。

捜査本部に戻った佐坂は、すべてを中郷係長に報せた上で、情報を取りまとめた。

明朝の捜査会議で報告するためのまとめであった。


捜査会議は、予定どおり午前九時にはじまった。

まずは情報技術解析課の報告からだ。

亨一のスマートフォンのデータを復元したところ、削除されたメールは大半がミレイからの発信だったそうだ。内容は九割が罵倒であり、

「早くあの女と別れろ」

「別れなかったら、どうなるかわからないよ」

と脅しめいた文面に変わりつつあったという。

佐坂は次に立ち、取りまとめたとおりの報告をおこなった。北野谷は相変わらず、横で腕組みして座っているだけだ。

つづいて立ったのは菅原(すがわら)だった。

「えー、マル害が加入していた保険のうち、ミレイが受取人の生命保険が一本あったことはすでに判明しています。しかし昨日の捜査で、その生命保険はミレイ本人がマル害に加入させたものと確定しました。加入は五年前。契約を取った保険外交員は、スナック『撫子』に勤めていたバーテンダーの叔母だそうです」

軽いどよめきが起こった。

菅原が着席し、代わってべつの捜査員が立つ。『白根ハイツ』の防犯カメラ映像の分析結果が、捜査支援分析センター(SSBC)から出されたという報告であった。

「マル亜を連れ去ったマル対は、マンションに入る際、入り口前のインターフォンに向かってICレコーダのようなものをかざしていたそうです。映像を拡大した結果、マル対がICレコーダを上着の中に隠し、防犯カメラに映りこまないよう工夫していたと判明しました。稚拙(ちせつ)ですが、ドアを開錠させるための策でしょう。なお来訪者の姿がモニタで住人に確認できるタイプのインターフォンでしたが、この際もマル対は映りこまないよう体をずらしていました」

最後に立った捜査員は、地域課から応援に入った巡査長であった。

「今朝がた入った連絡です。民生委員より『マル害の祖母がなにか言っている』『事件に関係があるかもしれない』と交番に相談があったそうです」

「マル害の祖母は、すでに事情聴取しただろう」

捜査主任官が問う。

巡査長は答えた。

「はい。ですがその際、有益な証言は得られませんでした。警察に対して警戒心が強く、なにも話そうとしなかったのです。しかし信頼する民生委員の口添えがあれば、情報を引きだせるかもしれません」

一理あると見たのだろう。捜査主任官は会議が終わったあと、

「マル害の祖母宅へ行け」

と佐坂たちに命じた。

その日の佐坂たちは、ミレイの男関係を洗うため、スナック『撫子』の従業員から話を聞く予定であった。『撫子』への訪問は明日に延期し、佐坂と北野谷は鴇矢シゲ子のアパートへと向かった。

6

亨一の祖母こと鴇矢シゲ子は、手ごわい老女らしかった。

前回もベテランの捜査員が相手をしたが、そのときは「頭が痛い」「腰が痛い」と騒いで質

問をはぐらかし、都合が悪くなれば認知症のふりで逃げた。

「お孫さんが殺されたんですよ。犯人を捕まえたくないんですか」

　捜査員がたしなめると、すっと真顔に戻り、

「警察になんか、なにひとつ期待しちゃいないよ。弱い者いじめとネズミ捕りしかできない半チクどもが、このあたしに偉そうに説教しようってのかい」

と啖呵を切った。そして反論される前に、即座に認知症の演技に戻ったという。なんともしたたかで偏屈な老女であった。

　だがさいわい、その日は民生委員の緑川がいてくれた。

　緑川は年齢不詳の女性だった。パンツスーツにひっつめ髪で、化粧っ気のない頬に産毛を光らせている。だが純朴そうな雰囲気に似合わず、シゲ子をあしらう態度は堂に入っていた。老練、と言ってもいいくらいだった。

「警察の方をお呼び立てしてしまって、すみません。でも今日は機嫌がいいようですから、きっとお話ししてくれると思います。ねえ鴇矢さん、そうですよね？」

　緑川に水を向けられたシゲ子は、

「サツは嫌いだよ」と皺ばんだ口をすぼめたが、

「……でもまあ、今日は暇だしね。亨一の嫁のこともあるし、あの爺いにまた来られても厄介だから」

　と、渋りながらも佐坂たちに向きなおった。

「『亭一の嫁』とは、つまり亜美さんですね？」

佐坂は尋ねた。

「当たりまえだろ。ほかに誰がいるんだい」

「いまの口ぶりですと、亜美さんがご心配なようですが」

「意外かい？　ふん、あたしをあの馬鹿娘と一緒にするんじゃないよ」

馬鹿娘とはミレイのことだろう。シゲ子はいまどきめずらしい缶入りピースを一本抜き、慣れた仕草で火を点けた。

「あたしはミレイみたいに、あの嫁っこを邪魔にしちゃいなかった。ま、どうしようもない世間知らずだとは思うがね。甘っちょろいけど、いい子さ。ミレイは父親に似て目先の金しか追えない子だからね。嫁っこの良さがわからなかったんだねえ」

鼻から盛大に煙を噴いて、かぶりを振る。

「なにより亭一が選んだ嫁だってだけで、御の字だったさ。あたしゃ、あの子は一生結婚しないと思ってたよ。ミレイのせいで、女嫌いに片足突っこんでたからね。まあ欲を言えば、曾孫の顔が見れりゃもっとよかったけど……」

語尾がわずかにふやけた。

シゲ子は急いで洟を啜り、「なにが訊きたいんだい」と言った。

「例のお話をしてあげてください」

脇から緑川が身を寄せてささやく。

「そんなこと言われたって……。なにから話しゃいいのさ」

シゲ子は加齢で白っぽくなった目をすがめた。しかし反駁（はんばく）の口調が弱い。日ごろ世話になっている民生委員には、さすがに強く出られないらしい。

「最初からでいいから。ね？　お願い、鴇矢さん」

拝むように言われ、シゲ子は諦めたように息を吐いた。

「最初からったってねえ……。身の上話でもはじめりゃいいのかね。面白い話なんか、なんにもありゃしないけどね。……十代から水商売一本でやってきたけど、いまや雇ってくれる店もない。パチンコと、しみったれた喫茶店に通うしかない暇なババアだよ。やっと持たせてもらった店も、手ばなすしかなかったしね」

「それは千葉での話ですか？　お店を経営してらしたんですか」

佐坂は素早く口を挟んだ。

「せっかくのお店をたたまれたとは、残念ですね。なぜそうまでして、娘さんたちと上京されたんです？」

シゲ子はそっぽを向いて答えなかった。黙って鼻から煙草の煙を噴いている。佐坂がいま一度問いを繰りかえすと、

「すまないね、ここんとこ耳が遠くてね」

横を向いたままシゲ子は言った。

「とくに男の声は通りが悪いから、聞こえやしないよ」

「聞こえないなら、聞こえるまで繰りかえしたっていいんですがね」

北野谷が横から言う。

シゲ子は乱杭歯を剝きだして、

「しつこいね。もとはと言やあ、あんたらサツどもが当てにならないからじゃないか」

と煙を吐きだしながら喚いた。

「サツなんていつもそうだ。あたしらが水商売で食ってるからって、頭っから馬鹿にしやがって。舐めるのもたいがいにしやがれってんだ」

たいした剣幕だった。佐坂は面食らい、言葉に詰まりながらも問うた。

「そ、それはどういう意味です」

「さあてね」

怒鳴って気が済んだのか、ふたたびシゲ子がぷいと横を向く。

佐坂は助けを求め、緑川を見やった。なだめるように緑川がシゲ子の肩を抱いて、代わりのように語りだす。

「ええと、お話のつづきですね。さきほども言ったとおり、いまの鴇矢さんの楽しみはパチンコと喫茶店通いなんです。喫茶店はすぐそこの小路にある『栞』というお店で、ボリュームのあるモーニングセットを五百円で出すことで有名です。――確かそこで、はじめて会ったんですよね。鴇矢さん？」

「ああ、まあ、そうだね」

眉間に皺を寄せながらも、シゲ子はうなずいた。

そこからは緑川が主導で、たまにシゲ子が言葉を挟むかたちで話は進んだ。

緑川に付き添ってもらって正解だった、と佐坂は内心で胸を撫でおろした。佐坂と北野谷だけでは、前回の聴取の二の舞を演じたに違いない。

緑川によれば鴇矢シゲ子は、ここ練馬区の1Kアパートで七年前から独り暮らしをしている。月の収入は国民年金の五万五千円のみ。しかし孫の亨一から、毎月十万円の仕送りをもらっていたという。

「けど、今後はそれもなくなるからね。のたれ死にするか、民生委員さんの言うとおり、生活保護でももらうしかないね」

そう言いながら、シゲ子は悔しそうだった。国にすがってまで生きたくない、とその横顔がはっきり語っていた。

彼女のアパートを訪れるのは、ここ数年は孫の亨一と緑川のみだった。

ミレイは訪問はせず、シゲ子をたまに店へ呼んで酒を飲ませていたようだ。インスタグラムに上げられていた写真は、おそらくその際のものだろう。

しかし去年の秋から、訪問者の顔ぶれが変わった。

純喫茶『琹』で出会った老爺が、シゲ子のアパートを訪れるようになったのだ。

シゲ子は「しみったれた喫茶店」と毒づいたものの、『琹』は安くて美味いコーヒーを飲ませる人気店らしい。

モーニングセットを頼む客の八割は常連だった。しかしいつしか、見知らぬ老人がそこへ交じるようになった。

年齢はシゲ子と同じくらいか、すこし上だろう。小柄でやや背が曲がっていた。いつも同じ黒のジャンパーで、右頬にある薄茶の痣(あざ)をいつもガーゼで隠していた。

老爺は「野田(のだ)」と名乗った。

声をかけてきたのは向こうからだった、とシゲ子は言う。

やがて顔を合わせれば挨拶を交わし、ぽつぽつ会話する仲となった。ある日、雨やどりのため玄関先へ上げたのをきっかけに、老爺はシゲ子のアパートに頻繁(ひんぱん)に出入りするようになった。

最初はいい茶飲み友達ができた、くらいにシゲ子は思っていたらしい。さすがの彼女も八十近くなったいま、男に色気を出す余力はなかった。

シゲ子から話を洩れ聞いた緑川も、

「ご老人同士で孤独を癒やし合うのはいいことだ」

と微笑(ほほえ)ましく思ったという。老人の孤独死は、いまや日本社会の大きな課題である。声をかけ合う知人ができたのは僥倖(ぎょうこう)だ、と。

しかし野田は、次第にシゲ子への態度を変えてきた。

最初は「意外にぶしつけなところがあるな」といぶかる程度だったらしい。

とはいえ女性に対し不器用というか、無骨な男性が多い年代である。しかたがないかとシゲ子が大目に見ていたところ、野田はみる間に図々しくなった。

最初は敬語をやめる、アポなしで訪問して上がりこむ程度だった。だがやがて彼は、喫茶店帰りのシゲ子を尾行する、貯金額を穿鑿(せんさく)する、部屋を家捜ししたがる等、あからさまに彼女を支配しにかかった。

シゲ子はたまりかね、彼を避けた。

しかし逆効果だった。野田はいよいよストーキング行為を隠さなくなった。彼女のアパートを監視し、先まわりをしようとして失敗しては、

「今日はどこへ行っていた。朝からいなかったな」

「いつものパチンコ屋になぜ来ない。男としけこんでいたのか」

と電話口でがなるほどにエスカレートした。

シゲ子の様子がおかしいと、緑川が気づいたのはその頃だ。

「最初のうち、鴇矢さんは『いい人だよ』と言っていたんです。それがだんだん、質問すると口ごもるようになって……。そんな矢先、わたしも見たんです。鴇矢さんのアパートから帰るとき、電柱の陰からご老人がこちらをじっと睨(にら)んでいたのを」

緑川は「どういうことか」とシゲ子を問いつめた。

シゲ子は付きまとわれている事実を渋しぶ認めた。だが通報はいやだと、かたくなに拒絶した。

「サツなんか当てにならないよ。おかしな男を刺激して、逆恨みされるほうがよっぽど怖いさ。あんなやつ、じきに飽きるだろうからほっときゃいいよ」

緑川は何度も諭した。

しかしシゲ子は「通報しない」の一点張りだった。

「言っとくけどね。あの手の男にゃ、水商売で食ってたあたしのほうが詳しいよ。目つきでイカれ具合がわかる。ありゃあ言って通じる相手じゃないさ」

そう言われると緑川も強くは言えなかったという。

しかしそこは押しきって、通報してほしかったと佐坂は思う。黒のジャンパー。右頬に薄茶の痣。間違いなくその老人は、亨一を殺して亜美を連れ去った男と同一人物だ。付きまといの時点で警察が介入していれば、のちの凶行は防げたかもしれない。

——とはいえ、いまさら言っても詮ないことだ。

佐坂はシゲ子を見やって、

「その、野田という老人の素性は？」

と尋ねた。

「茶飲み友達だった頃に、彼はなにか打ち明けませんでしたか」

「天涯孤独だと言ってたよ。子供が一人いたが、死んだらしい。病気か事故かは聞いてないね。あたしが知ってるのはそれくらいかな。下の名前も住所もわからないよ。いつもこっちの話ばかり聞きたがって、自分のことはしゃべんない人だったね」

シゲ子は新たな煙草に火を点けた。

その隣で、緑川が身を乗りだす。

「あのう、それで電話した件の本題なんですが——。鴇矢さんから昨日お聞きした話に、じつは気になった点がありまして」

「あ、はい。なんです？」

「鴇矢さん、わたしが代わりにお話ししてもいいですか？　ええ、ではわたしが」

シゲ子の許可を取って、緑川は佐坂に向きなおった。

「その野田さんというご老人がですね、鴇矢さんに妙なことをさせたらしいんです」

「妙なこと？」

「ええ。お孫さん……殺された亨一さんに呼びかけるような言葉を言わせ、それを録音して帰ったとか」

どくり、と佐坂の心臓が跳ねた。

思わず北野谷と目を見交わす。

「おかしいでしょう？　お孫さんが殺されたのは、その録音から約半月後のことです。鴇矢さんもそうと気づいて、さすがに危機感を持ったようで……」

しかしシゲ子の警察嫌いは筋金入りだった。孫が殺されてもなお、通報する気にはなかなかなれなかった。

そうして迷った末、シゲ子は民生委員の緑川を呼びだしたのだ。すべてを打ち明けて、自分でなく彼女の口から電話させた。それが今回の一報、というわけである。

「なぜそんな、おかしな録音を承諾したんです？」

佐坂の問いに、

「だって……そうしなきゃ帰らない、ってあいつが言うんだもの」

とシゲ子は口を尖らせた。

「朝から居座られてさ、迷惑だったんだよ。でも下手に逆らったら、暴れるかもしれないじゃない。早く帰って欲しい一心で言うことを聞いたってわけ」

「野田はあなたに、どう頼んできたんですか」

「おかしな言いぐさだったよ。『誰かに呼びかけるときの、女性のやさしい声が好きなんだ。たまらなく興奮するんだ。だから一回でいいから録音させてくれ』ってさ。馬鹿じゃないかと思ったけど、こっちは早くテレビを観たかったしね。言うとおりにして、さっさと帰ってもらったのさ」

「では相手は、あらかじめICレコーダを用意していたんですね?」

「アイシーだかなんだか知らないよ。でも、機械は持ってたね」

「具体的に、音声はなんと吹きこんだんです」

「確か『キョウちゃん、キョウちゃん、あたしだよ』だったと思う。たぶんそんなような台詞さ。そう言えって、あの爺さんがせっついたんだ。孫とおんなじ名前だと思ったから、『キョウちゃん』ってとこは間違いないよ」

ふたたび佐坂は北野谷を見やった。北野谷が無言でうなずきかえす。

間違いない。野田某はその音声をインターフォンの応答に使い、『白根ハイツ』のセキュリティを突破したのだ。

亨一は母を嫌っていながら、祖母には甘かったという。八十近い老婆が相手ならば、カメラに映りこむ位置に立っていなくとも孫は許容しただろう。

――では野田某ことマル対は、半年以上も前から計画を練っていた？　はなから企みを抱いて鴇矢シゲ子に近づき、まんまと鴇矢亨一の襲撃に成功したというわけか。

「その野田という男は、いまは？」

「ぱったり来なくなったよ。ねえ、これってやっぱり、あいつの仕業ってことかい？　あたしがあいつを袖にしたせいかな。だから亨一は、逆恨みで殺されちゃったんだろうかね？」

尋ねるシゲ子の声が、はじめて頼りなく揺れた。悔恨と、恐怖による揺れであった。

「まだなんとも言えません。ともかく、捜査の参考にさせていただきます」

佐坂はそう告げて一礼した。

7

佐坂と北野谷は、シゲ子のアパートを出た。しかしすぐに足を止めることとなった。民生委員の緑川が、あとを追ってきたからだ。

「すみません」

緑川は息を切らしながら、

「……じつは、わたし個人からもお話があるんです。でも鴇矢さんのお耳には入れないほうがいいかと思いまして、あのう」

「うかがいましょう」

間髪を容れず応えたのは、北野谷だった。

「おあつらえむきに、コーヒーが美味いらしい純喫茶が近くにある。ちょうどモーニングとランチタイムの中間で、半端な時間帯です。空いているうちに奥の席を取りましょう。……ただ申しわけないが、公務中ゆえ、支払いは個々で願います」

純喫茶『栞』のコーヒーは、確かに美味かった。

採算度外視でいい豆を自家焙煎する、昔ながらの喫茶店である。濃く、雑味がなく、香り高い。署内の自販機のコーヒーとは比べものにならなかった。

だがコーヒーを楽しむのもそこそこに、

「見ていただきたいものがあるんです」

と、緑川はスマートフォンを取りだした。

あらかじめブックマークしていたらしい。ブラウザアプリを立ち上げてすぐ、目当てのサイトに繋がる。

表示されたサイト名は、『ストーカー被害者の会・SVSG』であった。

「いい歳をして恥ずかしい話ですが……、わたしは何度か、ストーカー被害に遭ったことがありまして」

芯から恥ずかしそうに、緑川は睫毛を伏せた。

「民生委員をつづけていると、孤独な男性と出会う機会が多くなります。独居老人や、未婚の高齢男性などですね。彼らは心の拠りどころを求め、ボランティアやヘルパーの女性に執着することが間々あります。母親像や、理想の妻像を投影してくるんです。とくにわたしは地味づくりのせいか、くみしやすいと思われるようで」

唇の端で苦笑する。

佐坂の胸が、ちくりと疼いた。

母親像。理想の妻像――。姉の美沙緒は、まさしくそんな少女だった。まだ十代でありながら、どこか慈母を思わせる空気をまとっていた。

緑川がつづける。

「ですから鴇矢さんが付きまとわれていると聞いたとき、他人事に思えませんでした。警察を頼ろうと説得したんですが、鴇矢さんは『警察はいやだ』と言いはりました。ならば民間の団体ではどうかと思いまして、以前わたしがお世話になった、SVSGのサイトにアクセスしてみたんです」

SVSGとは、さきほどスマートフォンで閲覧した『ストーカー被害者の会』に違いない。Stalker Victim Support Group の略称かな、と佐坂は考えた。

「SVSGは、ストーキング行為の被害に遭った人、または家族の自助グループです。全国各地でミーティングをおこない、会員同士でお互いの傷を打ち明け、支え合うことが主な目的です。でも会員になるには、まずSVSGのメールフォームからメッセージを送り、管理人さんと数回やりとりする必要があるんです。まどろっこしいですよね。でもこれは冷やかしや、ストーカーからの二次被害を避けるのに欠かせない手順です。管理人さんが『信用のおける人だ』と認定して、その後ようやく掲示板のURLとパスワードを教えてもらえるシステムです」

「なるほど。で、あなたは会員なんですね？」と北野谷。

「はい。五年ほど前からです。ミーティングにも何度か参加しました。でもここ一年半ほどは仕事が忙しく、身辺が穏やかだったせいもあって、SVSGから遠ざかっていたんです。どうもその間にパスワードが変わったようで、また管理人さんと数回やりとりしなくちゃならなくて……」

「そうこうしているうちに、亨一さんの事件が起きてしまった？」

緑川は応えず、ただ目を伏せた。

椅子に掛けていたトートバッグを膝に載せる。彼女はスマートフォンをしまい、代わりにクリップで留めた紙束を取りだした。

「見ていただきたいものというのは、これです。ようやく新たな掲示板のURLとパスワードを教えてもらいアクセスできるようになりました。それで一昨日会員の気になるやりとりを見つけたのです。その一部をプリントアウトしたものが、これです。不要な個人情報などは、マジックで塗りつぶしましたが」

「拝見します」

受けとったのは北野谷だった。

佐坂は首を伸ばし、その手もとを覗きこんだ。

掲示板の会話をスクリーンショットして印刷したものらしい。いわゆるツリー式掲示板というやつだった。

レスポンスごとに、削除の選択ボタンが表示されている。おそらく某匿名巨大掲示板のようなスレッドフロート式とは違い、自分の書きこみをあとで削除できるのだろう。

緑川の言葉どおり、マジックで会話のあちこちが塗りつぶされていた。しかしメインのやりとりは問題なく読みとれる。

【RING】:ルコさん、はじめまして。
ルコさんにストーキング行為をした老人について、詳しくお訊きしてもいいですか？　じつはわたしに付きまとった老人と、人相風体(にんそうふうてい)が似ている気がするんです。
【ルコ】:RINGさん、はじめまして。
そのお話、わたしも興味があります。ぜひ聞かせてください。こちらに付きまとった老人は、八十歳前後の男性。手入れのよくない白髪(しらが)。薄汚れた服。小柄。右頬に痣ありです。
【RING】:ルコさん、ご返信ありがとうございます。

やはり似ています。ただしこちらに加害した老人は、お婆さんでした。頭からスカーフをかぶり、右頬に大きなガーゼを当てていました。

いま思えば、あの恰好は女装で、痣か傷を隠すためのガーゼだったのではと思います。ルコさんさえよろしければ、もっと詳しくお話しできないでしょうか。


【RING】および【ルコ】はハンドルネームらしい。

二人とも関東在住のようだった。そして佐坂の目にも、二人をストーキングした老人は野田某と同一人物ではと映った。

――女装か。そういえばシゲ子の画像をはじめて見たときも、「ここまで老いると、男女の区別が付きにくい」と考えたっけな。

北野谷がちらと目を上げ、佐坂を見る。

ちいさく佐坂はうなずきかえした。

――これは、【RING】と【ルコ】に当たってみねばなるまい。

まずはSVSGとやらのサイト管理人に、協力要請を仰ぐのが筋だ。しかし会の性質からして、警察に不信感を抱いている可能性は大だった。

「緑川さん」

カップを置いて、北野谷が言った。

「鴇矢亜美さんが、現場から連れ去られたのはご存じですね？　不甲斐ない話ですが、あれから日数が経ってしまった。われわれには時間がないんです。――申しわけないが、捜査時間を短縮するためのご協力をお願いしたい」

緑川はためらわず了承した。

そして【RING】と【ルコ】宛てのメッセージを、北野谷が言うまま掲示板に書きこんでくれた。

「割りこみ失礼します。じつはそのストーカー老人に、わたしも心当たりがあります。できればリアルでお会いできませんか？　警察も交えて、具体的なお話がしたいのです。どうでしょうか」

というメッセージであった。

【RING】から「ぜひに」と返事があったのは二時間後のことだ。

そして【ルコ】からは、「明日の昼間なら。でもわたしの家や、生活圏内では困ります」とレスポンスがあった。

「では明日の午後二時、JRの荻窪駅北口のルミネ前で」と取り決めたのち、北野谷は緑川にその書きこみを削除させた。

8

翌日土曜の午後二時、佐坂と北野谷はルミネの前に緑川をともなって赴いた。

二人の女性――【RING】と【ルコ】はすでに着いていた。

二人とも二十代なかばだ。一人は肩まで伸ばした黒髪に、かっちりめのお嬢さま系ファッションである。化粧からして社会人だろう。

もう一人は、胸まである髪を首の横でひとつに結んでいた。デニムに麻のニットと、ごくカジュアルな服装だ。こなれていない化粧といい、使いこんでよれたバッグといい、学生の雰囲気が強い。

佐坂はまず二人に頭を下げ、警察手帳を見せた。

社会人らしきほうが、

「失礼ですが、お名前と所属を確認させてください」と用心深く言う。

佐坂と北野谷は了承した。彼女がスマートフォンのメモアプリに姓名と所属を打ち、保存するのをしばし待つ。

その間もデニムにニットの女性は、佐坂たちを敵愾心に満ちた目で見つめていた。

やがて社会人らしき片割れが、スマートフォンをしまう。ほぼ同時に、デニムの彼女が口をひらいた。

「わたしたちの話を聞きたい、とのことでしたね。でも、ほんとうにちゃんと聞いてくれるんですか。保証できますか?」

斜め掛けしたショルダーバッグのストラップを、彼女はきつく握りしめていた。その指が、かすかに震えている。口調に不信感が溢(あふ)れていた。

「もう、うんざりなんです。おまわりさんや男性に『なんだ、そんなことくらい』って言われるのは。……これ以上、馬鹿にされたくありません」

「そうでしたか」

いち早く応じたのは北野谷だった。

「われわれ警察の一員がいやな思いをさせたようで、お詫びいたします。ですが本日は、こちらからお願いして会っていただいている立場です。失礼な真似はしないと、固くお約束します。よろしければ、前回の非礼についてもお聞かせ願えますか?」

短い沈黙があった。

ややあって、デニムの女性はため息をついた。諦めの吐息に聞こえた。

五人は近くの公園へと移動した。

土曜の公園は、思ったより空(す)いていた。なるべく奥まったベンチを選び、女性二人と緑川を座らせて、佐坂たちはその前に立った。

社会人と見える女性は友安小輪、学生らしきデニムの女性は丹下薫子と名乗った。小輪は神奈川在住で、薫子は都内のアパートに住んでいるという。

——タイプは違えど、二人ともなかなかの美人だ。

佐坂は内心で考えた。

性犯罪の統計では、〝被害者の容姿はとくに関係ない〟と出ている。とくに痴漢や強姦はそうだ。

だがストーカーとなると、すこし事情が変わってくる。〝元交際相手および元配偶者〟を除けば、〝中の上から上の中ランクの美人。おとなしそうで品がよく、強く抵抗しなそう〟な女性が目を付けられやすい。

——そういえば、鴇矢亜美もそのタイプだな。

胸中で佐坂はつぶやいた。

おとなしそう。上品。目上を敬う良識がある。男を口汚く罵る姿など想像もつかない、楚々とした女性。高齢ストーカーやセクハラ男の、恰好の獲物と言える。

「すみません。喉が渇いたので、なにか買ってきていいですか?」

落ちつかない様子の薫子が言う。

佐坂は公園内の自動販売機に走り、缶ジュースを買って戻った。ただし支払いは薫子自身である。いささか歯がゆいが、公務中の佐坂が奢るわけにはいかない。

薫子が炭酸ジュースでひと息ついたところで、

「まずは、あなたがたを鼻であしらった警官についてうかがいましょう」

北野谷が言った。

「どうやら御二方の話は繋がっているようだ。教えていただけませんか。どういう被害があって、どう警察に訴え、どう対応されたのかを」

北野谷の狙いは当たった。

友安小輪と丹下薫子は、初対面とは思えぬほど呼吸を揃えて語った。

見知らぬ老人ストーカーについて。その恐怖について。そして警察への不満と、理解してもらえなかった怒りや悔しさについてを。

北野谷は言葉のひとつひとつにうなずきながら、耳を傾けていた。聞き終えて、

「日付はわかりますか。警察官の名は？」と尋ねる。

小輪も薫子も、日付は手帳などに付けていた。しかし警察官の名までは訊かなかったと答えた。

「訊くべきだったと、あとでネットで調べて知りました。でもいまさら調べようがなくって……」

唇を噛む薫子に、北野谷は言った。

「おおまかな年齢や背恰好はわかりますね？　それなら結構。交番名はわかっているから、勤務記録カードと照らし合わせればいい。ストーカー被害に対する措置は近年厳しく制定されており、〝交番員が相談を受けた場合は、可及的すみやかに生活安全課に引き継ぐもの〟とマニ

ユアル化されています。やつらはそれを怠った。職務怠慢として上に報告し、わたしが責任を持って監察官室へ上げさせます」

きっぱりとした口調だった。

警察はおしなべて身内に甘い。しかし佐坂の知る限り、北野谷はめずらしい例外の一人である。監察へ上げると言ったら上げるだろう。そういう男であった。

彼の気迫が伝わったのか、溜飲が下がったのか、小輪と薫子がおとなしくうなずく。

空気がぐっと和らいだのを佐坂は感じた。

それを機に、小輪と薫子の口は急にかるくなった。気づけば緑川までが、自分のストーカー被害について打ち明けていた。北野谷は制止せず、辛抱づよく三人の話を聞いた。佐坂も彼にならった。

友安小輪は、岸智保なる男との出会いから順に語った。

右頬にガーゼを当て、煮しめたような服を着た老婆の襲来。すぐに老婆の正体に思いいたったらしい岸智保。そして彼は、直後に姿を消した。

一方の丹下薫子は、謎の老爺とコンビニでぶつかって以後、ストーキングされはじめたという。黄ばんだ白髪に薄汚れた服。右頬には薄茶の痣があった。

やはり同一人物だ、と佐坂は確信した。

女装したのは小輪やアパート住民の警戒心を解くためだろうか。しかしどう考えても、同じ老人の仕業であった。

おまけに小輪たちへのいやがらせとは違い、薫子へのストーキング行為はかなり性的である。対象が若い女性一人だったからか、アプローチを変えている。

佐坂はそこに、ストーカーの底意地の悪さを見た。あきらかにただの性欲や恋愛感情ではない、どす黒い悪意を嗅ぎとった。

――この老爺の人相風体は、鴇矢シゲ子に付きまとった男とも一致している。

小輪たちとの相違点は、最初はフレンドリーに近づいてきたこと。そして「野田」と名乗ったことくらいか。九十九パーセント偽名だろうが、なんらかのヒントになるかもしれない。

「もし同一人物だとして……、なぜ、わたしたちが狙われたんでしょう?」

薫子が問う。

もっともな疑問であった。瞳が不安そうに揺れていた。

「捜査します」

佐坂としては、そうとしか言えなかった。

薫子とシゲ子は、はっきり「狙われた」と見ていい。とくにシゲ子に対しては時間をかけており、入念な計画性を感じる。

だが友安小輪だけは、巻きこまれた様子が濃かった。老婆に変装した男のターゲットは、岸智保のほうだったと思われる。

――シゲ子にやつが近づいた目的は、鴇矢亭一のマンションに侵入するためだ。

ならば厳密なターゲットは鴇矢亭一、丹下薫子、岸智保の三名か。あるいは亭一の妻、亜美を含めた四名かもしれない。

――彼らが狙われた理由は、いったいなんなんだ？　その共通点は？

考えこむ佐坂の向かいで、小輪がぽつりと言った。

「トモく……いえ、岸智保さんの行方が、気になってしかたないんです」

消え入りそうな声だった。

「認めるのはつらいですが……いま思えば、彼がわたしのそばで完全にくつろいだことって、一度もなかったと思います。彼は、いつも気を張っていました。笑顔は何度も見たけれど、安らいだ表情は見せてもらえなかった。……なんというか、彼は、いつだって思いつめた感じで」

小輪はこめかみを指で押さえた。

「わたしのところへ、無理に戻ってくれなくていいんです。……でも、せめて無事でいて欲しい」

語尾がわずかに潤んだ。

佐坂は気づかなかったふりをして、腰をかがめた。ベンチに座る小輪、そして薫子の順に視線を合わせる。

「お手数ですが、いまのお話を、それぞれもう一度お聞かせ願えますか。今度は、こちらからの質問を挟みながらです。場所を変えず、引きつづきここで訊いてもよろしいですか？」

二人ともが首肯した。

公園の硬いベンチで、ふたたび彼女たちが話しはじめる。合間に問いを発しながら、佐坂と北野谷は、被害者たちの共通点と接点を探した。

とくに丹下薫子の証言は重要だった。岸智保、鴇矢亨一、鴇矢亜美は目の前にいない。おそらく彼女が唯一の〝ターゲット本人〟であった。

——友安小輪と丹下薫子に、接点らしい接点はなさそうだ。

佐坂は考えた。

年齢は二歳違いで、生まれも育ちも離れている、学生時代の部活動や、旅行などでニアミスした様子もなかった。

「丹下さんは、千葉のお生まれなんですね？」

北野谷が尋ねた。

「はい。実家が千葉なもので。進学で上京するまでは、ずっと実家住まいでした」

「千葉のどこです？」

「端汐(はしお)市です」

北野谷の眉に、ほんのわずかな落胆が走る。

鴇矢亨一は千葉県沢舘町の生まれだ。沢舘町は成田市に合併されてしまったが、かつては市の北側にあった。同県内とはいえ、端汐市とはかなりの距離がある。

北野谷は、薫子に集中していた。だから気づかなかったようだ。佐坂が息を詰めていること。顔を微妙にそむけていることに。

じつのところ、平静を装いながらも佐坂の心臓は早鐘(はやがね)を打っていた。その掌(てのひら)には、じっとりと汗が滲んでいた。

――端汐市。

かつて佐坂自身も住んでいた街である。小学一年生の冬までを、あそこで過ごした。なぜ引っ越したかといえば――。

そう、姉が殺されたからだ。両親も佐坂も、あの土地には住みつづけられなかった。

なぜ被害者側が逃げなきゃならないんだ、と悔しかった。とはいえ、限界だった。同情と好奇の視線を、あれ以上浴びたくなかった。

その後、父の転職を機にもう一度引っ越し、佐坂家は住まいを東京に移した。姉の位牌も連れての転居であった。

佐坂は深呼吸し、顔の向きを戻した。

あらためて丹下薫子の顔を見つめる。やはり見覚えはない。

だが当然だ。端汐市は、県庁所在地である千葉市のベッドタウンである。電車なら三駅、車なら二十分足らずで千葉市の中心街に着く。人口は、かなりの数にのぼる。

おまけに薫子は二十四歳だ。彼女が生まれる前に、佐坂家は端汐市を離れた。

薫子はきっと、佐坂美沙緒の事件そのものを知るまい。そして当時、佐坂家の近所に丹下姓はいなかった……。

――丹下？

ちりっ、と脳の端が疼いた。

覚えのある感覚だ。

そうだ、亨一の恩師と話したときも、佐坂の脳をなにかがかすめた。

あのときとよく似ている。しかし前回と同じく、やはりその感覚はするりと逃げてしまった。

歯がゆさに、舌打ちをこらえる。

ともかく岸智保を洗おう。佐坂は決心した。

——岸智保。

普通ならば偽名を疑うところだ。だが彼は日雇いではない会社に就職し、ネットカフェに寝泊まりしていた。ネットカフェの会員になるには、身分証明書の提示が必須である。

その旨を北野谷にささやき、

「ちょっと失礼」と佐坂はその場を離れた。

木陰で携帯電話を取りだす。捜査本部のデスクに繋いでもらい、佐坂は二点の確認を依頼した。

一つは小輪から聞きだした川崎市のネットカフェに、『岸智保』なる会員が実在するかどうか。そしてもう一つは、同名での警視庁データベースの検索であった。もし後者にヒットしたなら、その時点で岸が前科持ちとわかる。

通信を終えて、戻った。

北野谷は早くも三巡目の聴取にかかっていた。

同じ話を何度も繰りかえさせるのは、聴取や尋問の基本だ。被疑者にも証人にもいやがられるが、有効なのだからしかたがない。人間の記憶は思いのほか改竄されやすいし、同じ話でも視点を変えて質問を重ねると、新たな事実が浮かびあがってくることはめずらしくない。

十五分ほどして、佐坂の携帯電話が鳴った。

デスクからの折りかえしだ。さきほどの依頼の返事である。

「えー、川崎市の該当のネットカフェに、『岸智保』の会員登録あり。一時期は頻繁に利用しており、何日か連泊することもあった。会員登録時に提示したのは、記録によれば普通運転免許証」

「警視庁データベースには同名の登録なし。前科および逮捕歴は見つからず。また同名の名義での携帯電話や、銀行口座が犯罪に使われた形跡もなし」

礼を言い、佐坂は通話を切った。

――つまり岸智保は、警察から逃げてはいなかった。

純粋にストーカーからのみ逃げていたのか。しかし彼は、警察を頼らず逃げつづけていた。

――なぜだ。小輪や薫子と同様、警察に無下にされた経験でもあるのか。

いやそれ以前に、彼は若く頑健な青年だ。老人のストーカー相手なら、腕力で追いはらうことは可能だったろう。なぜ岸は、そうしなかったのか。

――岸智保は、ストーカーの素性をある程度知っていたのではないか？

だからこそその弱腰ではないのか。そこまで考えたとき、

「ほう。丹下さんのお父さんは弁護士ですか」

という北野谷の声が耳を打った。

「あ、はい。田舎の弁護士で、全然有名じゃありませんけど。本人も『金にならない訴訟ばかり受けている』と言ってますし」

薫子がはにかんだように答える。

愕然と佐坂は振りかえった。そして、考える間もなく問いを発した。

「――ということは、丹下雅文先生の娘さん？」

「えっ、父をご存じですか」

薫子が目をまるくする。佐坂はうなずいた。

「戸地興産事件や、ヨシノ薬害訴訟に尽力された先生ですよね。裁判記録で何度かお名前を拝見しています。……では丹下さんは、佃秀一郎先生のお孫さんでもありますよね」

「そうです」

佐坂の問いを、薫子はあっさり肯定した。

丹下雅文は、千葉を拠点とする人権派弁護士の一人だ。報酬度外視で労働や福祉関係の事件に奔走する、いまどきめずらしい硬骨の男である。

そして丹下雅文の義父こと佃秀一郎は、娘婿に輪をかけて硬派の弁護士だった。現在は一線を退いていると聞くが、現役の頃、佐坂は彼と何度か顔を合わせている。

――二十五……いや、二十六年前か。

はじめて会ったのは、母に無理やり連れていかれた〝勉強会〟の席でだ。

県民センターを借りきって開かれた勉強会だった。そう、千葉県庁が県警と協賛で催した『犯罪被害者支援勉強会』――。

佃秀一郎は小柄だが、存在感のある男だった。

「小さな異変が重大な事件に繋がることもある。サインを見のがしてはいけない。いまの警察は、功利主義に走りすぎている。公権力こそ弱者や被害者の味方であるべきだ。それが健全な民主主義国家というものだ」

と熱っぽく語り、勉強会に参加した一人ひとりと対話したがった。

姉を失った佐坂湘は当時、大人たちに失望していた。

頼りにならない警察。説教しか能のない教師。ゴシップ好きな近隣住民。酒に逃げる父や、社会運動にのめりこんで家庭をかえりみない母にも、等しく落胆していた。

例外と言える〝大人〟は二人だけだった。しかし千葉を出て以来、どちらとも会えなくなった。一人は佃先生。そしてもう一人は――。

その刹那、佐坂の脳内で光が弾けた。

海馬の扉がひらいた光であった。

思わず言葉を失った佐坂に、北野谷が声を尖らせる。

「おい事件マニア。おまえは弁護士マニアも兼ねてやがったのか？　ファン心理かなにか知らんが、私情はあとにし――」

「待ってください」

反射的に、佐坂は北野谷の腕を摑んだ。

北野谷が眉根を寄せる。「なんだ」

「待って――待ってください。そうか。やっとわかった。これだ」

佐坂の脳裏を、いくつもの単語と証言が駆けめぐる。

二十年前。千葉県沢舘町。佃秀一郎。母親が連れ込んだ男のせいで、家も仕事も捨てて逃げたという鴇矢母子。亨一の、母親への根強い反感――。

「北野谷さん。これだ。『沢舘女性連続殺人事件』です」

あえぐように、佐坂は言った。

北野谷の眉間の皺がさらに深くなる。

「あ？　おまえ、さっきからなにを言ってる。日本語で話せ」

「だから――だから、被害者の共通点は、二十一年前に千葉県沢舘町で起こった『沢舘女性連続殺人事件』です」

佐坂は彼に詰め寄った。

「鴇矢ミレイは、犯人を沢舘町に呼び寄せた張本人だったんだ。そのせいで、鴇矢家は夜逃げ同然に故郷を捨てねばならなかった。そして佃先生は、犯人の国選弁護人だった。……聞いてください、北野谷さん。『白根ハイツ事件』は、二十一年前の事件と繋がっています」

9

『沢舘女性連続殺人事件』とは、平成十一年から十二年にかけて、千葉県沢舘町で発生した事件である。

ことの起こりは、平成十一年五月にさかのぼる。

深夜零時半過ぎ、通信指令センターに一本の通報が入った。

「アルバイトに行った娘が、この時間になっても帰ってこない。事故にでも巻きこまれたのではないか」

という通報であった。

この〝娘〟が、のちに「第一の被害者」と呼ばれることになる女子大生A子である。歳は十八歳。沢舘駅から徒歩七分の学習塾で、講師のアルバイトをしていた。

塾のタイムカードによれば、退勤時刻は午後十時二十三分だった。常とほぼ同じ時刻だ。この後、彼女は駅まで歩き、『沢舘駅前発』のバスで自宅まで帰るのが習慣であった。

彼女を最後に目撃したのは、同じく塾講師で二十三歳の男性だった。

「ぼくは電車に乗ったので、駅前で別れました」と言う。

その後、この男性がA子に好意を寄せていたという証言が浮上。彼は取調べを受けたが、磁気式プリペイド乗車カードの履歴によってアリバイが成立した。

無為な三箇月が過ぎた。A子の行方は、杳として知れなかった。

その約一箇月後。

九月中旬の深夜、廃工場の駐車場で不審火が起こる。

駆けつけた消防隊が消火すると、そこには黒焦げの焼死体が転がっていた。目鼻立ちどころか、男女の区別さえ付かぬほど炭化していた。

歯型などから、焼死体は沢舘町在住の会社員、B子であると判明した。B子は二十三歳で、沢舘町内に建つ自動車整備工場の経理事務員であった。タイムカードは午後八時三十二分で押されていた。

人の好さそうな社長は、

「うちは二十日が給料日なんで、経理の子は給与計算のため、前三日だけ帰りが遅れがちになるんです。ええ、普段は七時前には帰してますが」

と証言した。

また「会社から自宅までは徒歩で帰っていたはず」と嘆息した。

「そういえば、最近ふさぎこんでましたね。彼氏と揉めたとかなんとか、噂で聞きました。あんないい子が、恋愛ごときで死ぬこたあないのに」

その証言を受けて、警察の方針はいったん自殺説に傾きかけた。

しかしB子焼死の十二日後、雲行きが変わる。

五月に失踪した、女子大生A子の死体が発見されたのである。沢舘町の中心街から二十キロほど離れた藪の中で、A子は白骨と化していた。

上半身の衣服は着けていたが、下半身は裸だった。どう見ても暴行目的の略取および殺人である。だが残念ながら時間が経ちすぎており、体液等の採取は見込めなかった。

A子の発見で、捜査員たちは色めきたった。

これは同一犯の仕業ではないのか？　被害者はほぼ同年代で、帰りが遅い女性を狙う手口も同一だ。なによりこの牧歌的な町で、女性の連続不審死は初であった。

なおこの頃の沢舘町では、町民の間でひそかな噂が広まっていた。

「婦女暴行事件が増えているようだ。娘持ちの親は、みな送り迎えを徹底しろ」

との注意喚起を含めた噂である。

平成十一年当時、強姦はまだ親告罪だった。つまり被害に遭っても、警察に訴え出る女性はけっして多くなかったのだ。

そして年をまたいだ平成十二年の一月、第三の事件が起こる。

被害者C子は、またしても夜間アルバイト帰りだった。二十一歳の大学生で、ファストフード店のシフトを終えて帰宅する途中の失踪であった。

C子は二日後に発見された。早朝五時、田園の用水路に捨てられていた死体を、近隣住民が発見したのである。

A子と同じく、下半身の衣服が剝ぎとられていた。腰骨が折れ、膣に強姦を示唆する擦過傷があった。そして警察はこの連続殺人事件において、はじめて膣内の残留体液を確認した。

これにて犯人の血液型とDNA型が判明。

かつ犯人は淋菌に感染しており、無精子症であることもわかった。

千葉県警は三件の殺人を同一犯の犯行とみて、捜査を開始。性犯罪の前歴がある者をしらみつぶしに当たった。

しかしその努力を嘲笑うかのように、第四の事件が起こった。

第四の被害者D子は、損害保険会社で働く二十二歳の派遣社員だった。ほかの被害者たちと同じく、自宅へ帰る途中に姿を消し、死体となって見つかった。膣内には、C子の体内から検出されたものと同型の精液が残っていた。

しかし、犯人のツキもここまでだった。

五人目の襲撃に失敗したのである。

第五の被害者となりかけたE子は、見かけこそ華奢だが、実業団ハンドボールの選手だった。

人気がなく、街灯のすくない暗い路上で、彼女は背後から走ってきたシルバーのライトバンに撥ねられた。

E子は咄嗟に受け身を取った。しかし左腕の尺骨を折った。折れた、と自分でも瞬時にわかったという。

ライトバンからは男が一人降りてきた。

E子は「救急車を呼んで」と叫んだ。しかし男は慌てる様子ひとつなく、E子を羽交い締めにしてライトバンへ引きずりこもうとした。
その態度に「故意だ」とE子は悟った。はなから拉致目的で、この男はわざと自分を撥ねたのだ、と。

E子は、渾身の力で男を振りはらった。利き手で愛用のショルダーバッグを摑む。もつれあいながらも、彼女はストラップを男の首に巻きつけた。そして、手加減なしに絞めあげた。

男はむろん暴れた。腕を振りまわし、身をもがいてE子を殴った。

E子は鼻と歯を折られた。顎骨にひびが入った。しかし、絞める手はけして緩めなかった。

男は膝でE子の背を蹴った。あきらかに苦しまぎれの動作だった。だがE子は咳きこみ、ストラップを離した。

男はE子を突きはなすと、よろめきながらライトバンに乗りこんだ。

E子は涙で霞む目で、逃走するライトバンを見送った。ナンバーの全部は見えなかった。だが下二桁の番号と、車種はしっかり頭に叩きこんだ。

その場でE子は、己の携帯電話から通報した。

報を受けた捜査員たちは、快哉を叫んだ。

満身創痍ながら、E子の記憶と証言能力は確かであった。

犯人は三十代なかば。身長百七十センチ前後。痩せ形。髪は天然パーマで、やや伸ばし気味。顎に鬚あり。車はS社製のライトバンで色はシルバー。ナンバーの下二桁は「38」。

ライトバンの持ち主はすぐに判明した。

沢舘町に住む三十四歳のホステス、鴇矢ミレイが三年前に購入した車であった。

警察が調べたところによると、ミレイは小学三年生の息子と、同棲相手との三人で駅前の2LDKマンションに住んでいた。

近所でのミレイの評判は「派手づくり。うるさい。夜中に帰ってきて騒ぐ」。同棲相手の男については、

「おそらく無職。昼間にぶらぶら出歩いていて不気味。見ない顔なので、地元の人間ではないと思う」

とのことだった。

捜査員は任意同行を求めるため、ミレイのマンションを訪れた。

しかし遅かった。E子に顔を見られたと悟った同棲相手は、すでにマンションを出て行方をくらましていた。

同棲相手の名は、竹根（たけね）義和（よしかず）。

満三十六歳ながら、すでに六件の前科があった。どれも微罪ではなく、傷害、強盗、強姦のたぐいである。高知県の漁村に生まれ育ち、沢舘町とは縁もゆかりもなかった。

その竹根が、なぜ沢舘町にやって来たか。

ミレイが呼び寄せたからであった。

「二年くらい前に、テレクラで知り合ったのよ。あたし、そんとき〝空き家〟だったしさ。たいした男じゃないけど、いないよりいいかと思って」

捜査員相手に、ミレイはそう悪びれず語った。

逮捕寸前で重要参考人に逃走され、千葉県警は歯嚙みした。

しかし五日後、竹根はあっけなく捕縛されることになる。高知県高知市在住の「宮崎（みやざき）」と名乗る主婦から、最寄りの署に通報が入ったのだ。

「数日前から、主人の友人が家に居座っているんです。その人の話す内容が、なんだか物騒（ぶっそう）というか、薄気味悪くって。うちには小学生の息子がいますし、もしものことがあったらと思うと……」

この時点では、通報を受理した担当者は大ごととは思っていなかった。「念のため、見てきてくれ」と言われた交番員も同様である。

だが通報元の家を訪ねた交番員二名は、仰天した。

中から躍り出てきた男に、突然刃物で切りつけられたのだ。

一人が腕を切られ、深手を負った。もう一人の交番員は慌ててパトカーに戻り、警察無線で応援を呼んだ。

切りつけた男は、刃物を持ったまま徒歩で逃走。約二十分後、駆けつけた警官隊が男を取り囲んだ。

男はなぜか警官隊に向かい、気取った口調で言った。

「おまえら、おれに用か？　ユウトークントゥミー？　ここにいるのは、おれだけだぜ？――」

警官隊に飛びかかられ、男は身柄を拘束された。

男の名が〝竹根義和〟であると判明したのは、わずか一時間後である。

高知県警は、この男をよく知っていた。なぜなら彼の前科および逮捕歴のうち九割が、高知県内で起こした事件であった。

竹根義和。高知県幡多郡先舟町生まれ、三十六歳。

母親はホテトル嬢。父親は竹根作市という、博徒系暴力団の構成員だった。

作市は地元では有名なやくざだった。普通の犯罪者は、詐欺なら詐欺一本やり。暴力なら暴力一本やりだ。しかし作市は詐欺も喧嘩もこなしたため〝両刀のサク〟、略してリョウサクと呼ばれた。

そのリョウサクは、長男の竹根義和が生まれた日、娑婆にいなかった。保険金詐取による詐欺と、傷害致死で服役中であった。

母親は、竹根が生後六箇月のとき失踪した。書き置きひとつなかった。

彼は以後、父方の祖父母に育てられることになる。

祖父は、しらふのときは腕のいい漁師だった。しかし酒乱の気味があった。食らい酔うたび祖父は、

「まっこと、およけないガキじゃあ」

「こげんガキをえせ引きとったかと、わしゃいつも後悔しゅう。作市もいけんガキじゃったが、義和は輪ぁかけていけん。生まれてすぐ、海に捨てとくんじゃった」

と喚き、幼い竹根を容赦なく殴った。

竹根は無口で陰気な子供に育った。

祖父母は一種奇妙なほど情愛の薄い人間で、ほとんど孫をかまわなかった。朝になると竹根を町の映画館へ置き去りにし、上映終了の時刻まで放置した。昼飯の心配すらしなかった。

映画館の館長によれば、

「騒ぎもせず、座席の片隅にじっと座っている子だった。ちっちゃい子供だから料金も取れんし、おとなしいからいいだろうと端に座らせておいた」

そんな竹根少年は、六歳の夏を境に激変する。

「あのリョウサクの子だからと、みな遠ざけていて気の毒だった」

きっかけは、泥酔した祖父に酒瓶で頭を殴られたことだ。竹根は昏倒した。しかし祖父母は

「そのうち起きるだろう」と、そのまま寝てしまった。

その後十八時間経っても、竹根は目覚めなかった。さすがに祖母が一一九番し、竹根は救急病院へ搬送された。

さいわい竹根は病院で目を覚ました。

しかしそれ以後、彼の性格はがらりと変わった。短気になり、ちょっとしたことで激昂して暴れるようになった。幼い子をいじめ、動物をいたぶり、火遊びなどの危険ないたずらに耽溺(たんでき)した。

余談であるが、シリアルキラーの多くが、頭部への重い外傷を幼少時に負っている。また両親および家族の、アルコールや薬物依存率の高さも有名である。

ともかく竹根は、粗暴な非行少年に成長した。

小学六年生の夏、彼はクラスメイトを刃物で脅し「金をよこせ」と迫った。相手が拒んだため、竹根は刃物を振りおろした。刃はクラスメイトの前腕に深く食いこみ、腱を切断した。

中学二年生の秋には、女子生徒の家に押し入ろうとして通報された。

さらに半年後、アパートに住む女性会社員宅に侵入。強姦し金を奪った。被害者は通報したが、犯人はすでに逃走済みで、逮捕にはいたらなかった。

この強盗強姦事件の四箇月後、竹根は逮捕された。ただし別件である。上級生の家に放火しようとし、家人に見つかって現行犯逮捕されたのだ。

警察に連行された竹根は、捜査員に向かってこう言った。

「おれはしゃべらないぜ。なぜって『自信とは沈黙だ。不安が、ごちゃごちゃと話させるんだ』からな」

この「自信とは沈黙だ」云々は、映画『ゴッドファーザー』の引用である。マーロン・ブランド演じるドン・コルレオーネの名台詞だ。

なお十数年後、竹根が警官隊に囲まれたときに発した、

「『おれに用か？　おれに言ってんのか？　ここにいるのは、おれだけだぜ？』」

この台詞もまた、映画の引用だった。

『タクシードライバー』で、ロバート・デ・ニーロ演じる主人公のトラヴィスが、鏡の中の自分に話しかけるシーンである。

幼い頃から映画館に放置されて育った竹根は、無類の映画好きだった。ほとんど学校に通わなかった彼は、本どころか漫画一冊読みとおしたことがなかった。竹根に言葉を教え、人生哲学を教えたのは、映画であった。

竹根は少年院送致となった。

当時、十五歳。退院できたのは十八箇月後である。

十六歳になり、竹根は祖父の漁を手伝いはじめた。しかし彼は船酔いするたちだった。結局は夜ごとの酒盛りで、酒の味を覚えただけに終わった。

この頃、竹根は実父の作市と初対面を果たしている。作市が懲役を終え、ようやく出所したのだ。

だが強い感慨はなかったらしい。その日のことを、彼は唯一親しくしていた映画館の館長に語っている。

「やけに親父がべたべたしやがってさ。また会いたい会いたいってしつこく言われたけど、断ったよ。『フランクリィ、マイディア、アイドンギバダム』だ」

この『Frankly, my dear, I don't give a damn』は、『風と共に去りぬ』で名優クラーク・ゲーブルが発する台詞である。意味は『おれには関係ない』。

その後も竹根は、少年院と娑婆を幾度も往復する。

成人し、高知市に転居したのち就職。しばらくはおとなしくしていたが、二年ほどでふたたび素行が乱れはじめ、傷害および窃盗などに走った。どれも計画性のない、衝動的な犯行であった。

そして二十六歳のとき、竹根は懲役八年の刑を受ける。

罪状は住居侵入ならびに強盗致傷だった。ガス点検の業者を装って玄関を開けさせ、刃物を持って押し入ったのだ。被害者は抵抗し、両手挫傷（ざしょう）、大腿骨骨折（だいたいこつせつ）などの大怪我（おおけが）を負った。

仮釈放はなかった。三十四歳の秋、竹根は満期出所した。

しかし実家には帰れなかった。

「もう帰ってきてくれるな」

「ろくでなしは間（ま）に合（お）うちょる。作市だけで手いっぱいじゃあ」

と祖父母に拒まれたからだ。

作市は息子と暮らしたかったようだが、その頃には彼も服役していたため、結局父子の同居はかなわなかった。

その後は刑務所仲間のもとに一時厄介になったのち、竹根は高知から出奔（しゅっぽん）する。

このとき向かった先が、千葉県沢舘町である。テレホンクラブで知り合った、鴇矢ミレイを頼っての転出だった。

そして話は、平成十二年へと戻る。

宮崎家の前で刃傷沙汰（にんじょうざた）を起こし、高知市内で逮捕された竹根は、ただちに千葉の捜査本部へ輸送された。

鑑定の結果、彼の血液型とDNA型は、C子とD子から検出された体液と一致した。また淋病を患っており、無精子症でもあった。

竹根は取調室でも映画の台詞を連発し、取調官をけむに巻いた。

「『なにがいけない？　密告者は密告し、強盗は強盗をし、人殺しは人を殺し、恋人は恋をする』んだぜ」

「『生まれながらに偉大な者はいない。偉大に成長したから偉大なんだ』。わかるだろ？　おれのことさ」

「ふん。『おまえに真実は分からん（ユウキャンハンドゥジトルウース）』」

通じぬ会話に捜査本部は音を上げ、取調官を映画好きの捜査員に交替させた。

新たな取調官は竹根の言葉遊びに、

「おっ、ゴダールの『勝手にしやがれ』か。おれもジャン＝ポール・ベルモンドは好きだよ」

「『ア・フュー・グッドメン』の台詞だな。脇役のJ・T・ウォルシュがいい味出してたよなあ」

といちいち付き合ってやった。

竹根はこの捜査員にやがて心を許していき、ぽつぽつとだが犯行を自供しはじめていく。

なおこの間に、検察は勾留期間の延長を請求。裁判官によって十日の延長が認められている。

そして逮捕から十八日後。

ようやく竹根義和は四件の強姦と二件の殺人、そしてE子を路上で襲った事実を認めた。

しかしA子、B子の殺害は「やっていない」と突っぱねた。映画『十二人の怒れる男』を真似て、

「『おれには何の個人的感情もない。ただ事実を話したいんだ』。これだよ」

とうそぶきもした。

だが後日、この供述は崩される。

竹根は愛人の鴇矢ミレイにスカーフをプレゼントしていた。科学捜査研究所は、このスカーフから皮脂を検出した。被害者A子と同型のDNAを持つ皮脂である。また同じスカーフを巻いたA子の写真が、実家のアルバムに複数枚残っていた。

しかしB子に関しては残念ながら、死体が完全に炭化していたせいもあり、確たる物証は摑めなかった。

捜査本部は、B子殺しも竹根の犯行であると確信していた。しかし検察は最終的に、「B子殺しは立件を見送る」と決めた。

竹根義和は三件の殺人と、未遂を含む五件の強姦によって起訴された。

弁護士を頼む能力は竹根にはなかった。しかし裁判は弁護人なしでは進められない。国が選定した弁護人は、当時五十八歳の佃秀一郎であった。丹下薫子の祖父だ。

佃は国選弁護人ながら、真摯(しんし)に力を尽くした。しかし当然のごとく、地裁の判決は死刑だった。

竹根はただちに控訴した。

この頃マスコミは、竹根の祖父に取材を申し込んでいる。礼金十万で取材を受けた祖父は上機嫌で、

「あんガキゃあ、わしとはなんの関係もないき」

「母親がとんだ淫売じゃった。あんなもん、どこの種ともわからんぜよ。うちの息子は人が好いきに、淫売女に押し切られてしもうたんじゃ」

と満面の笑みで語った。

マスコミは、鴇矢ミレイにも取材を申しこもうとした。しかしかなわなかった。すでに鴇矢一家は沢舘町から引っ越しており、行方が摑めなかった。

引っ越した理由はあきらかだった。

「あの女が竹根を引っぱりこんだばかりに」

「この平和な沢舘町に災厄を運んできたのは、あの女だ」

と町民は、鴇矢一家に激しい憎悪を燃やしていた。

竹根は強姦について、わずか五件しか自供しなかった。しかし総被害数は、すくなくとも二十件超と目される。訴えずに泣き寝入りした女性が多かったのだ。

被害者たちの親族を含む住民は、怒りと憎悪をここぞとばかりに鴇矢一家へぶつけた。亨一たちが、住みつづけられるはずもなかった。

同じ頃、高知市ではある一家が離散していた。

夫の名は宮崎保雄。妻の名は千秋。その間には、息子が一人いた。

宮崎保雄は竹根義和の元同僚だった。そして千葉から高知へ逃げてきた竹根に、「家に入れんと、妻子を殺すぞ」と脅されてかくまった男でもあった。

竹根の逮捕から二年後、この夫婦は離婚している。

詳しい離婚理由は不明だが、

「竹根義和がもし出所したら、きっとお礼参りされる。妻子だけでも逃がしたい」

と宮崎はまわりに洩らしていたらしい。

その要望に添ってか、離婚後の千秋は旧姓に戻った。彼女の旧姓は岸という。母方に引きとられた息子は、この改姓によって〝宮崎智保〟から〝岸智保〟となった。

竹根義和が死んだのは、さらに四年後のことだ。

控訴中に肺炎をこじらせての死であった。

遺骨と遺品などは、竹根の祖母が引きとったようだ。酒乱の祖父は、前年に亡くなっていた。

遺骨は墓に納骨されたのだろうが、詳細はわかっていない。

竹根義和の死をもって、『沢舘女性連続殺人事件』は終結した――。

10

佐坂と北野谷の報告を聞き、捜査本部はざわついた。

最初のうちこそ、捜査員たちの意見は二分された。しかし友安小輪と丹下薫子のストーカー被害、そして『沢舘女性連続殺人事件』の概要を調べなおすうちに、異を唱える声はおさまっていった。鴇矢ミレイ、佃秀一郎、岸智保の名が出揃った際には、ため息に似た嘆息があちこちから洩れたほどだ。

「しかしなぜ、岸智保はストーカーに追われるがままなんでしょう？　警察を頼れない理由でもあるんでしょうか」

朝の会議で、そう質問を発したのは菅原だった。

「岸智保に前科はありません。立小便や、スピード違反での逮捕歴すらない。後ろ暗いところがないなら、逃走する前に警察へ駆けこむのが普通でしょう」

「その〝後ろ暗いところ〟があるのかもな。もしくは、重度の警察不信か」

唸るように中郷係長が応える。

捜査主任官がうなずいて、

「岸の態度からして、ストーカーの正体に心当たりがある可能性は大だ。まずは岸の身柄を押さえたいな。となると、班をさらに分けるしかないか。マル亜捜索の人員を、これ以上削りたくはないが……」

と額を押さえた。

岸母子は離婚後、高知を出たらしい。数年間は茨城にいたものの、智保が中学生のとき引っ越して、以後は栃木に定住している。

岸智保の住民票は、現在も栃木から異動していなかった。ただし閲覧制限がかかっていた。役所の履歴によれば、去年の四月二十二日に智保本人が来所し、支援措置申出書を提出している。

また智保は、郵便局に私書箱の利用請求書を提出してもいた。

これらはストーカーやDV配偶者から逃げるための、典型的な対処法である。そして本格的に岸智保が出奔したのも、去年の四月だ。

大学時代に母の千秋が亡くなって以降、彼は栃木市内のアパートで独り暮らしをしていた。卒業後は、地方銀行の融資係として真面目に勤務した。しかし出奔の二箇月前に、彼は突然退職している。

上司は引きとめた。理由は「一身上の都合」であった。しかし智保は、退職願を出した翌日から職場に来なくなった。すべてを断ち切るような去りかただった。

失踪に近い出奔だったが、家具などの処分費を含めた家賃は一箇月後に振りこまれている。支払いは郵便局でだった。

どうやら私書箱へ郵便物を受けとりに行った際、ついでに精算したものらしい。智保の性格の一端がうかがえるエピソードだった。

一方、実父の宮崎保雄は離婚の四年後に上京している。

岸と宮崎は、完全に疎遠だったようだ。離婚後に養育費が支払われた形跡も、面会していた様子もない。父子は千秋の葬式を機にひさしぶりに顔を合わせ、それを最後に別れたという。

主任官は首に手を当てて言った。

「ネットカフェや『小田(おだ)環境開発』で、岸は身分証を提示している。警察から逃げていたなら致命的な行動だが、やつのストーカーはしょせん一般人だからな。しかも相手は老人だ。普通なら、数年で逃げきれたろうよ」

しかし、ストーカーは智保の居所を探しあてた。手段は不明だが、執念のたまものとしか言えない。

――問題はその執念が、どこから湧くものかだ。

佐坂は首を撫でた。

『白根ハイツ事件』へ繋がる時系列としては、まず岸智保の出奔が最初に来る。これが去年の春だ。そしてその約五箇月後、シゲ子が純喫茶『栞』で野田と出会い、付きまとわれはじめる。

岸智保と友安小輪が出会うのは、さらに二箇月後である。約三箇月同棲したのち、今年の三月上旬に智保が行方をくらましている。

そして丹下薫子が、謎の老人にストーキングされたのが五月。鴇矢亭一殺害ならびに、亜美略取が六月である。

会議室の捜査員たちが、口ぐちに意見を交わしはじめる。

「友安小輪のアパートを出てのちの、岸の足取りは不明です。しかし若い男ですからね。野宿ができるし、山谷(さんや)などで日雇いをして暮らすことも可能です」

「公共事業関係費は、前年に引きつづき右肩上がりです。頻発した風水害や土砂災害の復旧工事も多く、全国の建設作業現場は人手不足で悲鳴を上げていると聞く。二十代の男なら、どの現場でも引く手あまたでしょう」

「よし、では山谷や寿町などの簡易宿泊所から当たれ」

主任官が号令をかけた。

「ネットカフェもだ。地取り班の半分を割いて当たらせよう。敷鑑班は引きつづき、関係者を追え」

捜査員がいっせいに立ちあがった。

だが佐坂は動けなかった。肘を突いた姿勢のまま、彼は考えた。

――被害者同士の繋がりはわかった。だが謎は依然残ったままだ。

ストーカーは何者なのか？　やつは『沢舘女性連続殺人事件』とどうかかわった人物なのだ？　なぜやつは標的を鴇矢夫妻、丹下薫子、岸智保に絞った？

さらわれた亜美はまだ生きているのか？　生きているのならば、犯人と一緒にいるのだろうか？

生きていて欲しい、と思った。『沢舘女性連続殺人事件』の事件概要を読みなおしたことで、佐坂の気は重く沈んでいた。これ以上、死体を見るのは御免だ。とくに姉のような、若い女性の死体は――。

「おい、どうした」

北野谷の声がした。佐坂はわれにかえった。

「なにを放心してやがる」

「すみません」

振りかえって応えた声が、われながら暗かった。


夜になり、署に戻ると事態が急変していた。捜査員たちがやけに騒がしい。

佐坂は近くにいた菅原を呼びとめ、「なにがあった？」と訊いた。

菅原が声をひそめ、

「警察庁から横槍が入ったようです」

とささやく。

「サッチョウから？」

「はい。しかも広報室長です。捜査の進捗を問う電話が、何度か署長宛てに入ったようですよ。解決が遅れ、マル亜の発見すらできていないとあって、マスコミの批判を恐れてるんでしょう」

捜査本部を実質的に動かすのは主任官だ。しかし最高責任者たる捜査本部長は荻窪署の署長である。広報室長からとなれば、署長が対応するのは当然の話であった。

「で、どうしたんだ？」

「まあそりゃ、署長だってそう何度も〝進捗なし〟と繰りかえしちゃいられません。面子(メンツ)が立ちませんものね。『過去のある事件との繋がりが判明し、捜査は大きく動きました。ご安心を』

――と報告したそうです。いや、もちろん竹根義和の、夕の字も口に出しちゃいませんよ。なのに」

「なのに？」

「……どこからか、洩れたようです。リーク元は不明ですが、今日になって長官官房から電話があったらしい。〝二十一年前の『沢舘女性連続殺人事件』と関係があるのなら、捜査は千葉県にも及ぶことになる。『白根ハイツ殺人及び略取誘拐事件』を、広域重要指定事件と認定してはどうか〟と――」

脇から派手な舌打ちが聞こえた。

北野谷であった。険相がさらに凶悪になっている。

警察庁は、言わずと知れた警察組織のトップだ。正確に言えば内閣総理大臣の下に国家公安委員会があり、その下が警察庁。警視庁および道府県警察本部は、さらにその下となる。

とはいえ、おおかたの警視庁捜査員は警察庁の口出しを望まない。事件への介入も、高みから電話一本でくだされる命令にもだ。

北野谷の形相に、早足で菅原が離れていく。佐坂はその背を見送ってから、

「どう思います」と訊いた。

北野谷が顔をしかめたまま答える。

「ケッ。うちの古狸が、サッチョウの横槍をはいそうですかと聞き入れるかよ」

「でしょうね」

うちの古狸、とは捜査主任官のことだ。

「それはそうと事件マニア。『白根ハイツ事件』を広域重要指定事件にってのは、前例から見てどうだ。突っぱねる余地はあるか」

「十二分にあります。まず『白根ハイツ事件』の犯人は、他県で殺人及び略取誘拐を犯してはいません」

「なるほど」北野谷が首肯した。

「確かに過去に千葉で起こった事件との関連が見つかり、神奈川でストーキングにおよんだ可能性はある。しかし今回の犯人は、県をまたいで殺人行脚(あんぎゃ)をしているわけじゃねえからな」

「そうです。基本的に広域重要指定事件と認定されるのは、勝田清孝(かったきよたか)事件や宮﨑勤(みやざきつとむ)事件のように〝同一犯によると思われる同一な手口の事件が、複数の都道府県で起きたケース〟です。とはいえ大なり小なり、千葉県警と協力すべきとは思いますが……」

「よし。おまえ、そいつをそのまま主任官に話せ」

北野谷は佐坂の背を乱暴に叩いた。

「池の鯉(こい)じゃあるまいし、サッチョウの言いなりになんでも呑みこんじゃいられん。結果はどうあれ、反論の材料を提供してやれ」

北野谷の希望どおり、主任官は警察庁に抵抗の意を示したらしい。

警察は完全なる縦型社会だ。しかし同時に、縄張りと面子を重要視する組織でもある。そこ

を汲んでか、警察庁は交渉の結果、

「『白根ハイツ殺人及び略取誘拐事件』を広域重要指定事件とは認定しない。しかし千葉県警と協力体制をとることは、必要不可欠と判断する。千葉県警と相談の上、捜査班の見なおしおよび立てなおしをせよ」

と捜査本部に命をくだした。佐坂の目にも「まあ、最大限譲った落としどころか」と思える決定であった。

　主任官はそれを受け、千葉県警と連絡を取った。

「二十一年前の『沢舘女性連続殺人事件』に詳しい捜査員に、協力を願いたい」

との依頼である。

　該当の捜査員が荻窪署に――『白根ハイツ殺人及び略取誘拐事件捜査本部』に着いたのは、翌日の午後であった。

　報告のため帰署した佐坂は、本部に一歩入って立ちすくんだ。

　時間が、一気に巻き戻った気がした。その人物を見た瞬間、佐坂の意識は二十七年前に引き戻された。

　当時、佐坂は七歳だった。

　姉の美沙緒が、突然目の前から消えた。いや違う、奪われたのだ。見も知らぬ男によって。

　その男がふるった凶刃によって。

姉を失った佐坂は、大人たちに失望していた。警察にも教師にも、そして家族にも。

例外は二人だけだった。

一人は佃秀一郎先生。そして——。

残るもう一人が、いま目の前にいた。

「えー、警察庁の命を受け千葉県警本部より出向いたしました。地域部通信指令第二課、地域安全対策室室長、今道弥平警部補です。本日より、『白根ハイツ殺人及び略取誘拐事件捜査本部』に合流させていただきます」

あの頃よりだいぶ白髪の増えた頭を下げ、〝彼〟はそう言った。

ふと目が合った。

気のせいだったかもしれない。だが佐坂は一瞬、確かに合ったと思った。

喉仏が、ごくりと上下した。

第五章

1

主任官が重い腰を上げ、帰っていったのは午後九時過ぎだった。それを機に、捜査員たちも一人、また一人と捜査本部から散っていく。

今道弥平は当然のごとく関係者を洗う班、つまり敷鑑班に配属された。

意外なことにその段階で、

「是非うちの組に」

と言いだしたのは北野谷だった。

とくに異論は上がらず、今道は佐坂と北野谷のバディに組みこまれるかたちとなった。

今道は佐坂を見ても、なんらの反応を示さなかった。「よろしく」と会釈し、目じりに笑い皺を刻んだのみだった。

佐坂はほっとした。と同時に、かるい落胆をも覚えた。

なにを馬鹿な、と自嘲する。二十七年も前の事件だ。あまたの事件を抱えてきた今道警部補が、佐坂を覚えているはずもない。

第一、すっかり自分は面変わりした。七歳の泣き虫少年と、三十四歳の現役捜査員。面影すら残してはいまい。

佐坂と北野谷、そして今道の三人は、明日から行動をともにすると決まった。

「今道さんは、今日はご自宅へ帰られますよね?」

腕時計を確認しつつ、佐坂は尋ねた。

千葉方面行きの最終電車には、まだ二時間近く間(ま)がある。今道はうなずいて、

「今日は帰ります。泊まりこみを覚悟して来たが、どうやら飯を食って帰る余裕をもらえたようだ。気遣われてますな」

と苦笑した。

この人は変わらないな――と、佐坂はあらためて今道を眺めた。白髪(しらが)が増え、目じりと額の皺が深まったものの、かもしだす雰囲気は変わらない。

長身で、がっちりした体軀(たいく)である。年齢のわりには腹も出ておらず、引き締まった体つきだ。

だが〝若わかしい〟という印象からはなぜか遠い。そういえば昔から、妙に老成した空気を漂わせる人だった。

「駅までお送りしましょう」

北野谷が言った。

今道は固辞した。だが結局、佐坂と北野谷とで送ることとなった。

署の外は、すっかり夜だった。

十字路の信号を渡り、数分歩くと繁華街に出る。居酒屋や飲食店の看板が連なって、どぎつく輝いていた。赤に緑に金銀にと瞬き、疲れた目に染みる。

不景気ゆえ、以前より人は減っていた。だがさすがに閑散とはしていない。大学生らしきグループが大挙してチェーン店の居酒屋へ雪崩れこみ、サラリーマンの四人連れが赤提灯の暖簾の向こうへ消えていく。

今道は目を細め、道の左右に並ぶ看板を眺めていた。

「このあたりに来るのはひさしぶりだなぁ。というか、東京に来ること自体がひさびさですよ。よさそうな店があれば次は女房と来ようかと思ってたが、こりゃ覚えきれそうにないな」

「よろしければ、かるく一杯やっていきませんか」

北野谷が誘った。

佐坂は「え？」と発しかけた声を吞んだ。

北野谷が、他人を飲みに誘うのはめずらしい。これは今道を品定めする気だな、と察した。

しかし止める理由はとくになかった。

「この近くに安くていい店があります。おれは料理が趣味でしてね。こう見えて、味にだけはうるさいんです」

佐坂はふたたび声を吞んだ。どこが「味にだけ」だと言いたかったが、意思の力でこらえた。

北野谷お薦めの店は、狭い小路の奥に建っていた。

居酒屋ではなかった。煉瓦調の壁に、緑青を吹いた銅製の突きだし看板。アーチ形の扉に垂れたドアノッカーの環が、いかにもクラシカルだった。

店内に一歩入る。

暗いオレンジの照明のもと、瘦せた中年男が顔を上げた。

「ああ北野谷さん、いらっしゃい」

「個室、空いてるか」

北野谷が顎をしゃくる。中年男は委細承知といったふうに、テーブルの並んだフロアではなく奥を手で示した。

個室は、短い通路の奥にあった。

コートハンガーと四人掛けテーブルがあるだけの、穴倉のような部屋である。明かりとりの窓すらなく、扉を閉めれば完全に外界から遮断されてしまう。

テーブルには、すでにメニューが置かれていた。メニュー立てまでアンティークな陶器製だ。その中にあって、ワイヤレスのコールチャイムだけが近代的に浮いていた。

「ここは牛タンシチューがお薦めです」

メニューをひらきながら、北野谷が言う。今道はかぶりを振った。

「注文はおまかせするよ。わたしは洒落た店に縁がない代わり、好き嫌いがいっさいないんだ。馬鹿舌でね。なんでも美味い美味いと喜んで食っちまう」

いつの間にか敬語が取れていた。

佐坂はアルコール用のメニューを手にとった。

「酒はビールでいいですか？　ワイン？」

「同じものでいい。合わせるよ」

北野谷がコールチャイムを押す。

結局、一杯目は全員が黒ビールと決まった。料理は牛タンシチュー。自家製パン二種とバター。同じく自家製スモークの盛り合わせに、渡り蟹のパスタを選んだ。

黒ビールで乾杯したのち、

「まさか、通指二課の室長においでいただけるとは」

北野谷が彼らしく、ねっとりと慇懃に言った。今道が苦笑する。

「よしてくれよ。薄うすわかってるだろう？　室長とは名ばかりのお飾り役職だ。そうでなけりゃ、いまここにいやしない」

「率直ですね」

北野谷はすこし驚いたようだった。めずらしく、口調に本心が滲む。

警視庁と犬猿の仲といえば、神奈川県警が有名だ。しかし千葉県警とて、警視庁と手ばなしに友好的とは言いがたい。今道はあくまで言外にだが、身内の複雑な事情を正直に認めていた。

扉がノックされる。ウエイトレスが料理を運んできた。

まずはパンと、自家製スモーク盛り合わせである。

北野谷はさっそくバゲットにスモークサーモンとケッパーを載せ、

「国と同じですね。アメリカとメキシコ。イギリスとアイルランド。そして警視庁と関東一帯の県警。どこも〝お隣さん〟とは微妙な関係ってわけだ」

と言ってかぶりついた。今道が首肯し、

「ああ。だが捜査員までいがみ合うことはない。同じ一つの事件をチームで追うなら、なおさらだろう」

メインの牛タンシチューが届き、しばし三人は食事に集中した。

二杯目は、全員がグラスワインにした。

煮込まれて肉の繊維がとろけたシチューも絶品だったが、佐坂は渡り蟹のパスタが気に入った。こってり濃厚なソースに、蟹の旨みと甘みが凝縮されていた。

顔に似合わぬ洗練された手つきで、北野谷がフォークを扱いつつ尋ねる。

「――ところで今道さん、竹根義和はどんな男でした？」

「不愉快なやつだったよ」

今道はさらりと答えた。

「やつの勾留期間は長かった。しかし自分の言葉で語ることは、ほぼなかった。口から出るのは、八割以上が映画の台詞だった」

「ああ、竹根は映画好きだったそうですね。ゴダールやトリュフォー、ポランスキー、デニス・ホッパーなども網羅していたとか」

「そのようだ。しかしわたしゃあ学がなくてね。映画なんかドンパチばかりのアクションしか観ないもんで、やつがなにを言ってるのかさっぱりだった。すこしでも理解しようと、あの頃は付（つ）け焼刃（やきば）ながら三十本ばかり観たよ」

「わざわざ観たんですか」

佐坂は思わず口を挟んだ。今道がうなずく。

「まあね。だがフランス映画は、どれもこれも理解できなかったな。逆にアメリカン・ニューシネマってやつはけっこう楽しめた。『ダーティハリー』『タクシードライバー』『明日に向って撃て！』……」

彼はワインで唇を湿した。

「幼少時の竹根は、孤独だった。かろうじてやつを相手にしたのは、祖父母が子守り代わりにしていた映画館の館長だけだった。ちなみに館長は、その付近一帯の地主だったそうでね、税金対策のためだけに経営していた映画館さ。採算度外視だから、上映する映画も彼の趣味が最優先だった。やつがフランス映画だのヌーヴェルなんたらに馴染んだのは、そのおかげだろう」

「子供時代から名画漬けなら、影響を受けて当然ですね」

北野谷がそう受けて、

「それはそうと、今道さん。あなたは竹根義和に、ゴダールやトリュフォーを理解する感受性があったと思いますか」

と問うた。

今道が「どうかな」と顎を撫でる。

「あったとも、なかったとも言いきれない。というか同じ映画を観たところで、やつとわれわれが同じ感想にいたったかもあやしい」

「どういう意味です?」

「うーん、なんと説明すりゃいいのかな。……たとえば赤い色を見て、人はなにを真っ先に連想すると思う?」

今道が佐坂を見やる。佐坂はすこし考え、答えた。

「ええと……一般的には林檎(りんご)、トマト、日の丸、消防車ってとこですか」

「だろうね」

今道はいったん同意してから、

「裁判前の簡易鑑定を請け負った精神科医が、竹根にこれと同じ質問をした。やつがなんと答えたか当ててみてくれ」と言った。

「血ですか。もしくは火かな」

「はずれだ。竹根は『おれを笑ったやつの口の色』と答えた」

今道は厚切りのベーコンをフォークで突き刺した。

「白は『おれを邪魔にしたやつの目の色』、黒は『おれを〝リョウサクのせがれ〟と馬鹿にしたやつの、車の色』という返答だった。余談だが、竹根が小学四年から六年生までの三年間、近隣一帯では黒い車への放火が相次いでいたそうだ」

佐坂はグラスを置いた。口中が、急に苦く感じられた。

真っ赤な口を開け、白目を剥いて嘲笑う世間。幼い頃から竹根義和には、世界がそう映っていたのだろうか。

だが、と思った。

――だがおれも、一歩間違えばそうなっていたかもしれない。

姉を失い、近所の好奇の目にさらされたまま育っていたなら、もしかしたら。

そんな夢想を、今道の声が裂いた。

「じゃあ今度は、こっちから質問させてくれないか」

と北野谷を見て尋ねる。

「竹根義和と白根ハイツ事件との関連を、きみたちはどう見るね」

一瞬、佐坂は北野谷が返答をはぐらかすと思った。しかし北野谷はそうしなかった。ごく生真面目に、

「復讐でしょう」

と今道を正面から見かえした。

佐坂も同感だった。竹根という連続殺人者を呼びこみ、町に多数の犠牲者を出した鴇矢ミレイ。竹根を家にかくまい、逃亡を助けた宮崎保雄。国選とはいえ、竹根を弁護した佃秀一郎。

――被害者遺族から見れば、どいつも等しく許せない存在に違いない。

北野谷がつづける。

「ただし、一連の被害者には特徴があります。鴇矢ミレイの息子、佃秀一郎の孫、宮崎保雄の

息子。ミレイや佃先生といった〝竹根にかかわった当人〟ではなく、ターゲットはその子供や孫に集中している。そうして一人は殺され、二人はいやがらせの付きまとい行為を受けました。……捜査に予断は禁物です。ですが、ここまでくれば動機は明白だ。おのずと犯人像は絞られます」

「だな」

今道はため息とともに唸った。

「二十一年前の『沢舘女性連続殺人事件』……。おそらくは、被害者の遺族だ」

「ええ。『おれと同じ思いを味わえ』というメッセージでしょう」

北野谷は大きくうなずいた。

「二十年も前の事件に対し、なぜいまになって復讐に打って出たか、という疑問はあります。だがそれこそ、捕まえてから吐かせりゃいいことだ。警察が丹下薫子や友安小輪の繋がりを嗅ぎつけ、彼女たちに警護を付けたことを、犯人はまだ知らない」

「そこが付け目だな。やつは丹下薫子にわざわざ『おまえはあとまわし』と告げて去った。ほとぼりが冷めた頃、接触してくる可能性は高い」

今道は言った。

北野谷がゆっくりとワインを味わって、

「ほかにご意見は？」と問う。

「そうさな。これほどの捜査網を敷いているのに、鴇矢亜美を連れ去った犯人は見つかっていない。間違いなく共犯がいるだろう。現在進行形で物資を調達し、近辺の見まわり等をこなす、面の割れていない誰かがいるはずだ」

「同感です。目撃されている老人を主犯とすると、Nシステムや防犯カメラなどのハイテク捜査に詳しいのが不自然だ。計画性の高さからしても、共犯の関与は否めません」

賛同する北野谷に、今道はパンを取りながら訊きかえした。

「ところで鴇矢亜美は、まだ生きていると思うかね?」

「七割強は」

北野谷が即答した。

「殺すなら、とっくに殺しているでしょう。いま殺す理由がない。まだ利用価値があると見て、生かしていると推測します」

「だとすると、そろそろ危ないかな」

今道がパンで渡り蟹のソースを拭いながら言う。

「なにがです?」佐坂は尋ねた。

今道は天井のあたりに視線を上げて、

「あれだよ、えー、ストなんとか症候群ってやつだ」と言った。

「ストックホルム症候群ですか」

「そう、それそれ。捜査員のわたしらでさえ、犯人が人質を〝生かしてやっている〟なんて解釈する時期だ。人質本人にとっちゃなおさらだろう。生きのびたことを犯人に感謝し、精神的に崩れはじめる頃だ。いや、とっくに崩れているかもしれん」

北野谷の内ポケットで、呼び出し音が鳴った。

警視庁支給の携帯電話だった。「失礼」と短く告げ、個室を出ていく。

佐坂が顔を戻すと、今道はメニューに印刷された店の電話番号を書き止めていた。視線に気づいたらしく、照れたように笑う。

「この店のタンシチューは絶品だな。また来るよ。女房孝行するのにうってつけだ」

「愛妻家なんですね」

「いやあ、恐妻家さ」

今道はかぶりを振ってから、佐坂をまっすぐに見た。

「ひさしぶりだな、湘くん」

穏やかな声だった。

一瞬、佐坂は返答に詰まった。

「元気そうでよかった」

「っ、……——」

覚えていてくれたのか。そして自分だとすぐにわかったのか。不覚にも、鼻の奥がつんとした。うわずりそうになる声を、慌てて低く抑えた。

「……よく、わかりましたね。あれから二十七年も経ったのに」

「きみは、お姉さん似だから」

やさしい口調だった。佐坂はまぶたを伏せた。

二人きりになって、はじめて声をかけてきた今道の心遣いに感謝した。いまならわかる。もし他人がいる場で——捜査本部で声をかけられていたら、動揺して「なんのことです」と突っぱねていただろう。

「しかしあの湘（しょう）くんが、まさか捜査員になったとはな」

「……いろいろ、克服したくて」

「ああ」

今道はあいまいに首肯してから、

「永尾剛三（ながおごうぞう）には、あれから会ったか?」と訊いた。

膝の上で、佐坂は拳を握りしめた。ひさしぶりに聞く名である。同時に、聞きたくもない名前だった。

——姉の美沙緒（みさお）を、殺した男だ。

あの頃の警察関係者はみな慇懃で、遺族である佐坂にやさしかった。だが表情にどこか険があり、威圧的だった。佐坂が「怖くない」と感じた捜査員は今道だけだった。

そして永尾が起訴されたのち、自宅まで線香を上げに来てくれたのも、やはり今道ただ一人であった。

「……会っていません、一度も」

佐坂は言った。表情を読みとられないよう、なかば無意識に顔をそらす。

「そうか」短く今道が言う。

その口ぶりに、佐坂はぴんと来た。

「永尾が現在どこにいるか、ご存じなんですね」

「知りたいかい?」

「いえ」

反射的に佐坂は答えた。

考えるより前に、口から出た返答だった。ワイングラスに手を伸ばす。指で、意味もなくステムをいじる。

「知りたくありません。……いまは」

2

翌日、佐坂たちは朝の会議を終えてすぐ、千葉方面行きの電車に乗った。

千葉は東京よりさらに蒸し暑かった。

駅を一歩出る。道行く女性の三割強が、白や黒レースの日傘をさしていた。アスファルトで陽炎(かげろう)が揺れている。駐車場の前でLED棒を振る誘導員が、顔をしかめながら炎天に炙(あぶ)られている。

佐坂はうなじの汗を拭った。

――そうか。たったの一時間ほどで着くんだな。

東京から千葉は、こんなにも近い。理屈ではむろん知っていたが、あらためて実感する。こんなにも近いというのに、引っ越して以後は、一度も千葉の地を踏んでこなかった。

戻るのが怖かった。転居することで、目をそむけたなにか――心の奥に封印したなにかを、呼び覚ましてしまうのが恐ろしかった。

しかし、いま降り立ってみてわかった。

なにも起こりはしない。心が波立つことも、ドラマのように記憶が一気によみがえることもない。

佐坂は安堵（あんど）したような、拍子抜けしたような気分で首（こうべ）をめぐらせた。懐かしい駅前の風景だ。それなりに様変わりしているが、想像したほどの大きな変化ではない。

ふいに背中を叩かれた。はっとわれに返る。

顔を上げると、今道が見おろしていた。

気づけば、北野谷はすでに数メートル先を歩いている。今道にかるく会釈し、佐坂は早足で相棒を追った。

彼らが最初に会ったのは、事件概要の〝E子〟こと梨井紀美子（なしいきみこ）であった。

二十年前の『沢舘女性連続殺人事件』において、竹根義和の毒牙から逃げおおせた唯一の被害者だ。襲われながらもライトバンのナンバー下二桁を覚え、犯人逮捕へ繋げた功労者でもある。

戸惑いつつも、紀美子はとくに異論なく佐坂たちを迎え入れてくれた。

現在は2LDKの分譲マンションで独居中だそうだ。仕事は、在宅でもできるフリーの校正業だという。

「結婚の予定もないし、住居兼職場にできるので、思いきって買ったんです。ローンの完済まで、あと十二年もありますけどね」

そう言って笑う。

紀美子は驚くほど若わかしかった。目じりや口もとに多少の皺はあるものの、かつての実業団選手だけあって、四十代とは思えぬ均整のとれた体軀をしていた。

「難を逃れはしましたが、あの事件以来、男性が苦手になっちゃって……。世の九割の男性は無害だと頭でわかっていても、黙って後ろに立たれると、体が硬直するんです。だから会社勤めがつらくなって、一年後に退職しました。いまも在宅仕事をしながらカウンセリングに通っています。こんな状態ですから、結婚も諦めました」

彼女がお茶を淹れようとするのを断って、佐坂は切りだした。

「二十年前の事件について、詳しくお聞きしたいのですが」

「いま頃ですか?」

紀美子が問いかえす。不快感は嗅ぎとれなかった。心底、面食らっているようだった。

「ええ。いまお聞きしたいのです」

そう返したのは北野谷だった。次いで深ぶかと頭を下げる。

「申しわけないが、こちらの事情はお伝えできません。しかし、なにとぞご協力をお願いいたします」

紀美子がちらりと今道を見る。彼の顔を覚えているらしい。

ちいさく今道がうなずきかえす。紀美子は嘆息し、言った。

「……お力になれるとは思えませんが、話をするだけでいいなら」

「ありがとうございます」

北野谷はいま一度頭を下げた。

「思いださせること自体、ご負担だとはわかっています。申しわけない」

「べつに、負担というほどではありません。刑事さんにも、カウンセリングの先生相手にも、繰りかえし話してきましたから。むしろしゃべり飽きたくらい。言っておきますが、目新しい事実なんてなにもありませんよ」

だが言葉と裏腹に、紀美子の頬は青ざめていた。思い起こさねばならない記憶に、あきらかに怯えていた。

佐坂は居住まいを正し、紀美子の目を見て、せめて平坦な声で問うた。

「あの夜、あなたは会社から帰宅する途中だったそうですね？」

「ええ。あの頃は電車通勤でした。西沢舘駅で降りて、自宅に向かっていたんです。一時間ほど残業したので、時刻は七時半を過ぎていました」

繰りかえし話したと言うだけあって、紀美子の口調はよどみなかった。

「西沢舘駅周辺って、明るいのは駅の半径百メートル以内だけでした。五分ほど歩けば、もう真っ暗。街灯がぽつぽつ立っているだけで、人通りはすくないし、狭い小路も多かったし……。でも当時は、あまり気にしてませんでした。『自分の身に限って、まさか』と甘く考えていました」

「誰だってそうですよ」

今道が口を挟む。

「誰だって『自分に限って、うちの子に限って』と思いながら生きている。当然のことです。あなたが用心を怠っていたわけじゃない。落ち度はありません。悪いのは百パーセント、加害者です」

彼は言葉を切って、

「背後からライトバンが近づいているとは、気づきましたか?」と問うた。

「近づいてくる音は、聞こえたはずです」

紀美子は言った。

「でも、ほとんど意識していませんでした。狭い道とはいえ、車がすれ違える程度の道幅はありましたから、避けようとか脇に寄ろうとは考えなかった。ごく普通に、車がわたしを追い越していくものと思っていたんです——でも」

わずかに紀美子は声を詰まらせた。

「撥ねられた、と気づいたときには、すでに地面に叩きつけられていました。咄嗟に受け身を取れたのは幸運でした。倒れた角度がすこしでも違っていたらと思うと、いまもぞっとします」

だが受け身を取ってさえ、彼女は左腕の尺骨遠位端を折った。のちに全治一箇月と診断される重傷であった。

紀美子は痛みに呻きながら、ライトバンから降りてきた男を視認した。

「わたしを撥ねた相手だ、とはわかってました。でもそのときはまだ、純粋な事故だと思っていた。心配して降りてきたんだろうと、男に向かって叫びました。『痛い。救急車を呼んで』と」

「それで、男はどうしました？」

佐坂が問う。

紀美子は今道を見つめたまま、答えた。

「こちらに近づいてきました。近づきながら、なにかおかしなことを言いました。正確には覚えていないんですが、『今日のおまえはツイてるか？　賭けるか？』みたいなこと。聞こえてないのかと思って、もう一度『救急車を呼んで』と言いました。そしたら男はすぐそばにしゃがんで……。次の返事は、はっきり覚えています。あいつはわたしを覗きこんで言いました。『どうなんだ、糞野郎？』」

己の両腕を抱き、紀美子は身震いした。

「その瞬間、ようやく気づきました。この人おかしい、って。話が通じない相手だって。わたし、腕をかばいながら『誰？』と訊きました。もしかしたら、知ってる誰かかもしれないと思ったから。でもあいつは言いました。『ハロー、ゴージャス』。……表情ひとつ変えずに言うんです。わたし、もう、パニックになってしまって」

当然だ、と佐坂は内心で首肯した。

いつもの帰途で車に撥ねられた上、相手はまともな応答をしないと来ている。おまけに激痛で体の自由がきかない。恐慌に陥って当たりまえである。

「『ダーティハリー』と『ファニー・ガール』の台詞か」

北野谷が小声で言う。

彼を後目に、佐坂はつづけた。

「そいつが竹根義和だったんですね？　あなたはどうしました」

「最初のうちは、なにもできませんでした。体がすくんでしまって。でも男がこう、後ろからわたしの両脇に腕を入れて、抱えたんです。ライトバンに乗せようとしているんだ、と悟りました。同時に『わざと撥ねたんだ』とも気づきました。事故じゃない。この人ははじめから、わたしを狙って車で撥ねたんだ、と――」

紀美子はニットの裾を握りしめた。

「あいつは『ハロー、ゴージャス』と言ったあと、ひとことも口をきかなかった。なのに、なぜか怒っているのがわかりました。あいつは、すごく怒っていた。しかも相手はわたしじゃない。その場にいない誰かにでした。……そう悟ったとき、わたし、頭がカーッとなりました。許せないと思った。誰に怒っているのか知らないけれど、身代わりになんかされてたまるか、と思いました。だから引きずられながら、怒鳴ってやったんです。『なによ、八つ当たりしてんじゃないよ、馬鹿野郎！』って」

彼女は苦笑した。

「口が悪くてすみません。でも、本心でした。あいつの怒りに気づいたとき、伝染したみたいにわたしも火が点いたんです。怒った途端、体の強張りが解けて、急に声が出るようになりました」

「竹根の反応は？」

「驚いていました。こちらの顔を覗きこんで、目をまるくしてた。わたしがしゃべったり抵抗する生きものだって――人間だって、はじめて気づいたような顔でした」

紀美子はいまや、今道をまっすぐ見て話していた。

彼女はつづけた。

「その顔を見て、いっそう腹が立ちました。あの男はわたしを、人間だと思わず撥ねたんです。車をぶつけて手足の一本も折れば、いいようにできる〝もの〟だと決めこんでいた。親がいて、友達がいて、わたしが死ねば悲しむ人がいるだなんて、ほんのこれっぽっちも想像してやしなかった」

彼女は、美しい眉を吊りあげていた。

「こんなやつの言いなりになるもんか、と思いました。こんなやつに負けない。勝てないとしても、絶対負けてやらない。たとえ殺されたって、最後の一瞬まで抵抗してやる、とそう決めました」

その言葉どおり、紀美子は反撃した。

利き腕で愛用のショルダーバッグを摑むと、折れた左腕の痛みも忘れ、ストラップで下から竹根の首を絞めつけたのだ。

「アドレナリンが出ていたせいでしょう。痛みも吹き飛んでいました」

紀美子は言った。

「わたしはハンドボールの選手でしたから、筋力には自信がありました。握力だって、成人男性の平均より上だった。体勢は不利だったけれど、死にものぐるいの人間と、そうでない人間には歴然と差が出ます。あいつは、わたしを引き離そうとしました。腕をめちゃくちゃに振りまわして、殴りつけてきた。でもわたしは、手の力を緩めませんでした。ストラップに全体重をのせて、あいつの首を絞めつづけた。殺してもいい、と思いました。だってあいつも、わたしを『殺していいやつだ』と見なしていたから」

「でも、あなたは殺さなかった」

北野谷が言う。

「ええ」紀美子はまぶたを伏せた。

「わたしはあいつを絞めながら、いつの間にか上体を起こしていた。あいつは逆に、腰を折って前かがみになっていた。もがいていたあいつの膝が、こちらの背骨に思いきり当たったんです。たぶん偶然でした。でもわたしは、痛みにストラップを放してしまった。だから、あいつを逃がす羽目に……。残念です」

心から悔しそうに、彼女は唇を歪めた。

「いや」

今道がかぶりを振った。

「それでよかったんです。あなたが人殺しにならなくてよかった。それに梨井さんは、捜査に十二分に貢献してくださった。あなたがライトバンの車種とナンバーの下二桁を証言してくれたおかげで、竹根義和を逮捕できました」

「そうかもしれません。でも――」

紀美子は目を上げた。

その視線はやはり、今道だけを見据えていた。

「でもわたし、いまでも夢に見るんです」

すがるような眼差しで、彼女は言った。

「あのときあの場で、竹根義和を殺す夢をです。目が覚めるといつも、ほっとすると同時に落胆します。……やっぱり殺しておけばよかった。あいつを殺していたほうが、心の傷は浅かったんじゃないか。こんな閉じこもりきりの人生を、送らずに済んだんじゃないか、って――」

「梨井紀美子は、ひとまず除外していいな」

マンションを出て、北野谷が言った。

「いちおう裏取りはやるが、言葉に嘘の匂いがない。生活に不自由はあっても、復讐をくわだてるほど人生を破綻（はたん）させていない。他人に対し殺意を吐露（とろ）できる程度には、精神的に回復している」

北野谷は今道を見やって、

「やはりあなたと来てよかった」と言った。

「梨井紀美子は気丈な女性で、回復傾向にある。しかしあなたがいなかったら、彼女は最後まで話しとおせなかったでしょう」

「まあ、知った顔が一人でもいると安心するからな」

ひかえめに今道は認めた。

十字路の赤信号で、彼らは足を止めた。

通りの向こうに、同じく信号待ちをしている女性二人が見える。映画を観た帰りらしく、パンフレットを手に笑顔で話し合っていた。遠目にもその表紙が読みとれる。世界的に大ヒットした、有名なシリーズの最新作だ。

「まだあの映画、上映してたのか。ロングランですね」

ひとりごとのように佐坂は言った。

北野谷がぼそりと問う。

「おい、おまえが映画館まで足を運んで、最後に映画を観たのはいつだ？」

唐突な質問だ。佐坂は戸惑った。

「さあ……。すくなくとも、ここ数年は足を運んでませんね。映画はサブスクで観るくらいです」

「おれも同じだ。統計によれば、『直近一年以内に映画館に行ったか』にイエスと答えた者は全体の三割程度らしい。なおかつそのうちの四割強が『一年以内に観た本数は一本のみ』と回答している。料金の高騰（こうとう）もあってか、映画は庶民にとって身近な娯楽ではなくなりつつある」

「しかし、岸智保（きしともやす）は映画好きだったらしい」今道が言う。

「竹根義和と同じく――だ。年齢は、約三十歳離れているのにな」

「偶然と思いますか？　この共通点は」

北野谷が今道を見上げた。その声音（こわね）に皮肉なニュアンスはない。どうやら北野谷は、本気で今道を気に入ったようだ、と佐坂は認めた。

「わからん。わからんからこそ、調べさせるべきだろうな」

今道は答えてから、

「……竹根義和は、自分の言葉を持っていなかった」

と低くつづけた。

「やつは赤ん坊のとき、実母に捨てられた。やくざの父親は服役中で、祖父母からはネグレクト同然の扱いを受けた。小学校さえろくに行っておらず、一人の友達もなかった。幼少期の竹根に寄り添ったのは、映画だった。——やつを簡易鑑定した精神科医は、辛辣だったよ。『前頭葉に軽度の脳血流低下は見られど大きな器質障害なし。知能指数も正常域。だが無能レベルでしか機能していない』だとさ」

苦い口調だった。

「わたしゃあ学はないが、言葉の重要性ってやつはそれなりに知ってるつもりだ。たとえば〝発達障害〟という言葉が知れわたったのは、せいぜいでここ二十年ほどだろう。それ以前の発達障害児童は『困った子供』『扱いにくい子供』『問題児』としか呼ばれなかった。発達障害という〝言葉〟が広まってはじめて、人はその概念を知り、医療を通して対処すべき問題だと認識したわけだ」

信号が青に変わった。

歩きだしながら、今道はつづけた。

「わたしらは自分の感情に対しても、無意識にこの作業をやっている。病名にラベルを貼るように『ああ、この感情は怒りだな』『自分はいま悲しんでいるな』と分類し、対処することができる。経験があり、なおかつ感情を仕分けできるだけの語彙と、概念を脳に蓄えてきたからだ」

「だが竹根義和には、その語彙がなかった。もしかしたら経験も」

北野谷が相槌を打つ。

「ああ」今道はうなずいた。

「やつのまわりには、生身の人間がいなかった。教え諭しながら経験を積ませる親や、良識を叩きこんでくれる教師がいなかった。そばにあったのは、上映のたび同じ台詞を繰りかえす映写機だけだ。……やつは自分の感情を分類できず、対処のしかたも知らなかった。苛立ちにも、怒りにも、寂しさにも向き合えなかった。やつは凶悪犯で、不愉快な男だったが、その点だけは同情するね。自分の感情さえ、どうしたらいいかわからんというのは——想像するだに、恐ろしいよ」

3

佐坂たちは次いで、C子こと辻瑠美の従妹に会いに行った。

二十年前、瑠美は二十一歳だった。アルバイト先のファストフード店から帰る途中、竹根義和に拉致され殺害されたのだ。

「……事件当時、わたしは小学六年生でした」

瑠美の従妹は、正座した膝の上で拳をきつく握りしめていた。

場所は彼女の自宅である。三年前に結婚し、今年の二月に出産したという彼女のそばには、真新しいベビーベッドが据えてあった。

「六年生ともなれば、事件の意味はわかります。それにわたしは、瑠美お姉ちゃんに可愛がってもらってたから、すごくショックでした。でもわたし以上にショックだったのは、もちろん伯父さ——伯父と、伯母です」

赤ん坊は眠っているらしい。ベビーベッドの真上に吊られたオルゴールメリーから、『トロイメライ』が流れている。

「伯父夫婦は、いまで言う歳の差結婚でした。伯父が四十代、伯母は二十代で結婚したんです。伯父は酔っぱらうと、いつも言ってました。『生涯独身のつもりだったのに、女房に出会ってしまった。一生の不覚だ』って。そんなふうだったから、瑠美お姉ちゃんのことも溺愛してて……」

声が、わずかに詰まった。

「事件のあと、伯母はひどく悔やんでいました。『アルバイトなんて、させるんじゃなかった』『お小遣いが足りないなら、何十万だろうが何百万だろうがあげればよかった。あの子の命に比べたら、はした金だったのに』って。伯父はその横で、黙ってました。黙ったまま、お酒をたくさん飲むようになりました。……まわりが気づいたときには、お酒がないと、いられない体になってました」

瑠美の父は、アルコール依存症患者専用の隔離病棟へ送られた。

しかし退院しても、彼は隠れて飲みつづけた。アルコールさえ入っていれば、ヘアトニックでも窓拭き洗浄剤でも口に入れた。

娘の死から八年後、彼は肝硬変で死んだ。

「お葬式に来たのは、ほんの数人でした。喪主はわたしの父がつとめました。伯母はその頃には、抜けがらのようで——喪主なんて、とうていつとまらなかったんです。伯父とは二十歳も離れていたのに、同い年に見えるくらい老けこんで……」

瑠美の従妹が、指で涙を拭う。

「伯母はいま、介護施設にいます。まだ六十代なのに、認知症が進んでしまったせいです。親きょうだいの顔すら、もうわかりません。……でも、そのほうが幸せなのかもしれない。もとに戻ったら、いやでも瑠美お姉ちゃんのこと、思いだしちゃうだろうから……」

顔を上げ、彼女は泣き笑いを浮かべた。

「夫がいない日中に来てくださって、よかった。じつを言うと、夫に瑠美お姉ちゃんの事件のことは打ち明けてないんです。……ええ、これからも言うつもりはありません。世間って、やさしい人ばかりじゃないですもの。いまは守るものができましたしね。……よけい、言えません」

そう言って彼女は、そっとベビーベッドを振りかえった。

次に会ったのは、A子こと飯干逸美(いいぼしいつみ)の叔父だった。

A子は『沢舘女性連続殺人事件』における、竹根義和の最初の犠牲者である。瑠美と同じく大学生で、塾講師のアルバイトをしていた。当時十八歳。

写真を見る限り、被害者は全員が美人である。髪はショートカット、もしくはショートボブカット。身長は百六十センチ前後で、すらりとスリムな体形だ。

世間では「美人ほど性犯罪者に狙われる」との思いこみが強い。だが現実は違う。性犯罪者が真っ先に狙うのは〝抵抗しそうにない、泣き寝入りしそうなタイプ〟であって、とくに美醜は関係ない。

性犯罪は、性欲より支配欲を満たすための犯罪だ。加害者が求めるものは〝女という記号〟〝若い肉〟〝蹂躪できる対象〟であり、一個の人間としてとらえぬケースが大半なのだ。

――しかし、竹根義和は違った。

佐坂は胸中でつぶやく。

やつは若い美人ばかりを狙った。中でももっとも美しかったのが、この飯干逸美だ。

唯一の生存者である梨井紀美子を「スポーティ」と形容するならば、飯干逸美は「モデル系」だろう。

とはいえ逸美自身は美より知性重視だったようで、大学一年の時点で院試受験を希望していた。専攻は、理学部の応用生物化学であった。

「……逸っちゃんは、親族の星でしたよ。頭がよくて、美人でね。みんな言ってました。『トンビが鷹を産んだ』『突然変異だ』って」

逸美の叔父はしんみりと言った。

「殺されたなんて、いまだに信じられません。だって――だって、誰もあの子の死に顔を見てないんですよ。……五箇月も経って、ようやく発見されたとき、逸っちゃんはもう、骨だった。

白骨死体で発見されたんです。……違いますように、って祈りましたよ。あの骨が、逸っちゃんじゃありませんようにって」

彼の視線は畳の目に据えられていた。

「おふくろなんか朝から晩まで、仏壇の前に飲まず食わずで座りこんでね。まわりがメシを食え、寝ろ、と言っても聞きゃせんかった。数珠を手に、ずーっと祈りつづけてましたよ。……まあ、願いもむなしく、DNA型で逸っちゃんだと証明されましたがね。あのときからわたしゃあ、神も仏も信じちゃいません。おふくろから、孫を……最愛の孫をね、あんなかたちで奪うような……そんな神さまは、存在しちゃいけませんよ。そうでしょう?」

語尾が、涙声に揺れた。

佐坂は気づかなかったふりで問うた。

「逸美さんのご両親は、いまは?」

「姉は――逸っちゃんの母親は、闘病中です。ストレスのせいか、病気つづきでね。義兄さんは看病に追われています。義兄さんも、卒中をやって片足が不自由なのに……。頭が下がりますよ」

その言葉どおり、彼はうなだれた。頭頂部の髪が年齢不相応に透けていた。彼自身、事件から多大なストレスを受けたことはあきらかだった。

北野谷が口をひらく。

「逸美さんの、弟さんについてうかがってもよろしいですか」

叔父の肩がびくりと跳ねた。

うなだれたまま、彼はゆっくりと首を横に振った。

「……話せることなんて、ないですよ。調べはついてるんでしょう」

「概要だけは」

「だったら、その概要だけで充分だ。それ以上言えることはない。……あの子は、全部一人で抱えこんでましたからね。抱えこんだまま、逝ってしまった。逸っちゃんに似て、強情なくらい責任感の強い子でした」

叔父の視線は、やはり畳の目を見つめたまま動かなかった。

佐坂は胸が痛かった。話したくない、と言い張る叔父の気持ちが、身に染みるほど理解できた。

調べによれば、飯干逸美の弟は事件の約二年後に自殺している。

六歳離れた姉弟だった。姉が殺された当時、弟は中学一年生であった。

事件直後、クラスメイトや部活仲間は腫れ物にさわるような対応をしたらしい。彼はそれに反発した。「態度を変えるな」「そんな気の遣われかたは嬉しくない」と主張した。

その主張が「生意気だ」と受けとられた。「おれたちが気遣ってやっているのに、なんだその態度は」と言いはなつ先輩さえいたという。反感はやがて、いじめへと発展した。

いじめは一年近くつづいた。だが弟は親や親戚に「いじめられている」とは一度も打ち明けなかった。

そうして彼はある夜、自室で縊死した。

遺されたノートや教科書は破られ、落書きだらけだった。『早く姉ちゃんのところへ逝け』『おまえも変態にレイプされて殺されろ』と殴り書かれていた。

遺体を発見したのは母親だったという。

わずか二年のうちにわが子を二人とも失った母は、錯乱した。やっと正気に戻ったあとは、つづけざまに大病をした。

さらに五年後、逸美の父までもが脳卒中で倒れた。

「不幸つづきの家だと見たんでしょう。あの家にはいまも、宗教やマルチ商法の勧誘がひっきりなしに訪問するんです。気丈な義兄さんが、なんとか撥ねつけてますけど……」

逸美の叔父は、呻くように言った。

「さっきも言いましたが、この世には神も仏もいやしませんよ。もともと信じちゃいなかったが、逸っちゃんの事件で、はっきりわかりました。もしこの世に神がいるなら、苦しんで死ぬべきやつらが、もっとほかにいるはずだった。もっとほかに、いくらでもね……」

佐坂たちが次に会ったのは、D子こと河鍋桂子の兄だ。

桂子は二十二歳の派遣社員だった。派遣先である損害保険会社から帰る途中、竹根に襲われたのである。

「事件については、思いだしたくありません」

桂子の兄は沈痛に言った。

自宅や会社の近くでないのなら、という条件でようやく会えた相手だった。彼らは駅前で待ち合わせ、人込みにまぎれるようにして話した。

「もうそっとしておいてくれませんか。上の子が、高校受験をひかえているんです。よけいな情報を与えて、動揺させたくない」

「もちろんご迷惑はかけません」

佐坂は彼をなだめた。

「ところで、ご両親はいまは？」

「離婚しました。父は早期リタイヤして、故郷の長野で隠居生活をしています。母は再婚して、台湾にいますよ。たまに絵葉書が届く程度です。桂子の命日には、帰国しているようですが……」

「一緒に墓参はされないんですか」

「別べつに行ってます。子供には『父方のお祖父ちゃんとお祖母ちゃんは死んだ』と教えました。ぼくは一人っ子だったことにしています。さすがに妻は、事情を知っていますがね」

桂子の兄は、苦にがしげな表情を崩さなかった。

「あの事件は……桂子を奪っただけでなく、ぼくら一家の絆も引き裂きました。家族でいつづけることに、とても耐えられなかった。どこの誰とも知らないやつらから、ひっきりなしにいやがらせの電話があって、近所からはひそひそ後ろ指をさされて……。被害者なのに、なんでこんな目に遭わなきゃいけないんだと、世を恨みました」

兄の声は低かった。だが佐坂にははっきり聞こえた。言葉のひとつひとつが、尖った破片となって胸に突き刺さった。

「妹を、あんなやりかたで殺された上……『あんたんとこの娘にも、隙があったんだ』『夜ふけに女一人で出歩かせるからだ』『無用心だ。自業自得だ』なんて外野から責められて……。なにが自業自得なもんか。桂子は、なにひとつ悪くない。あいつはただ仕事を終えて、家に向かって歩いてただけだ。……ごく普通の子だった。ほんとうに、普通の、どこにでもいる女の子だった。……なぜ桂子だったのか、いまでもわからない。どうしてよその子じゃなく……うちの桂子だったのか……」

佐坂は、喉に重い塊がせりあがってくるのを感じた。

眼前の男の気持ちが、わかりすぎるほどわかった。

世間の心ない声。「被害者側にも落ち度があったんだろう」「付け入る隙があったんだ」との邪推。いやがらせの電話。怪文書。そして「なぜうちだけが」という、答えの出ない問い。

——どうしてよその子じゃなく、うちの子だったのか。

おれにもわからない。

どうしておれの姉だったのか。なぜ姉の美沙緒があの男に目を付けられ、殺されねばならなかったのか。二十七年経っても、すこしもわからない。

「……みんな、忘れていくんです」

桂子の兄は唸るように言った。

「騒ぐだけ騒いでおいて、みんな忘れていく。マスコミも、近所のやつらも……。桂子の元彼だって、そうだ。事件の直後は『犯人を殺してやる』といきまいていたくせに、とうに結婚して、いまや三児の父ですよ。桂子の墓参りに来たのは、最初の二年きりだ。……こうして、遺族だけが取り残されるんです。ぼくらだけが、忘れようとしても忘れられずに、置いていかれる……」

佐坂は最後に〝桂子の元彼〟の連絡先を聞き、質問を切りあげた。

「くれぐれも自宅には来ないでください」

桂子の兄は、そう念を押して去った。

B子こと野呂瀬百合(のろせゆり)は、検察が立件できなかった唯一の被害者である。

そして飯干逸美と同じく、見る者をはっとさせる美人であった。

ほかの被害者たちと同じく、野呂瀬百合はショートボブカットだった。しかし群を抜いて肌が白かった。当時二十三歳だったが、少女と形容してもいいほどあどけない容貌をしていた。

百合の焼死体が見つかった直後、彼女が勤める自動車整備工場の社長は、「恋愛のもつれでふさぎこんでいた」と警察に話した。

しかし百合の幼馴染みだった女性は、この証言を強く否定する。

「百合に彼氏? いませんでしたよ。すっごく奥手な子だったんです。箱入り娘って言うんでしょうか。いえ、お金持ちだったわけじゃありません。そうじゃなくて、ご両親にとても大切にされていた子だったから……」

辻瑠美ほどではないにしろ、百合も〝遅くにできた子〟だった。

ただし瑠美の両親のような歳の差は、野呂瀬夫妻にはない。百合は父が三十六歳、母が三十五歳のときの子である。当時にしては高齢出産の部類であった。

やっとできた一人娘を、野呂瀬夫妻は文字どおり舐めるように可愛がった。溺愛していた。

「百合本人も『わたし、箱入りなの』といつも冗談にしていました。でも親の愛情を鬱陶しがったり、反抗するような子じゃあなかった」

幼馴染みはかぶりを振った。

「わたしは人並みに反抗期がありましたけど、百合は全然でしたね。あの子が親に逆らうのを、見たためしがありません。高校生になっても両親と毎年旅行へ行って、社会人になったら、初給与で温泉に連れて行って……。うちの親には『おまえも百合ちゃんを見ならえ』って、さんざん言われました」

かすかに苦笑する。

「そんなふうだから、百合は美人なのに彼氏がいなかったんです。『お見合い結婚が向いてるよ』って、わたしは何度もあの子に言いました。『百合は親が気に入る相手と、お見合い結婚するのが一番幸せだと思う』って。皮肉でもなんでもなく、本心です。あの子も『そうだね』と笑ってました」

「彼氏がいなかったのなら、なぜ勤務先の社長はあんな証言をしたんでしょう？」

北野谷が問う。

「これは当時、刑事さんにも言いましたが……」

幼馴染みは眉を曇らせた。

「事件の二箇月くらい前から、あの子、『知らない人に付けまわされている』と怯えてたんです。『気のせいかもしれないけど、怖い』と。……いま思えば、竹根義和の仕業でしょう。あいつは百合に目を付けて、あの子の生活パターンを調べていたんだと思います」

頬を、嫌悪に歪めていた。

「百合はすぐ、会社の上司に相談しました。でも上司は『大げさだなあ。ただの元彼じゃない？』と茶化すだけだったそうです。百合が否定しても、にやにや笑うだけで……。そのやりとりがねじ曲がって広まり、『彼氏と揉めた』という噂になったと、百合自身が愚痴っていました」

「いまだったらセクハラに問えるかもしれませんね。だが二十年前はまだ、そんな時代じゃあなかった」と北野谷。

「ですね。……わたし、いまでも思うんです。もしあのとき、百合の上司が親身になってくれていたら。あの子の希望どおり、給料日前に残業する代わりに、早出出勤を認めてくれていたら……。そしたら百合は、まだ生きていたかもしれない、って」

「百合さんのご両親は、いまはどちらに？」

佐坂は尋ねた。

幼馴染みの顔が、さらに曇る。

「おばさんは一昨年の年末に亡くなりました。おじさんは……わかりません。おばさんの四十九日を終えたあと、ふらりといなくなってしまって……」

「行方不明ということですか？」

思わず佐坂は問いかえした。幼馴染みがうなずく。

「おばさんと百合の永代供養を、お寺さんに頼んで行ったそうです。うちの親は、『野呂瀬さんは、もう帰ってくることはないだろう』なんて言うんですけど……わたしは、戻ってきて欲しいと願ってます。だってそんな……そんなの、ひどすぎるじゃないですか。ねえ」

涙で語尾がふやけた。

「おじさんも、おばさんも、百合も、なにもしてない。なにひとつ、悪いことなんかしなかった。ただ普通に生きて、仲良く親子で暮らしてた。……なのに、突然百合はいなくなって、あんな姿で、発見されて……」

数秒、絶句する。

「百合、すごく怖かったと思うんです。男性に免疫、なかったから。そ、それが、襲われて……あんな、黒焦げの姿にされて……。あんなことになるとわかってたら、わたし、迎えに行ったのに。あの日のわたし、帰りが早かったんです。あの時刻、家にいたのに。電話してくれれば、わ、わたし、父の車で迎えに――……」

幼馴染みはそこで言葉を失い、泣き崩れた。
悲痛な嗚咽(おえつ)だった。
彼女が泣きやむのを、佐坂たちは無言で待った。彼女は声を詰まらせながら、百合を失ったのちの
やがて涙を拭い、幼馴染みは顔を上げた。
野呂瀬夫妻について語った。
父親は「うちの娘も竹根に殺されたはずだ」「いまからでも、娘の事件を立件してくれ」と、
何度も警察を訪れたという。しかしその主張は聞き入れられぬまま、『沢舘女性連続殺人事件』
の公判ははじまった。
野呂瀬夫妻は、足しげく地裁へ傍聴に通ったらしい。
竹根はあいかわらず映画の台詞を多用しながら、あけっぴろげに犯行を語った。その傍若無
人な態度にほかの遺族たちは耐えきれず、一人、二人と傍聴をやめていった。
しかし野呂瀬夫妻は通いつづけた。
あまりの残酷な犯行に、百合の母は何度か法廷で気を失ったという。しかし傍聴をやめるこ
とはなく、夫妻は結審の日まで皆勤を遂げた。
竹根義和の死刑が確定した日、幼馴染みは野呂瀬家を訪れた。
そして、三人でひっそりと祝杯を上げた。
竹根が獄中死したと知った日は、幼馴染みのほうから電話をした。その頃、彼女は結婚して
おり、生家をすでに離れていた。

百合の母は、他界するずいぶん前から体調が悪かったという。しかし本人の希望で、誰にも知らせてはいなかった。

そして四十九日の法要を終えた直後、百合の父親は失踪した。

「驚きました。……でも、誰も意外には思いませんでした」

と幼馴染みは声を落とした。

無理もない。最愛の娘を失い、さらに妻まで亡くしたのだ。「家族がいないなら、この世に生きる意味なんてない」と、彼は常づね周囲に洩らしていたという。

佐坂たちは捜査協力への礼を告げ、百合の幼馴染みの家を出た。

外はやはり、ひどい暑さだった。真上から降りそそぐ夏の陽光。アスファルトの照りかえし。歩いていると、己のうなじが焼ける音さえ聞こえるようだった。

「犯罪被害者は家族まで人生を狂わせられる、というのは定説だが……」

北野谷が眉間に皺を寄せて言った。

「……その証明を聞かされたような、一日だったな」

佐坂は相槌を打たなかった。だが同感だった。北野谷の言葉に、彼は心中でつぶやきかえした。

——まったくだ。

——おれの家族も彼らと同じだった。家族ごと、人生を狂わされた。

と。

その横を、無言で今道が歩いていた。

横断歩道の信号が青に変わった。

4

係長に報告を済ませ、佐坂は荻窪署を出た。

向かった先は駅であった。たったいま行ってきた千葉へとんぼ返りするためだ。

電車を降り、新浦安駅に立つ。駅から出る路線バスに乗りこんで、佐坂は座席で目を閉じた。

三つ目の停留所で降りた。

時刻は午後七時半。眼前の建物は、まだ灯りが点いていた。駐車場はがらがらに空いており、建物を出入りする客もほとんどない。反比例して煌々と光るライト群は、毒どくしいほどだった。

駐車場の出入り口に管理ボックスが立っている。同じく灯りが点っており、ボックスの中がよく見えた。おそらく管理人だろう、一人の男がぼんやり座っていた。

——永尾、剛三。

佐坂は拳を握りしめた。

姉の美沙緒を刺殺した男であった。

今年で六十八歳になったはずだが七十代なかばに見えた。日焼けした肌は皺ばみ、揉んで広げた渋紙のようだった。

姉の事件によって、永尾は殺人罪で起訴された。地裁は彼に懲役十二年の実刑を言いわたした。弁護士と永尾はただちに控訴した。だが高裁は訴えを棄却。刑が確定し、永尾は刑務所送りとなった。

事件当時、佐坂美沙緒は十六歳だった。

一方、永尾剛三は四十一歳。千葉市内の印刷会社で活版工として働いていた。美沙緒もまた、同市内の私立高校に通っていた。

「通勤電車で、あの子と毎朝会ったんです。いつも同じ車両でした」

永尾は公判でそう供述した。

だから運命だと思いました、と――。

彼は、美沙緒に付きまとうようになった。会社を早退しては下校を待ち伏せした。想いを綴(つづ)った手紙を無理やり渡そうとした。ガラス玉の付いた安物のネックレスを「もらってくれ」と押しつけ、後日「受けとったくせに、おれの気持ちを受け入れないのか。泥棒女」と脅(おど)した。

「真剣だった。気持ちをわかってほしかった」

と永尾は証言台で語った。

しかし美沙緒にしてみれば、相手は父親と歳の変わらぬ中年男である。とうてい恋愛対象ではなかった。

　美沙緒は担任教師に相談した。担任は「見かけたら注意する」と言いはしたが、

「きみのほうにも、男性を勘違いさせるような言動があったんだろう」

「軽率な真似は、今後ひかえるように」と決めつけた。

　交番員も大差ない反応だった。

「民事のトラブルに、警察は介入できないんだよね」

「最近の女子高生は乱れてるからなあ。テレクラだの、ブルセラだの……。きみも、これに懲りたら変な小遣い稼ぎはやめなさいね」

　桶川ストーカー殺人事件が起こったのは、数年後のことだ。当時は警察や報道だけでなく、社会全体が「痴情のもつれに他人が口を出すべきじゃない」「男女のいさかいは、犬も食わない」との意識レベルにとどまっていた。

　美沙緒は友人たちに相談していた。しかし親には言わなかった。

「家族を心配させたくない」

「退学して近くの高校に通え、なんて言われたら困る」

と友人相手に洩らしていたらしい。

　友人は美沙緒にアドバイスした。「とにかく、毅然とことわったほうがいい」「相手に付け入る隙を与えちゃ駄目。がつんと言ってやりな」

　ある日、美沙緒は永尾にまたも待ち伏せされた。

「交際してくれ」とせまる永尾に、美沙緒は友人のアドバイスどおりに行動した。付け入る隙を与えぬよう、毅然とことわったのだ。

美沙緒が下校途中に刺殺されたのは、その四日後である。

永尾は駅から彼女のあとを尾け、人通りが絶えたところで襲いかかった。

美沙緒は滅多刺しにされた。胸部と腹部を十箇所以上刺された。指を切断されかけ、顔面まで傷つけられた。

悲鳴を聞いた通行人が駆けつけたとき、姉はまだ息があったという。しかし救急車の到着を待たず、その場で絶命した。

逃げた永尾剛三は、約三十分後に身柄を確保された。

姉に「毅然とことわるべき」とアドバイスした友人は、事件を知らされて半狂乱になった。彼女はその後、何年も心療内科へ通わねばならなかった。

佐坂家は、それをうわまわる大打撃を受けた。祖母は失意のうちに死んだ。佐坂と両親は、故郷を追われるような引っ越しを余儀なくされた。

佐坂は成長し、警察官となった。

姉を殺した男が仮釈放されたと知っても、「行方は追うまい」と己に言い聞かせた。平静でいられる自信がなかった。一度でも顔を見たら、自分がなにをするかわからなかった。

――なのに、調べてしまった。

今道と再会したせいだろう。やつがいまどこでどうしているか、知りたくなった。

調べるのは、さほど困難ではなかった。

出所後、頼る人もなかった永尾剛三は一時期ホームレスになったようだ。しかしさる政党支援団体に保護され、彼らの援助で社会復帰を果たした。

現在は団体の紹介で、高名な政治家の名を冠した記念館で働いている。業務内容は駐車場の管理および清掃、利用者の誘導や整理などである。働きぶりは「真面目。病気以外の欠勤なし」だそうだ。

佐坂は、管理ボックスの中の永尾を見つめた。

永尾は背をまるめて座っていた。中は冷房が効いているのだろうか、暑がる様子はない。視線は茫として、あらぬかたを向いていた。

よく見ると、耳にイヤフォンが嵌まっている。佐坂の角度からは見えないが、小型テレビが設置されているのかもしれない。それともラジオだろうか。

くっ、と永尾の口の端が持ちあがった。

笑いだった。テレビかラジオの音声を聞いて、永尾は笑っているのだった。

その瞬間、佐坂の胸を怒りが突き上げた。

なぜあいつは笑っているんだ。そう思った。

姉は、二度と笑えなくなった。あいつは姉から、喜びも悲しみも未来も奪った。姉だけじゃない。おれも両親も、事件のあと心から笑えた日などない。なのに――。

――なのになぜ、あいつが笑っていられるのだろう。

佐坂は奥歯を嚙みしめた。

気づけば、爪が掌に食いこむほど拳をきつく握っていた。指をひらくと、掌に血が滲んでいた。佐坂はちいさく舌打ちした。

きびすを返そうとしたとき、内ポケットで電話が鳴った。

送信者を見る。北野谷だ。

「はい、佐坂で……」

「おまえ、どこにいやがる！　いますぐ署に戻れ！」

めずらしく、北野谷は興奮に声を震わせていた。

「どうしたんです」

「どうしたもなにもあるか！——鴇矢ミレイが殺された。犯人は、マル亜だ。鴇矢亜美だ。刃物を持ったまま表へ出たところを、荻窪署員が現行犯逮捕した。とにかく、いますぐ戻れ！」

通話がぶつりと切れた。

5

完全なる警察の失態であった。

鴇矢亨一殺しと『沢舘女性連続殺人事件』の関連性が見出されて以後、ミレイの監視は手薄になっていた。

むろん完全にマークをはずしたわけではない。しかしミレイが共犯である可能性は低まり、逆にターゲットの一人と目されつつあった。その上、標的としての優先順位は、丹下薫子や岸智保より低く想定されていた。

ミレイに現在付いていた見張りは、六時間交替で二人ずつ。基本的にアパートの外で待機し、スナック『撫子』での勤務時はやはり店の外で待っていた。

見張りの警戒対象は〝男〟に絞られていた。だから、油断した。おまけに交替時間の継ぎ目を狙われた。上下つなぎの作業着で、両腕に段ボールを抱えた若い女性がアパートに入っていく姿を、彼らはうかうかと見逃した。

通行人の悲鳴が上がったのは、八分後のことだ。

捜査員は顔を上げた。

アパートから、一人の女性がふらふらと出てくるところだった。つなぎの作業着を着ている。その胸から腹にかけて、真っ赤な血が飛び散っていた。右手には、同じく血に染まった包丁が握られていた。

「――マル亜だ」

かたわらで、相棒が呆然とつぶやくのを捜査員は聞いた。はっとして、女性の顔を見つめなおす。

確かに、手配書で見たマル亜であった。鴇矢亜美だ。

かなり痩せ、髪は少年のようなベリーショートになっていた。表情が弛緩(しかん)している。だが、間違いなかった。

捜査員は慌てて走り、亜美を抱きとめた。彼女の手から包丁を奪いとって、低くささやく。

「……鴇矢亜美だな?」

「そうです。警察の、人ですか?」

亜美がぼんやりと言う。その左手の小指が根もとから失われているのを、捜査員は見てとった。

「……殺し、ました……」

焦点の定まらぬ目をして、ちいさく亜美は言った。息が弾んでいた。

「……わたしが、あの女を、殺しました。だって、あの女のせいで、亨一さんは死んだ。あの人の娘さんも、死んだ。みんな、あの女が殺したようなもんじゃないですか……。だからわたしが、仇(かたき)を討ってやったんです」

「あの人とは誰です?」

言いながら、彼は肩越しに相棒を振りかえった。ミレイを見に行け、とアパートを顎で指す。

相棒が走りだすのを目の端で認め、

「亜美さん。それは誰のことです。娘さんとは?」

と重ねて問うた。

しかし遅かった。亜美はすでに首をがくりと垂れ、意識を失っていた。

亜美は病院へ搬送された。

小一時間ほどで意識を取り戻し、警官の問いかけに彼女は明瞭に応えた。記憶も証言能力も確かであった。ただし、憑かれたような瞳をしていた。痩せて頬骨の浮いた顔の中で、ぎょろぎょろと目だけが光っていた。

その後、亜美は荻窪署へ連行され、取調べを受けた。

腰紐を打たれ、自身が着いた机の脚へと繋がれる。だが逃走する心づもりは、皆無に見えた。

取調官はまず、亨一が殺害された夜の状況を尋ねた。

「ええ、よく覚えてます」

亜美は答えた。

「七時ちょっと過ぎにインターフォンが鳴ったんです。マンションの、エントランスに入るためのインターフォン。わたしも聞きました。亨一さんの、お祖母さんの声です。『キョウちゃん、キョウちゃん、あたしだよ』って……」

よどみない語り口だ。

「開錠したのは、亨一さんです。彼は『エレベータまで、お祖母ちゃんを迎えに行ってくる』と言って、部屋を出ていきました」

彼女の声音は、そらおそろしいほど平穏だった。

失踪してから十キロは痩せただろうか。髪は不揃いに切られ、体じゅうから肉が削げ落ちている。左手の小指は根もとから失われ、黄ばんだ包帯が巻かれていた。

おまけに彼女は、その手で姑を刺殺したばかりだった。一箇月に及ぶ監禁、そして殺人――。そんな地獄を経てきたとは思えぬ、柔らかな口調であった。

「わたしはお茶の用意をしようと、立ちあがりました」

亜美は言った。

「でも、扉の向こうで声がしたんです。亨一さんの声でした。『おまえは誰だ』『野田か?』と言っていました。ええ、確かに『野田』です。あの人が他人に対して大声を出すのを、わたし、はじめて聞きました」

『野田』は、鴇矢シゲ子に付きまとっていた老人の自称だ。おそらく亨一は、祖母からその名を聞かされていたのだろう。

「亨一さんは、〝野田〟を部屋の中へ入れたんですか?」

取調官は問うた。

「はい。入れたというか、引きずりこんだという感じです」

「見覚えのある相手でしたか」

「いいえ、全然。初めて見る人でした。八十歳くらいのお爺さん。右頬に大きなガーゼを当てて、テープで留めていました」

亨一は老人を腕に抱えたまま、「亜美、通報してくれ」と怒鳴ったという。「警察に電話だ。こいつ、うちの祖母ちゃんを付けまわしてやがるんだ」と。

老人はおとなしかった。観念しているかに見えた。

言われるがまま、亜美は固定電話のもとへ走った。しかし受話器を手にとる前に、背後で悲鳴が聞こえた。

「振りかえると……、亨一さんが、おなかを刺されていました。お爺さんは、刃物を隠し持っていたんです。わたし、動けなくて……。亨一さんは、何度も何度も刺されていました。なのに足がすくんで、動けなかった」

「当然です」

取調官は彼女をなだめた。

検死の結果、鴇矢亨一は胸部を二箇所、腹部を三箇所刺されていた。暴力沙汰に慣れない若い女性が、怯えてすくむのは当たりまえだ。

「亨一さんは、床に膝を突きました。それからゆっくり、横倒しになって……。それを見て、ようやく足が動きました。彼に駆け寄ろうとした。でもお爺さんに、包丁を持った手でなぎはらわれて……。たぶんわたしは、倒れたんだと思います。床で頭を打ったかなにか、したんじゃないでしょうか。短い時間、失神していたようです。……はっと気づいたときには、お爺さんが亨一さんに、馬乗りになっていて……」

「首を絞めていたんですね?」

取調官が問う。亜美はうなずいた。

「……亨一さんは、すごい顔をしていました。一目(ひとめ)で、死んでいるとわかった……。でもお爺さんは、まだ絞めつづけていました。わたし、腰が抜けたようになって、また動けませんでした。自分の痛みにも、気づかないくらいだった」

「痛み？」

「これです」

亜美は小指のない左手をかざした。

「なぎはらわれたとき、切られたんです。皮一枚でつながっている状態でした。いえ、恨んではいません。お爺さんだって、わざとやったわけじゃないし……」

亜美は笑みを浮かべた。不可解な笑みだった。

「それからお爺さんは、わたしのほうを見て、『予定が狂った』と言いました。『こんなつもりじゃなかった。あの女のガキは、もっと脅して、苦しめてから殺すつもりだったのに』と。……それを聞いた瞬間、わたし、ああそうか、と思いました。事情はわからなくても、義母のせいなんだ、と理解できたからです。義母のせいで亭一さんは死んだ、それなら納得だ……、って」

シャツの胸もとを手で引き絞る。

「亭一さんが誰かの恨みをかって、殺されるなんてあり得ない。でも義母がらみなら、わかると思いました。あの女の巻きぞえになったのなら、理解できると……」

亜美は夫の死体を前に呆然とした。そんな彼女に、老人はこう言ったという。

「安心しろ。あんたは殺さんよ。あんたを殺したって、あの女は悲しむどころか、喜ぶだけだからな」と。

老人はかがみこみ、亜美の顔を覗きこんだ。

「しかし顔を見られたからには、置いていけん。……一緒に来てもらうよ」

老人の口調は間延びして、やけに平坦だった。訛りを隠しているのだ、と亜美はぴんと来た。

亜美に刃物を突きつけ、「立て」と老人は命じた。

「下に車がある。立ちなさい」

足をがくがくさせながら、壁に手を突いて、亜美は立った。

「スマホはどこだ？」

老人が訊く。亜美はソファに置いたバッグを無言で指した。

バッグから老人はスマートフォンを抜き、電源を切ってズボンの尻ポケットにねじこんだ。

「それからわたしは、べつの男の人です。小指の根元を輪ゴムできつく縛られ、車に乗せられて……。いえ、運転していたのは、べつの男の人です。顔はサングラスとマスクで見えませんでした。背恰好？

さあ。座っていましたから……。でも手からして、老人ではなかったです」

乗ってすぐ、亜美はタオルで目隠しされた。

車は長い距離を直進せず、何度も右折と左折を繰りかえした。

「大通りは、防カメがあるからなあ」

ひとりごとのように老人がつぶやくのが聞こえた。その口調にやはり訛りを感じたが、どの地方かはわからなかった。

目隠しをはずされたのは、アパートの一室に連れこまれてからだ。

共犯の男は入ってこなかった。老人と亜美の二人だけだった。

妙な注射を打たれたのち目覚めると、左手の小指はすでに失われていた。やがて注射の効果が切れたのか、脂汗（あぶらあせ）が滲むほどの激痛がやって来た。

初日から亜美は、アパートの浴室に監禁された。バスタオルを一枚だけ与えられ、外から鍵をかけられた。扉はぶ厚いガラス戸だった。

戸を叩き割れそうな道具は周囲に見あたらなかった。鏡も棚もはずされていた。

だがそれ以前に、亜美は抵抗する気力をいっさい失っていた。指の痛みのせいもあり、手足に力が入らなかった。

窓のない浴室だった。換気扇は塞がれていた。蛇口をひねると、水だけは出た。渇きで死ぬことはなさそうだ、とほっとした。

「寒い季節でなくてよかったです。もし真冬に浴室で監禁されたなら、凍死していたかもしれません」

淡々と亜美は言った。

「食事はどうしていました?」

「何時間かごとにドアが開いて、お爺さんが菓子パンと紙パックの牛乳を置いていきました。一日二回だったと思います」

排泄（はいせつ）も浴室でするしかなかった、と亜美は恥ずかしそうに認めた。

「パンと牛乳は共犯の人が買ってきて、部屋まで届けていたようです。お爺さんが外出する気配はありませんでした。ずっとテレビの音がしていましたし、人が動く物音も聞こえましたから」

共犯の男は食料のほか、新聞や週刊誌などの差し入れをしていたらしい。薬や包帯などもだ。亜美は食事とともに「化膿止めと鎮痛剤だ」と、白い錠剤を与えられた。

共犯の顔を、亜美は一度も見てないという。

「ドア越しに声を聞いただけです。くぐもって聞こえるので年齢は不明でしたが、言葉遣いからして、やはり老人ではなかったと思います。何度か『これっきりにしてくれ』『もう勘弁してくれ』と訴える声が聞こえました。お爺さんに、いやいや従っている様子でした」

最初のうち、亜美は日にちを数えていた。

菓子パンと薬が二回届けば、一日経ったということだ。時計も窓もない浴室では、日暮れも夜明けもわからなかった。頭の中で、必死に「三日経った。今日は四日目だ」「明日で一週間だ」と数えた。

「でも十日を過ぎたあたりで、ごちゃごちゃになりました。ある日ふっと目覚めたら、何時間眠ったのかわからなくなって……。半日寝ていたのか、それとも丸一日寝ていたのか、それともほんの数分のことだったのか、自信がなくなってしまったんです。それ以来、日にちを数えるのは諦めました」

日にちの感覚がなくなってから、亜美は自分の髪を抜くようになった。

小指の傷口を嚙むようにもなった。

痛みが、滲む血が心地よかった。生きている、と実感できた。抜いた髪は、丁寧に一本ずつタイルの上へ並べた。

老人から接触があったのは、抜いた髪が五百本を超えた頃だ。

「扉の外から声をかけてきたんです。『ごめんな、嬢ちゃん』と」

「あなたをさらった老人の声でしたか？」

取調官が問う。

亜美はうなずいて、

「それから、彼はこう言いました。『前にも言ったとおり、あんたは殺さんよ。だがまだ解放するわけにいかない。不便だろうが、もうちょっとここにいてくれ。約束するよ。おれの復讐が終わったら、必ず解放するから……』と。やさしい声でした。そして、悲しそうでもありました」

そのとき亜美は、自分の中に老爺（ろうや）を恨む気持ちはない、と気づいた。

蓄積された怒りは、すべてミレイに向いていた。

――あの女のせいだ。

あの女が、義母が恨みをかったせいで、亨一さんは殺された。

あの女なら、殺されるほどの憎悪を抱かれても、ちっとも不思議じゃない。老人の逆恨みのわけがない。悪いのは全部あの女だ。

わたしだって、あの女が嫌いだった。亨一さんと結婚する前から、ずっとずっと大嫌いだった――。

「わたし、『どうしたの』ってお爺さんに尋ねました。刺激しちゃいけないとか、話すべきじゃないとか、そんな常識は頭から吹き飛んでいた。夢中で訊きました。『あなたは、義母になにをされたの？　どうして復讐なんて考えたの』って」

「それで、老人はなんと？」

亜美はわずかに間をあけ、答えた。

「お爺さんは言いました。『おれの、一人娘を殺されたんだ』と――」

ふたたび沈黙があった。

取調官は待った。たっぷり一分近くの静寂ののち、亜美は口をひらいた。

「お爺さんは、ドアのすぐ外に座りこんでいました。シルエットが見えました。それから彼は、長い長い時間をかけて、話してくれました。娘さんをどんなに愛していたか、どんなに可愛かったか。そして、どれほど理不尽なやりかたで、突然奪われてしまったのか……」

「つまり」

取調官は慎重に問うた。

「つまり――監禁犯は、鴇矢ミレイのせいで娘さんが殺された、と主張していたのですね？　彼は娘を殺した犯人の名や、事件名について口にしていましたか」

「いいえ。でもお爺さんの口ぶりからして、義母のかつての同棲相手が、お爺さんの娘さんを殺したようでした。ほかにも、若い女性が何人も殺されたそうです……。義母がその男を連れこんだせいで、町全体が被害に遭ったと言われました。平和な家庭が、何軒も何軒も壊された、と……」

「あなたは、男のその話を信じましたか？」

「はい」

亜美は即答した。

「だって、亨一さんがぽつぽつ話してくれた過去と、完全に符合していましたから。彼はあまり話したがらなかったけど、悪い夢を見た夜中や、深酒したときに、断片的ながら打ち明けてくれたんです。彼は言ってました。『故郷を追われたのは、母のせいだ』『祖母も母の巻きぞえになった。だから祖母とはいまも同志なんだ。母を嫌うことで、ぼくらは連帯してた。それくらい母は、大きなあやまちを犯した』……って」

彼女は唇を嚙んだ。

「義母の、やりそうなことです。よく知りもしない男を、適当に家へ引き入れて……。まわりが迷惑したって、どこ吹く風なんです。自分のことしか目に入らない人。自分さえよければいい人……。ええ、義母はそういう女です」

双眸(そうぼう)に、暗い怒りがたぎっていた。

それ以後、老爺は亜美への態度を変えたという。しばしば浴室の前に座りこみ、亜美相手に思い出話を語るようになったのだ。

老人の常で、同じ話の繰りかえしが多かった。しかし亜美は飽かずに聞いた。コミュニケーションに飢えていたせいもあるが、亜美はもともとお祖父ちゃん子で、高齢男性に好意的だった。

「お互い、心が通いつつあるのがわかりました」

亜美は言った。

また待遇にも、如実な変化があったらしい。

それまで食事は一日二回、牛乳と菓子パンが投げこまれるだけだった。しかしある日、おにぎりと味噌汁が運ばれてきた。

おにぎりはむろんコンビニ製で、味噌汁はインスタントである。だが嬉しかった。味噌汁はあたたかく、塩気を欲していた体に染み入った。

「レタスを挟んだサンドイッチや、蜜柑、バナナをもらえることもありました。菓子パンばかりでビタミンが不足していましたから、野菜や果物は嬉しかったです。大げさかもしれませんが、全身の細胞が喜ぶ気がしました」

うっとりと亜美は語った。

取調官はうなずきながら、供述調書の端に『ストックホルム症候群？』と書きこんだ。そして、質問を放った。

「あなたはサンドイッチや果物をもらって、犯人に感謝しましたか？」

「はい。お礼を言いました」

「相手はあなたの夫を殺した犯人でしょう。しかもあなたをさらって監禁し、過酷な状況に追いやった男だ。なのにお礼を？」

「ええ。さっきも言ったように、いけないのは義母ですから」

きっぱりと亜美は言った。

「すべては義母の蒔いた種でした。あの女がおかしな男を引き入れたせいで、町全体が不幸になった。何人もの若い命が奪われ、亨一さんは故郷を追われたんです」

語る目が爛々と光っていた。

完全に精神の均衡を崩している、と取調官は確信した。これは間違いなく、ストックホルム症候群だ。

人質の多くがこの心理に陥りがちだ、と言われる。彼らは突然に心身を拘束され、死を覚悟するぎりぎりの環境で長期間を過ごす。食事も排泄も犯人の許可をとり、犯人から〝恵んで〟もらうことになる。

ただでさえ心のバランスがあやうい状況だ。何度も何度もお恵みをいただくうち、いつしか彼らの中に犯人への感謝の念が生まれる。感謝はやがて好意に変わり、はなはだしくは犯人の動機に共感さえしてしまう。

かの『よど号ハイジャック事件』で「がんばってください」と人質が犯人を激励したり、『あさま山荘事件』の人質が「大事に扱ってもらった」と発言したエピソードはとくに有名である。

人間の脳は優秀だ。優秀すぎて、ときには自分さえもだます。どんな環境であろうと精神を適応させることで、本体を守ろうとするのである。ストックホルム症候群は防衛本能の一種なのだ。

「その髪はどうしたんです？」

取調官は話題を変えた。

「ああ、これですか」亜美は頭に手をやった。「自分でやったんです」

亜美が笑う。取調官は問いを重ねた。

「自分で？　なぜそんなことをしたんですか」

「必要だったからです」

「必要？」

「わたしがお爺さんに全面協力すると——あの女への殺意が本気だと、証明したかった。そのために必要な工程だったんです」

亜美の声に揺れはなかった。視線もまっすぐ取調官を見据えていた。だからこそ、より異常さが際立った。

取調官は平静を装い、質問をつづけた。

「ということは、犯人はあなたに、はさみなどの刃物を与えたんですね？」

「はい。それほどに、わたしを信頼してくれたんです」

亜美は微笑（ほほえ）んでいた。

彼女いわく「心の繋がりが深まってきた」頃、唐突に浴室へ着替えが届けられたのだという。グレイの上下スウェットと、ショーツだった。ショーツはコンビニで買ったらしい新品だが、スウェットは男もののSサイズだ。何日ぶりかもわからぬ着替えであった。

「着替え終わったか」

老人が確認してくる。亜美が肯定すると、浴室の扉が開いた。

老人は亜美の両手を梱包用のロープで縛ると、

「出なさい」とうながした。

移動した先は、八畳ほどの部屋だった。

フローリングの床にポータブルの小型テレビのみが置かれ、シングル用の薄いマットレスが敷いてあった。がらんとしており、家具や生活用品はいっさいない。

ただ、窓際に風鈴がぶら下がっていた。

軒先でなく室内に吊るされている。金属製だ。閉めきられた部屋で鳴るはずもないのに、その風鈴は室内で奇妙な存在感を放っていた。

「それから、床へじかに座って……二人で、テレビを観ました。お昼の時間になったら、片手だけ拘束を解かれて、一緒にお茶漬けを食べました。あたたかくて、やわらかかった。……涙が出るほど、おいしかった」

恍惚と亜美は言った。

茶漬けを食べ終えると、老人は訥々（とつとつ）と語りだした。またも娘の話だった。亜美はときおり相槌を打ちながら、真摯に耳を傾けた。

くだんの風鈴は「娘と行った温泉旅行で、土産に買った」のだそうだ。岩手の鄙びた温泉だったという。妻と娘と、三人で行ったのだと。

亜美はふたたび手を縛られた。しかし浴室へは戻されなかった。

その夜から彼女は、八畳間のマットレスで眠れるようになった。

老人はテレビを持って、別室へと移動した。むろん外から施錠されたが、八畳間は浴室の何百倍も解放感があった。

「窓があったなら、逃げられたのでは？」

取調官が問う。

「後ろ手に縛られたわけじゃなかったんでしょう。梱包用のロープなら、歯を使えばほどけたはずだ。なぜ逃げようとしなかったんです？」

「逃げる理由がありませんでしたから。殺されないことは、もうわかっていましたし」

ぼんやりと亜美は答えた。

彼女いわく、日に日に二人の心は通い、距離が縮まっていったと言う。食事だけでなく着替えや歯ブラシ、生理用品までもらえるようになった。

老爺は「長く閉じこめて、すまんな」と亜美に謝った。

「復讐を早く終えたいのは、やまやまだ。だがあの女には警察の見張りが付いていて、隙がない……。おれもこの老体じゃ、無理はきかんしな。すまないが、かたが付くまでおとなしくしていてくれ」

亜美は二晩考えた。

そして、考えた末の結論を老人に申し出た。

「『わたしがやります』と言ったんです」

取調官に向かい、誇らしげに亜美は告げた。

「亨一さんが殺されたとき、犯人として目撃されたのはご老人でしょう。わたしはさらわれて、人質になったと思われているはず。だから『わたしなら、あやしまれずあの女に近づける』と提案しました」

だが老爺は「駄目だ」と言った。

「あんたにそんなことはさせられん。——あんたを見てると、娘を思い出すんだ。娘はあんたと、そう変わらん年頃だった。あんたみたいないい子だった」

鏡を見る機会を与えられたのは、さらに数日後だ。

ひどい頭、と亜美は自嘲した。千本近く髪を抜いたせいだろう。やつれて、四谷怪談(よつやかいだん)のお岩さながらだった。

「わたし、お爺さんに『はさみを貸してください』とお願いしたんです。短く切りたいから、と。ええ、もちろん渋られました。でも最終的には、渡してくれて……。嬉しかったです。信用してもらえた、と思いました」

やらせてください、と亜美はもう一度懇願した。

だいぶ痩せたし、髪を短くすれば印象は変わる。たとえマークされていたとしても、一目でわたしと見抜く人のほうがすくないでしょう。だから――と。

老人は駄目だと言った。しかし、最終的には折れた。

「わかった。あんたの覚悟を尊重する」

と老人は涙ぐんだという。

決行の日、亜美が午睡から覚めると、すでに老人はいなかった。玄関に作業服と帽子、包丁、千円札が三枚と、狙い目の時間帯などが記されたメモが置かれていた。

作業服を着て、亜美はアパートを出た。

コンビニでコーヒーとサンドイッチを買い、店員に駅への道順を訊いた。イートインスペースで食べ終え、駅まで歩いてから、電車に乗った。

ミレイが住むアパートへは一時間足らずで着いた。空の段ボールは、途中のスーパーマーケットで確保した。

「うまくいきました。思ったより、断然うまくやれた。ずっとずっと簡単に、あの女を殺せました」

亜美はいまや顔いっぱいに微笑んでいた。

「宅配便のふりをして、チャイムを押したんです。ドアを開けたあの女は、きょとんとしてた。わたしが誰か、全然わかってなかった。わたしは段ボールを落として……包丁を、あの女の胸に……」

簡単でした、と亜美は言った。

「すごく簡単に、刃が刺さりました。こんなことなら、もっと早くやっておけばよかった……。あんなに何年も悩んでいたのが、馬鹿みたい……。ふふ、ほんとうに簡単でした」

鴇矢ミレイは胸部を四箇所刺されていた。うち一創は、右心房の三尖弁を深く貫いていた。捜査員が駆けつけたとき、すでに息はなかった。

「あの女、死にました?」

笑いながら亜美は尋ねた。

取調官は答えなかった。しかし、言外のなにかを彼女は読みとったらしい。「よかった」とさらに笑みを広げた。

「よかった。これですべて報われます。わたしは、仇をとったんです。亨一さんとお爺さん。そして百合さんの……」

「百合さん?」

取調官が問いかえす。

「百合さん。お爺さんの娘さんです」

取調官は喉の奥で声を呑んだ。『沢舘女性連続殺人事件』の被害者に、百合という名の女性は一人しかいない。

――野呂瀬百合。

検察が起訴を断念した唯一の被害者である。さらわれて暴行された上、黒焦げの焼死体となって発見された。無残な死であった。

「わたしは監禁から解放されたくて、やったんじゃありません。わたしはわたし自身のためにやりました。自分の意志で、あの女を殺した。やり遂げました。……心から、満足しています」

亜美はにこやかに締めくくった。


数時間後、供述調書を読んで佐坂は唸った。

野呂瀬百合の父親が失踪したのは、去年の冬、妻の四十九日法要を終えた直後だったという。ことの起こりとなった岸智保の出奔が、去年の春だ。時期的にも符合している。その約五箇月後、シゲ子は純喫茶『栞』で野田と出会う……。

野田と野呂瀬。頭文字を合わせるのは、偽名の定石である。

——父親の復讐か。

野呂瀬は最愛の娘を失い、妻まで亡くした。もはや彼に捨てるものはない。守るべきものもない。せめて寿命が尽きる前にと、老体に鞭打って復讐に乗りだしたのか。

己の小指が送りつけられたことを、亜美は知らない様子だった。

傷を負ったのは偶然らしいが、野呂瀬はその指を切断し、冷凍保存して利用したらしい。したたかな手口だった。その冷酷さに、佐坂は彼の覚悟を見た気がした。

ミレイを殺害する際、亜美は「西所沢駅から電車に乗った」そうだ。

捜索したところ、西所沢駅から半径六キロ以内に在る駐車場に、紺の軽ワゴンが乗り捨てられていた。ナンバーははずされていたが、車台番号によれば盗難車であった。

捜査員は駐車場周辺のアパートを捜した。

すると築四十五年で、六室中四室が空き部屋の木造アパートが見つかった。そのうち一室の鍵が壊されており、埃はきれいに拭われていた。

部屋からは亜美の指紋と掌紋が採取されたが、老人の指紋は皆無だった。亜美によれば、

「お爺さんはいつも手袋をしていた」という。

野呂瀬の行方は、いまだわかっていない。

——復讐か。

再度、佐坂は口の中でつぶやいた。

彼自身、考えたことはある。いや、何度も考えた。しかし実行はできなかった。日々の仕事に忙殺されながら、怒りも悲しみも鈍麻させてきた。

——だが野呂瀬は、二十一年の時を越えて娘の復讐に乗りだした。

理解できるか、ともう一人の自分が問う。

佐坂は「できる」と即答した。

警察官の職務は、むろん果たす。やつを見逃すつもりはない。だが理性とはまったくべつのところで、「理解できる」と心が叫んでいた。

「佐坂さん」

ふいに、名を呼ばれた。佐坂は顔を上げた。菅原だった。

「どうした」

「たったいま、捜査支援分析センター（SSBC）から連絡がありました」

興奮で菅原の顔は赤らんでいた。

「映像解析班でした。マル亜が監禁されていたアパート付近一帯の、防カメ映像を解析したそうです。職員が映像の中に、事件関係者の顔を発見しました」

「関係者？　誰だ」

「岸です。岸智保」

菅原は声を抑えて言った。

「やつは該（がい）アパート付近を、何度も往復していたそうです。アパート自体の防カメではないため、出入り自体は確認できませんでした。しかし偶然と呼べる頻度じゃありません。……野呂瀬の共犯は、おそらく岸智保でしょう」

第六章

1

友安小輪に防犯カメラ映像を確認させたところ、

「間違いなく彼です」

との証言が取れた。

顔と背恰好だけでなく、歩きかたや首の傾けかた、姿勢等が「岸智保本人だ」と言う。一定期間以上、身近で過ごした人間にしかわかり得ぬ特徴であった。

「よし、点に繋がる線を追うぞ」

捜査会議で、主任官は意気込んだ。

「追う線は二本だ。一本は野呂瀬百合の父、辰男。もう一本は岸智保。どこかで合流して、一本になる可能性は高いはずだ。勾留中の鴇矢亜美に、岸智保の画像はもう見せたか？」

「確認させました。『共犯の顔は見ていない』『わからない』の一点張りです。しかし主犯とは長く接触していますから、潜伏先のヒントなど洩れ聞いていないか、引きつづき聴取していきます」

野呂瀬辰男については、すでに調べがほぼ付いていた。

佐坂は資料をめくった。

一九四〇年、野呂瀬は富山県にて生まれている。一九四〇年と一口に言われてもぴんと来ないが、「近衛文麿がふたたび首相になった年」だと聞けば、どれほど昔かおぼろげにわかる。

満八十歳。殺人と誘拐という犯罪を実行するには、かなりの高齢であった。

――その老体を押してまで、復讐せずにはいられなかったか。

佐坂は眉根を寄せた。複雑な思いが胸にこみあげた。

野呂瀬辰男は、いわゆる〝金の卵〟の第一世代であった。つまり農村から上京し、戦後の高度成長期を支えた若年労働者のハシリである。

中学卒業後すぐに上京したため、野呂瀬は当時わずか十五歳だった。勤務先は台東区にあったガラス加工所だ。そこで切子職人として修業を積んだ。

二十四歳で結婚。相手は、近所のクリーニング店で働く一つ下の女性だった。

ガラス加工所を退職し、独り立ちしたのは二十六歳の春である。

東京オリンピック開催後の証券不況はあったものの、ガラス加工の需要は大きく途切れはしなかった。仕事は十二分にもらえたし、彼は腕の確かな職人だった。

ただし私生活では悩みがあった。

子宝に恵まれなかったのだ。

野呂瀬の妻は二十五歳から三十歳までの間に、三度の流産を経験した。医者には不育症だと言われた。腹の中で、胎児が育ちにくい体質とのことであった。

「できなかったら、できないでいいさ。二人で生きていこうや」

野呂瀬としては、そう慰(なぐさ)めるほかなかった。

妻が百合を妊娠したのは、諦めかけていた矢先のことだ。

医学の力を借りて、早産ながらもなんとか無事に百合は生まれ落ちた。野呂瀬は三十六歳、妻は三十五歳での初産だった。

しかし娘を得た途端、今度は稼業が危うくなった。

昭和五十年代後半に入って、ガラス加工の機械化が一気に進んだのである。同業者が不渡りを出して順に廃業していくのを、野呂瀬は「明日はわが身か」とじりじり見守った。

だが彼の加工所は、すんでのところで倒産をまぬがれた。

むらのない安定した技術が評価され、ある製造所から船舶用ガラスの加工を任されるようになったのだ。

野呂瀬夫妻はほっとした。これで娘を成人まで養える、と胸を撫でおろした。

しかし時代の波は約十年後、ふたたび加工所を襲った。一番の得意先である船舶製造所が、跡目(あとめ)争いの末に倒産したのだった。

娘の百合は「高校をやめて働く」と言った。

野呂瀬は妻とともに、百合を必死に諭(さと)した。彼も妻も中卒だ。学のない惨(みじ)めさは、身に染みてよく知っていた。愛する娘にだけは、自分たちが舐めた辛酸は味わわせたくなかった。

結局、このときも野呂瀬の加工所は命びろいした。

時代は平成に入っていた。バブル期の勢いこそなかったが、それだけに人びとは「自分の価値観を重視したい」と思うようになっていた。

「ブランドものや大量生産の品じゃ、飽き足りない。自分だけの一点ものを買いたい」というムーヴメントが静かに起こったのである。

「普段使いは大量生産のグラスでいいが、ここぞというとき使う品が欲しい」

「記念日に、大事な人にオーダーメイドの製品を贈りたい」

という声に、切子ガラスの技術はマッチした。

ガラス食器の製造所に声をかけてもらえた野呂瀬は、グラスや皿、ティーポットはもちろん、置き物やランプシェードなども手がけて人気を博した。

娘の百合は無事に高校を卒業し、短大へ進んだ。在学中に簿記二級を取得。順当に、実家から通える自動車整備工場の経理事務員になった。

なお近隣住民からの、百合の評価は以下だ。

「真面目で親思いの、とても感じのいいお嬢さん」

「明るくて、いつもはきはき挨拶してくれるいい子」

野呂瀬夫妻としては、「ごく平穏に、幸せに暮らしていってほしい」と願っていたようだ。

だがその願いは、これ以上なく無残なかたちで断ち切られた。

百合はある日、会社へ行ったきり帰ってこなかった。そして廃工場の駐車場で、黒焦げの焼死体で発見された。目鼻どころか男女の区別さえ付かぬほど炭化し、固く縮こまっていた。

犯人の竹根義和が捕まったのは、さらに二人の女性を殺してのちだ。

しかし野呂瀬夫妻の不幸はまだつづく。警察は百合の殺人について「竹根の犯行だ」と立証できなかったのである。

野呂瀬は憤った。妻は泣いた。

掌中の珠に等しい一人娘だった。その百合を殺され、目鼻もわからぬ焼死体にされた挙句、「立件できませんでした」では浮かばれないではないか。警察にそう食ってかかったが、

「申しわけない」

「われわれも、悔しいんです」

などの言葉が返ってくるだけだった。

その後は、百合の幼馴染みが語ったとおりである。野呂瀬夫妻は、竹根義和の裁判へ通いつめた。そしてその耳で、竹根の死刑判決を聞いた。

しかし、死刑が執行されることはなかった。竹根が獄中で病死したからだ。野呂瀬夫妻の落ちこみようは、傍目にもひどかったという。

失意を抱えたまま、妻は一昨年に死去。

四十九日を終えたあと、野呂瀬は誰にもなにも告げず、ふらりと姿を消した。妻子の永代供養を頼んでいったと言うから、覚悟の上の失踪だろう。

なお亜美の証言にあった「娘と行った温泉旅行で、土産に買った風鈴」については、幼馴染みの口から裏付けが取れた。

「お父さんも今度、ガラスでこんな風鈴を作ってよ」

と百合に言われ、「じゃあ見本にひとつ」と買った品だという。野呂瀬家の縁側に、長らく下がっていたそうだ。

さらに佐坂は資料をめくった。

野呂瀬辰男の顔写真が載っていた。

あまたの証言どおり、小柄な老人である。右頰に、痣にも似た薄茶の染みがある。百合の幼馴染みによれば、七十歳近くなった頃から頰にあらわれ、次第に大きくなっていったそうだ。若い頃から蓄積されたメラニンが、加齢によって肌の表面にあらわれたのだろう。

――ごく普通のお爺さんだ。

写真を見つめ、佐坂はひとりごちた。

平凡で、地味だ。しかし愛すべき市民だ。日本の戦後を支えた国民の典型像とも言える。贅沢には縁遠く、ささやかな幸せを大切にしながら、家族と清廉につましく生きてきた一老人だ。

――犯罪者として生涯を閉じるのは、悲しすぎる。

佐坂は眉間を押さえた。

捜査会議を終えて署を出た佐坂は、

「事件当時、野呂瀬辰男と会いましたか」と今道に尋ねた。

今道は、苦い顔でうなずいた。

「ああ。何度か、顔を合わせた。……申しわけなかったよ。われわれだって、百合さん殺しは竹根の犯行と確信していたんだ。なのに物証もやつの自白も取れずじまいで、立件できなかった。いまさらながら、不甲斐なさに身が縮む」

そんな今道の慨嘆をよそに、

「わからんのは、なぜその野呂瀬に岸が協力したか、だ」

と北野谷がつぶやく。

「いまのところ、野呂瀬辰男と岸智保の間に接点は見つかっていない。年齢も出身地も違う。血縁でもなければ、師弟関係でもない。袖が擦りあった程度の痕跡すらない。いったい、どうなってやがる」

2

だが北野谷のその疑問は、翌日に半分がた晴れた。岸智保の『沢舘女性連続殺人事件』との関係が、あらたに判明したのである。

「おい湘ちゃん」

署内を行く佐坂を、中郷係長が呼び止めた。

「敷鑑の別班が突きとめたぞ。竹根が幼少期になついたとかいう、映画館の館長がいただろう。あれが岸智保の祖父なんだとよ。わかるか？　友安小輪の証言にあった〝映画好きの祖父〟だ」

「ああ、はい」

早口で言う係長に、佐坂は気の抜けた相槌を打った。

「例のスクラップブックを形見に遺した祖父ですね。岸が宝物にしていた、映画のパンフレットを綴じたスクラップブック」

「それだ」

係長は佐坂の鼻さきに指を突きつけた。

「館長は、岸の母方の祖父なんだ。該当の映画館は流行りの映画だけでなく、古い名画も定期的に上映する地元の名物シアターだった。しかし館長の体調不良により、昭和五十七年に閉館。直後に、治療のため一家で高知市へ引っ越している」

とメモをめくって、

「一方で成人した竹根も、慕っていた館長を追って高知市に転居した。館長の紹介で就職し、その社でともに働いた男の名が宮崎保雄。こいつが、のちに竹根をかくまうことになる〝元同僚〟だ。そして岸智保の実父でもある。この宮崎が館長の娘と結婚し、岸が生まれたってわけだ」

とつづける。

「ただし岸の両親は、竹根の逮捕から二年後に離婚した。さらに今回の調べでわかったことだが、館長こと〝映画好きの祖父〟は、離婚の前年に亡くなっていた。事件後の館長は『娘夫婦と孫を危険にさらしたのは、自分が竹根とかかわったせいだ』と悔やみ、そのストレスで持病が悪化した。死の間際まで『すまない。わたしがいけなかった』と孫の手を――つまり岸の手を握って、謝りながら死んだそうだ」

「では岸にとって竹根は、祖父の仇(かたき)でもあるんですね」

佐坂は吐息とともに言った。

「竹根が起こした事件のせいで、彼の両親は離婚し、祖父は失意にまみれて死んだ。……当時、岸は小学生です。そうとうなショックだったでしょう」

声に、同情が滲(にじ)むのを抑えられなかった。

「そのとおり」

係長は、自分の掌(てのひら)に拳を何度も打ちつけた。

「野呂瀬と岸がどこでどうやって出会ったかは、まだ不明だ。一時期の岸は、野呂瀬に追われていた様子だったしな。ともあれ、やつらが〝組んだ〟動機はこれで説明が付く。岸にとっても竹根は――というか、『沢館女性連続殺人事件』は仇だったんだ。そして岸は友安小輪から離れたのち、自分の意思かどうかは不明だが、野呂瀬に協力しはじめたってわけだ」

言い終えて、中郷係長が「よし、報告してくる」と足早に去る。

佐坂は今道と北野谷のもとへ戻ると、係長に聞かされた話をそのまま伝えた。

「祖父の仇、か」

北野谷が自販機のコーヒーを片手に言う。

「友安小輪の証言じゃ、確かにやつはマザコンならぬジジコンだったようだ。形見のスクラップブックを、逃亡中も後生大事に抱えていやがった」

今道に首を向けて、

「どう思います？」と問う。

「しっくりこないな」

今道はむずかしい顔で腕組みした。

「しっくりこないって……祖父の仇説がですか？」

佐坂が尋ねると、今道は「あー、いや、うーん」と言いよどんだ。

「じつを言うと、その前の段階からだ。ここだけの話、野呂瀬辰男が主犯という結論がどうもいまいち呑みこめないというか、納得いかないというか……うん、やっぱり『しっくりこない』ってのが一番正確かな」

「では、野呂瀬の犯行ではない、とお考えですか」

北野谷が紙コップを口から離した。

今道は眉を曇らせて、

「いや……。自信を持って『違う』とも言いきれないんだ。ただ、その……わたしゃあ、学がないなりに経験だけは積んできたからね。なんとなく事件の手ざわりというか、感覚が、野呂瀬辰男の人生と一致しない気がする」

と言った。

「確かに復讐は、大きな動機だ。愛する一人娘を奪われ、妻も亡くした男が、死を目前に捨て身になるのは十二分にあり得る。しかし、だ。人間には持って生まれた資質と、生きざまが培ってきた性質がある。資料で見た限り、野呂瀬は実直な男だ。こつこつ働いて技術を磨き、腕と人柄で仕事をもらってきた職人だ。それにしちゃあ、この事件は暴力の匂いが濃すぎる。八十年間荒事(あらごと)とは無縁に生きてきた、野呂瀬のような人物に似つかわしくない」

そう言い終えてから、

「……抽象的ですまんね」と今道は苦笑した。

「いや、わかります」

北野谷がうなずく。

「おっしゃるとおり、今回の事件の犯人は場慣れしすぎてる。やつは友安小輪や丹下(たんげ)薫子(かおるこ)を脅(おど)すことを、あきらかに愉(たの)しんでいた。愉しめるだけの余裕があった。犯罪に馴染みのない八十のご老体が、自分の考えだけでここまで動けるとは思えん」

「そうなんだ。この粘着質なやり口は、野呂瀬の人柄と合っていない」

今道は深く首肯(しゅこう)して、

「だからして、わたしは野呂瀬主犯説に異を唱えるってわけさ。まあさっきも言ったように、ここだけの話だよ。部外者のわたしが、捜査方針にどうこう言える立場じゃないからな」

北野谷が佐坂を見やる。

「おい事件マニア」

「また……。やめてくださいよ、その呼び名」

「うるせえ。つまらん文句はあとにして、おまえの脳味噌のデータベースを使わせろ。犯罪被害者や遺族による報復殺人というのは、国内にどれほど存在する？」

「あ——、ええとですね」

素早く佐坂は頭を回転させた。

「けして多くはない、です。いやはっきり言ってしまえば、すくないです。有名なものとしては、悪徳商法の親玉がテレビカメラの前で殺された『豊田商事会長刺殺事件』があります。ただし犯人は詐欺被害者本人ではなく、被害者に依頼された男たち二名でした」

「次は？」

「そうですね、ええと……『練馬一家五人殺害事件』。これは被害者の報復と言うには微妙ですが、不動産をめぐるトラブルの末の殺人です。犯人は全資産を担保にして、さる物件を競売で落札。しかし債務者は競売逃れのため、娘婿一家をその物件に居座らせたんです。

期限を超えても明けわたそうとしない一家に、犯人は焦燥で気も狂わんばかりになりました。破産の危機ですからね。結果やつは、居座った娘夫婦と子供三人を殺害しました。客観的にはどうあれ、『正義は自分にある』と信じこんだ上での犯行です。ただしこの犯人は、暴力に縁遠い人間ではありません。事件の前にも実弟を包丁で刺すなどして、殺人未遂で懲役三年の刑に服しています」

佐坂は息継ぎをして、

「ほかには『石狩市いじめ報復事件』『同窓会大量殺人未遂事件』などがあります。どちらも、動機はいじめの復讐です。前者はいじめの被害者である少年が、加害生徒の母親を刺殺した事件。後者は中学時代にいじめを受けた男が、砒素入りビールと手製の時限爆弾を同窓会に持ちこもうとした事件でした」

「ふん、なるほど」

北野谷は、鼻から息を抜いた。

「どれも単純で衝動的だ。残虐性はあっても、今回の事件のような嗜虐性には乏しい。最後の砒素入りビール事件はまだしも計画的だが、未遂で終わっただけあって詰めが甘いな。復讐という加虐を愉しむ域には、ほど遠い」

「そして、野呂瀬辰男は復讐を〝愉しむ〟タイプじゃない」

今道が低く言った。

「これが野呂瀬の主導なら、事件はもっと悲壮味を帯びていたと思うね。娘の無念のために死なばもろとも、相打ち覚悟で一人だけを狙うのがいいとこだろう」

「では、岸のほうが主犯だと?」

佐坂は言った。北野谷がかぶりを振る。

「いや、岸智保の履歴にも、同じく暴力性は見あたらん。……くそったれ。考えれば考えるほどちぐはぐになってきやがった。いったいどうなってんだ、この事件は」

彼の派手な舌打ちを聞きながら、佐坂は言った。

「いまさらですが……、日本には累犯者同士の報復やお礼参りの殺人はあっても、純粋な復讐殺人はすくないようです。銃社会でないことも大きいでしょう。一般市民には、応報の手段や武器がないんです。あとこれは手前味噌ですが、警察や司法への信頼感が高いせいもあるでしょう。日本の検挙率の高さは有名ですから」

「というより、お上に弱いんだ」

北野谷が憎まれ口を叩いた。

「お上に任せてさえいりゃあ安心、って感覚が身に染みついた国民だからな。そのぶん、期待に応えにゃならん立場はしんどいぜ。……まあ軽口はともかく、日本じゃ累犯者とそれ以外で、暴力犯罪へのハードルが段違いってのは同感だ。銃は引き金を引きゃ殺せるが、刃物での殺傷は肉弾戦だからな。体格と経験と、覚悟の差が如実にあらわれる。『カッとなってやった』『正当防衛で無我夢中だった』以外の理由で、人を刺し殺せる市民は滅多にいない」

「ではやはり、首謀者がほかにいる――?」

佐坂は考えこんだ。

だとすれば、野呂瀬があの目立つ痣をあらわにして犯行に及んだ理由も、いちおう通る。頬にガーゼを当てていた日もあるが、その下に傷か痣があるだろうとは誰しも想像がつく。彼はそれを踏まえての、〝表に出る要員〟だったのかもしれない。

「となると、野呂瀬と同等かそれ以上に、竹根への恨みを持つ者ですね。やはり被害者遺族の誰かでしょうか」

「わからん」

北野谷は唸った。

「わからんが、上には伝えておかにゃなるまい。最終的な判断は主任官がくだすが、いまはどんなささいな疑問であれ具申したほうがいい。……今道さん、おれの口から主任官へ伝えていいですか。あなたの手柄を横取りするようで、心苦しいが」

「いやいや、気にせんでくれ」

今道は鷹揚に手を振った。

「何度も言うが、わたしは部外者だ。きみたちが上に進言してくれたほうが、スムーズで助かるよ」

宣言どおり、北野谷は上へ意見を述べた。

しかし当面の捜査方針は大きく変わらなかった。

まずは野呂瀬辰男と岸智保を追うべし、だ。たとえ裏に首謀者がいるとしても、彼らの身柄を確保できれば、芋づる式に手が届くだろう。

ただし、まったく無視されたわけではなかった。

友安小輪と丹下薫子への、警護の増員が決まったのだ。

野呂瀬は丹下薫子に『おまえはあとまわし』と告げて去った。全体の絵図を描く主犯がいるならば、この言葉はハッタリとも言いきれない。主犯に命じられた野呂瀬が、時期をみはからって彼女に接触する可能性はある。

「友安小輪と丹下薫子は、かなり仲良くなったようです」

佐坂は言った。

北野谷と今道とともに、中郷係長を囲んでの小会議の席であった。

「現在、友安小輪は丹下薫子のアパートに泊まりこんでいます。二人ともしばらく休職・休学する旨を職場および大学院に通達済みです」

「すすんで一緒にいてくれるのはありがたいやな。二人を別べつに見張るとなると、倍の人員が必要だ」

係長は顎(あご)を撫でた。

「わたしは岸が、小輪さんに接触する確率も高いと思うんだなあ」

今道がぼそりと言う。

「岸は竹根とは、また違ったタイプの映画好きだ。ロマンティストってやつさ。惚れた女を、なかなか忘れられない男と見たね」

そして今道は意外な言葉をつづけた。

「小輪さんと薫子さんの警護役は、わたしにやらせてほしいな」

と。

「部屋でじっとしてる役は、わたしみたいなロートルが引き受けるのが筋だろう。お嬢さんたちだって、若くてぎらついた捜査員より、爺いのほうが気を抜けるさ」

そう笑った今道の顔は、確かに好々爺然としていた。

3

佐坂は記念館の中にいた。

館内に入ってすぐのロビーで、休憩用のソファに座っている。片手でスマートフォンをいじりながらも、視線は外に向けていた。この位置からはガラス越しに、駐車場の全容が見わたせるのだ。

駐車場の管理ボックスには、今日も永尾剛三が座っていた。

暇そうだ。やはりイヤフォンを耳に嵌めている。ときおり体を揺すり、かと思えば口に手も当てずに大欠伸をする。

──おれの顔を、あいつは知らないはずだ。

佐坂は口の中でひとりごちた。

「きみはお姉さん似だから」と今道は言った。それは認めるが、瓜ふたつというほどではない。

自分はとうに三十を過ぎたし、性差もある。やつがこちらに気づいたとしても、一目で佐坂美沙緒を思い出すとは思えない。

時刻は、夕方に差しかかりつつあった。西へ傾いた陽がまぶしい。空はまだ青みを充分に残しているものの、端のほうから淡い桃と橙が滲みつつある。

大通りへ向かう信号が、青に変わった。

と同時に、横断歩道を渡ってくる一団があった。

紺の制服をまとった女子高生たちだ。学校指定らしき揃いのスクールバッグを、一様に肩掛けしている。

みな笑顔だった。ガラス越しにも笑い声が聞こえてきそうだ。髪が風になびく。紺のクルーソックスから伸びたふくらはぎが、すんなりと細い。

永尾が管理ボックスの中で、前傾姿勢になるのがわかった。さっきまでの弛緩した表情が一変した。食い入るように、女子高生たちを凝視している。

そんな彼を、佐坂はやや遠くから観察した。

息を荒らげているのか、永尾は肩を上下させていた。ぶ厚い舌で、しきりに唇を舐める。あきらかに興奮していた。

女子高生たちへ佐坂は目を移した。

どの子も似たような顔だと映った。全員が黒髪のミディアムボブか、もしくはセミロングだ。化粧っ気のない真面目そうな子ばかりだった。

――永尾剛三の、好みのタイプか。

心中でつぶやき、佐坂は立ち上がった。

スマートフォンを内ポケットにしまい、彼はゆっくりと記念館を出た。


署に戻ると、あらたな事実が判明していた。

野呂瀬夫妻は二年前まで、とある『犯罪被害者の会』に加入していたというのだ。

問題は、その会のサイト運営を委託されていた人物である。彼は『ストーカー被害者の会・SVSG』の現行管理者であった。友安小輪と丹下薫子とが、知りあうきっかけになったサイトである。

「じつは『SVSG』のサイトURLを申請制にしたのは、この『犯罪被害者の会』サイトへの侵入が理由なんです。あの頃の失敗を踏まえてのことなんですよ」

捜査員に対し、管理人はそう語った。

「不届き者を見抜けなかった、ぼくの失態です。被害者を装って加入し、会員たちの個人情報を盗もうとしたやつがいましてね……。犯人ですか？　主宰者の意向で警察に届けなかったので、いまもってわからずじまいです。こちらでIPは抜けましたが、さすがに位置情報だけじゃ特定はできません」

そのIPを再確認してもらうと、栃木市内からのアクセスだとわかった。岸智保が、当時住んでいたアパートを含む一角である。

「会員の個人情報は無事だったんですか？　それとも漏洩した？」

捜査員が尋ねると、

「わかりません」と管理人は悔しそうに答えた。

「洩れた、とは思いたくないですが……。いちおう、漏洩の可能性がある会員はピックアップして、リストにしておきました」

そして確認の結果、リストには野呂瀬辰男の名があったという。

「では岸が野呂瀬の個人情報を抜き、やつのほうからコンタクトを取った――？　だとすると、岸が野呂瀬から逃げた理由がますます気になりますね」

北野谷とともに、立ち食い蕎麦(そば)を啜(すす)りつつ佐坂は言った。

「だな。仲間割れか、それとももっとほかの理由か……」

お手本のようにきれいな箸(はし)使いで、北野谷が蕎麦をたぐる。

「ちなみにその騒動がもとで、『被害者の会』はサイトを閉じる羽目になった。野呂瀬夫妻も、大事をとっていったん会を抜けたそうだ」

「岸の顔写真は、野呂瀬家の近隣住民にも確認させたんですよね？」

「いや、正確には、まだ近隣をまわって確認させてる最中だ。成果らしい成果はいまだない。細君(さいくん)が亡くなって以後、野呂瀬家へ線香を上げに来る客は多かった。『その中に、こんな男もいたかもしれない。はっきりわからない』との声ばかりだとよ」

「無理もありませんね」

佐坂はうなずいた。

自分の過去をかえりみても、そうだった。姉が殺されてからというもの、驚くほど多くの人が「線香を上げたい」と訪れてくれた。

姉の恩師を名乗る男。姉の先輩だと自称する男。はたまた元顧問だと自己紹介する女。家族である佐坂にさえその真偽はわからず、顔も覚えきれなかった。ただの近隣住民ならば、なおさらだろう。

どんぶりを両手に持ち、佐坂はつゆを飲んだ。

関東人好みの真っ黒な蕎麦つゆだ。西の人間には下品と笑われそうだが、佐坂は醤油(しょうゆ)たっぷりの濃い口が好きだった。北野谷の行きつけだけあって、鰹出汁(かつおだし)の旨味と香りがしっかり効いている。

「美味(うま)い」

思わず、ため息まじりに洩らしてしまう。

横の北野谷がふっと笑い、

「おまえ、大丈夫そうだな」と言った。

「え?」

「人間ってのは、食いものの美味いまずいがわかるうちは動けるもんだ。捜査も長丁場になってきたが、おまえはまだ使いものになるらしい。せいぜい、馬車馬のように働きやがれ」

「そのつもりです」

佐坂は苦笑した。なんとはなし、「そういえば今道さんは、ちゃんと食べてるでしょうか」と付けくわえる。

「あ？　なんだそりゃ」

北野谷が顔をしかめた。

「向こうはベテランもベテラン、大ベテランさまだぞ。おまえごときハナタレに心配されるすじあいはねえ」

「そりゃあそうでしょうが」

佐坂が鼻白(はなじろ)んだとき、北野谷の携帯電話が鳴った。

「おれだ」

すかさず応答した直後、北野谷の目つきが変わった。送話口を手で押さえ、

「岸から接触あり」

と早口の小声で告げてくる。佐坂の頬が、瞬時に引き締まった。

「ああ、……ああ、了解」

北野谷が片手で手帳をひらき、ペンで書きつけていく。

佐坂は顔を寄せ、その走り書きを読んだ。

――サワ入電　ギャクタン○

どうやら友安小輪のもとに、岸から電話があったようだ。

ギャクタンは逆探知を指す。鴇矢亜美の拉致(らち)において、通信事業者に出した逆探知要請を、

いまは小輪と薫子に流用中なのだ。◯ということは、無事に基地局を割りだせたらしい。ペンがさらに走った。

——クガヤマエキ

久我山駅か。よし近い、と佐坂は拳を握った。

北野谷が電話を切る。来いとも言わず、店を出て駆けだす。佐坂も無言でそのあとを追った。

久我山駅は京王電鉄井の頭線で、ホーム一面二線を有する地上駅である。大きな駅ではない。しかし北口、南口ともに商店街に繋がっており、まわりの人通りはけっしてすくなくない。

佐坂たちが駆けつけたとき、残念ながらすでに捕り物劇は終わっていた。

「逃がした」

息を切らしながら、中年の捜査員が呻いた。警視庁から派遣された捜査員である。その背後では、菅原が真っ青な顔をして立っていた。

捜査員が菅原を親指でさして、

「荻窪署のルーキーの失態だ。岸を雑踏の向こうに見つけたまではいいが、『警察だ、待て!』と大声で呼ばわってくれた。おかげで岸は、即座にきびすを返して逃走だ。商店街の人込みにまぎれ、まんまと行方をくらましやがった。——なあ、おたくじゃ新人にどんな教育をしてんだ? まさか研修代わりに、刑事ドラマでも観せ……」

「よせ」

北野谷が制した。

「責任をなすりつけてもはじまらん。それより、現在の岸を見たんだな？　やつはどんな風体だった」

「あー……薄汚かったな」

苛立ちを抑えつつ捜査員が答える。

「ホームレスとまではいかんが、野宿をつづけていそうな恰好だった。元銀行員とは、とても思えん。一瞬振りかえったときの目が、荒んでやがった。わかるだろ？　アレ特有のぎらつき、ってやつだ」

佐坂にもその意味はわかった。追われる者の目つき――多くの犯罪者が持つ、独特の眼差しだ。

佐坂と北野谷は駅を離れ、丹下薫子のアパートへ向かった。

「……公衆電話からでした」

血の気を失った唇で、小輪は言った。

彼女の横に、丹下薫子が姉妹のように寄り添っている。そして二人の背後では、今道があぐらをかいていた。その距離の近さに、さすがだな、と佐坂は感心した。

早くも彼女たちに馴染み、信頼を勝ち得たようだ。昔から、妙に被害者の懐へもぐりこむのがうまい人だった。

小輪はうつむきながら、ぽつぽつと話した。

「電話は……雑音が多かったです。まわりがうるさい場所にいるようでした。だから彼は聞こえづらかったようで、『元気か』『無事か、あれから、なにもないか』と、同じことを、大声で何度も……。わたしが『無事だ』と答えたら、すぐ切りそうだったので、質問を重ねてなんとか引きのばしました」

「よくやったよ。友安さんはうまくやった。文句なしだ」

今道がねぎらう。

次いで彼は北野谷に目を向け、

「『なぜ警察から逃げているの』と、友安さんは岸に訊いたんだ。『あの老人に追われているのは、あなたのほうだったじゃない。そのあなたが、どうして警察に助けを求めずに逃げる必要があるの』とな。もっともな質問だ」

と言った。

「すると岸は『事情があるんだ』と答えた。『きみをこっちの事情に巻きこんだことを、後悔している。でも、すまない。まだやることがあるんだ。それを終えたら、自分の足で警察に行くから』と。そこで通話は切れた。すぐさま通信事業者から基地局周辺エリアの連絡が入り、捜査員たちはいっせいに久我山駅へ集結した——とまあ、そういう流れさ」

「ふむ。確かに友安さんはお手柄だ。だが、こっちのヘマで取り逃がしちまった」

北野谷が苦い顔で言ってから、佐坂を見やる。

「おっと、べつにあのルーキーを責めたわけじゃねえぞ。……とはいえ、ここで岸を逃がしたのは痛いな。やつがこの事件でどんな役割を担っているのか、皆目わからん。問いつめたい点が多すぎる」

「……あのう、あの、わたし」

組んだ両手を胸に当てて、小輪がおずおずと言った。

自然に全員の目が彼女に集まる。

「……いまだにこんなこと言うの、甘っちょろい、と思われそうですが」

つかえながら、小輪は言った。

「わたし、あの人が人殺しの共犯とは、やっぱり思えないんです。……だって電話の向こうで、あの人、怒ってました。誰に対してかわからないけれど、怒っていて、同時に悲しんでいた。……彼は『きみを巻きこんでしまった』と謝っていましたが、わたし、彼のほうも、誰かに巻きこまれたんじゃないか……その人に対して怒ってるんじゃないかって……。そんな気がして、ならないんです」

締めくくって、ぎゅっと口を引き結ぶ。

その唇は、いまにも泣きだしそうに震えていた。

4

翌日の午前七時五十七分。

佐坂は総武線の電車に乗っていた。

空いてはいない。だが通勤ラッシュの時間帯にしてはかなりましな方だ。

乗車率は百二十パーセントといったところか。座席と吊り革はすべて埋まっているものの、新聞を縦二つ折りで読むか、片手でスマートフォンをいじるスペースは充分にあった。

佐坂は吊り革に摑まり、扉越しに隣の車両を見ていた。

漫然と眺めているわけではない。

視線の先には、永尾剛三がいた。

佐坂は今日の早朝から永尾を見張り、尾行していた。七時二十五分にアパートを出る姿も、コンビニで缶コーヒーを買うさまも、電車に乗りこむ背中も見届けた。

道すがらに出会った女子高生を眺める顔つきも、スカートの中にさりげなく下からスマホを向けるさまも観察した。

女子高生たちを視姦しながら、永尾の顔はけっしてにやけてはいなかった。真顔だった。食い入るように見つめていた。その目つきに、佐坂は〝飢え〟を嗅いだ。

——やはり、こいつの好みはわかりやすい。

そう再認識した。

色白で、髪は染めていないストレートのセミロング。制服を着崩したり、化粧っ気があったり、ネイルをほどこした子には目もくれない。スポーツ系の少女も、ターゲット外のようだ。好むのは、清楚（せいそ）でおとなしそうな子。屋外で駆けまわるより、図書室での読書を好みそうな子。見知らぬ中年男に突然話しかけられても、邪険で無礼な対応はしそうにない女の子——。

永尾は西船橋駅で降り、京葉線に乗り換えた。佐坂もあとにつづく。

前から二両目の車両に、永尾は乗った。わずかに首（こうべ）をめぐらせる。その視線が、ぴたりと一点で止まる。

視線の先には、一人の女子高生がいた。

佐坂は思わず呻きそうになった。慌てて掌で口を押さえる。

かの女子高生は、姉によく似ていた。

いや目鼻立ちそのものは似ていない。背丈もだいぶ違う。しかし、かもしだす雰囲気がそっくりだった。

にきび痕ひとつない肌。肩下まで流れる黒髪。陽光を透かした頰の産毛（うぶげ）が、みずみずしい水蜜桃（すいみつとう）のようだ。やや伏せた睫毛（まつげ）が濃い。

——あの制服は、どこの高校だ。

調べておかなくては、と佐坂は思った。

性犯罪者の大半は、若い女なら誰でも狙う。しかし凶悪犯になればなるほど、同一型の女性ばかり狙う偏執タイプが増えていく。

典型的なのがアメリカの連続殺人者、テッド・バンディだろう。バンディは少年期に、ステファニーという女性に手ひどくふられた。その恨みを彼は一生忘れなかった。後年、ステファニーによく似た女性たちを選んで殺すようになったのだ。

また『羊たちの沈黙』や『サイコ』のモデルとなったエド・ゲインもそうだ。彼は自分を虐待した母親にそっくりな女性を殺し、首を切断して逆さに吊るした。またゲインは、墓あばきの常習犯でもあった。掘りかえしたのはやはり、母親に似た女性の死体ばかりだった。

佐坂は、こめかみをきつく押さえた。

なんだろう。妙に引っかかる。つい最近も、同じ型の男を知ったような——。

ああそうだ。竹根義和だ。

梨井紀美子。飯干逸美。辻瑠美。河鍋桂子。野呂瀬百合。やつの好みも一定だった。ショートカットの、十代後半から二十代の美女しか襲わなかった。

——竹根も、バンディやゲインと同じだったのではないか。

次の瞬間、はっと佐坂は息を呑んだ。

急いでスマートフォンを取りだす。

テッド・バンディにはステファニーがいた。エド・ゲインには母親がいた。

——ならば竹根義和にも、執着のもととなる〝原型〟の女性がいたのではないか。

いましがたの考えをメールにまとめ、送信する。

送った先は、北野谷の携帯電話であった。

「おまえの見立てはいい線いってたぞ。事件マニア」

捜査本部へ佐坂が足を踏み入れると同時に、北野谷は言った。

佐坂の鼻さきへスマートフォンを突きつける。

「見ろ。高知県警に要請して送らせた画像だ」

液晶を佐坂は見つめた。

三十代なかばに見える女性の画像であった。ショートカットがよく似合う、きりりとした美人だ。北野谷がつづける。

「この女の名は岸千秋。当時三十六歳で、離婚前の姓名は宮崎千秋と言った。——岸智保の、実の母親だ」

「なるほど。そして彼女は、竹根が世話になった映画館館長の娘でもありますね」

佐坂は言った。

「竹根が成人後に高知市へ引っ越したのは、館長を追ってのことじゃなかったのか。やつは館長の娘を——岸千秋を追ったんですね」

「そのようだ」

北野谷は首肯した。

「やつは人の好い館長に甘え、彼のコネを使って就職まで果たした。その会社には、千秋も事務員として在籍していたんだ。しかし結局、竹根の恋はかなわない。千秋の心は同じく同僚の、宮崎保雄のものになった」

「就職してしばらくの間、竹根はおとなしかったようです。真人間になるつもりだったんでしょう。しかし二年ほどでふたたび犯罪に手を染めはじめ、住居侵入ならびに強盗致傷で逮捕。懲役八年の刑を受けています。おそらくやつはこの頃、千秋と保雄の交際を知ったんじゃないでしょうか」

「だな。あらためて調べたが、千秋と宮崎保雄は竹根の服役中に結婚している。あわれな野郎だぜ。惚れた女を取られて、自棄を起こしやがったんだ」

北野谷は頬を歪めたのち、

「事件マニア、解説しろ」と言った。

「竹根のやつは、なぜ千秋本人を殺さなかった? やろうと思やぁ機会は山ほどあったはずだ。竹根は千秋と幼馴染みで、かつ同僚だった。千葉で連続殺人を犯したあとは、千秋と息子が住む家に逃げこんでさえいる。なぜ〝岸千秋に似た女〟ばかりが殺され、千秋本人は無事だったんだ?」

「そこは……あくまで推測になりますが」

佐坂は言葉を探しながら、

「例に出したテッド・バンディも、同じく本命のステファニーを殺していません。二人は五年後によりを戻しましたが、その際はバンディのほうから、彼女を袖にしています。なぜだと尋ねられたバンディは、こう答えました。『いまのぼくなら彼女を征服できる。そう証明するため、付き合っただけだ』と。これは半分強がりで、半分真実ではないかと思います。なぜならバンディはその後もステファニーと同タイプの女性を狙いつづけ、はっきりと執着しつづけた」と答えた。

「バンディはおそらく〝自分が夢中になった当時の、若いステファニー像〟を追いつづけたんだと思います。だから、二十代後半の彼女を征服したのでは飽き足らない。バンディが追い求めたのは、とうにこの世にいない、過去のステファニー――つまり、もうけっして手に入らない女性です。求めても求めても得られないことで対象はぼやけ、同タイプの女性一般へと憎悪が拡大していく。精神的飢餓と性欲と攻撃欲とが結びつき、殺人へいたったわけです。――竹根も、同じだったんじゃないでしょうか。手中にできなかった、〝愛していた頃の岸千秋像〟に執着したのでは?」

「ケッ、変態が」

北野谷が悪罵(あくば)を吐く。

「だが変態の思考回路は、いちおう把握できたぜ。共感はできんがな」

言い添えてから、彼は眉間に指を当てた。

「とはいえ、そうなるとよけいわからん。岸千秋が竹根を振ったことが、女性連続殺人の根だったとしよう。ならばなぜ、千秋の子である岸が野呂瀬と組む? 遠因となった岸母子を、野呂瀬が逆恨みするならまだわかるが……。やはり岸は、野呂瀬に追われる一方の立場だったのか？　共犯ではない……？」

そのとき、北野谷の語尾にわっと喧騒がかぶさった。

反射的に佐坂は、体ごと振りむいた。

捜査本部の一角から起こった声であった。中郷係長から手まねきされ、佐坂は急いで走り寄った。

「どうしたんです」

「友安小輪のSNS宛てに、たったいま岸からダイレクトメッセージが入った」

係長は額に皺を刻んでいた。

「前回の捕り物劇で、やつは逆探知されたと気づいたらしいな。電話に懲りて、SNSを接触手段にしたってわけだ。確かにSNSなら、電話と違って管理元にログの開示を請求しなきゃならん。割りだしに手間も時間もかかる」

「なんというメッセージだったんです」

北野谷が割りこんだ。係長が答える。

「『あいつを見つけた。刺し違える覚悟だ』『最後にもう一度、きみの声を聞きたかった。でも聞けば決心が鈍るだろう。だからこれでよかったんだと思う』――だそうだ」

「あいつ、とは誰のことでしょう」

「わからん」

「まさか野呂瀬？」

佐坂は北野谷と顔を見合わせた。

「ふざけやがって。犯行予告じゃねえか」

壇上で、主任官が吠えた。

胴間声（どうまごえ）だった。一帯の空気が震える怒声だ。

「おい、SNSの管理元とやらに、超特急で連絡を付けろ。やつがどこからアクセスしたか、なんとしても割りだせ。自動車警邏隊（ジライ）および全パトカー（PC）に無線連絡しろ。くそったれ、これでほんとうに殺人が起こったら、おれたちの面目（めんもく）は丸つぶれだ」

主任官の白目には、血のすじが走っていた。

捜査本部はすでに、鴇矢ミレイを眼前で殺されるという大失態を犯している。このうえ岸の犯行を許せば、失態どころではない。日本じゅうに恥をさらすことになる。

「係長、一課の捜査車両（フクメン）を使わせてもらいますよ。それに今道さんの交替時刻が近い」

腕時計を見つつ北野谷が言った。

誘拐などの緊急事件では、室内待機人員は数時間交替が基本だ。しかし今回はただの身辺警護であるため、十二時間交替で三日詰めてもらっている。

「丹下薫子のアパートまで、彼を拾いに行っていいですか。あの人は使える」

「かまわんよ。ただし交替要員として、あいつも連れて行ってやれ」

中郷係長が親指で真横をさす。

指のさきには、菅原がいた。

「……いま署内にいちゃ、針のむしろだろうからな」

温情派の中郷係長らしい気遣いだった。佐坂は、係長の目を見てうなずいた。

5

薫子のアパートを出て捜査車両に乗りこんだ今道は、さすがに疲れているようだった。目の下が黒ずんでいる。心なしか、頬が数ミリほど削げて見えた。

「警護の前にちゃんと仮眠は取ったんだがなあ。歳には勝てんな」

そう言ってシートに身を沈める。

後部座席には今道と北野谷が座り、ハンドルは佐坂が握った。

車は、北東へ向かって走っていた。今回はＳＮＳの運営元が素早く対応してくれた。その結果、小輪のＳＮＳへとアクセスした端末は、葛飾区にあるネットカフェのパソコンと判明した。

店員によれば、岸智保は三十分足らずで店を出たという。

ネットカフェは全国に支店を持つ大手チェーンで、会員証を使って智保は入店していた。四年前に栃木で作成された会員証であった。

北野谷が独り言のように、

「友安小輪の話じゃ、やつはネカフェ住まいだった時期があるようだしな。安心できる馴染みの場所なんだろう」

「予備班が電話で、同チェーンの支店をかたっぱしから当たっているそうです」

佐坂の報告に、

「いや、もうネカフェにはいないさ」

今道がシートに沈んだまま言った。

「菅原くんたちが見た岸は〝ホームレスとまではいかんが、薄汚い風体〟だったんだろう？　岸は若い男だ。もし事件の共犯でなく頼れる者がないなら、真冬でない限りは野宿するさ。所持金を減らしたくないからな。そして岸は、刺し違える覚悟の『あいつ』とやらを、往来で堂堂と殺せる男でもない。おそらくどこかに、無料の潜伏場所があるんだ。引きこめる場所を確保してるに違いない」

「真っ昼間ですしね」

車窓の外を見ながら、北野谷が首肯する。

「岸は素人だ。たとえ殺意が本物でも、明るい場所で血を見るのはためらうはずだ。とはいえ、夜を待つ余裕もなさそうです」

今道は眉間を揉みながら、

「小輪さんの話じゃ、岸はホラー映画に興味がなかったらしい。スプラッタとかいうやつにもだ。フィクションの血すら好まない男が、現実の血を見たがるわけもないやな。サスペンスやスリラーは観たようだが——。ああ、そうそう、やつは『恐怖の岬』が嫌いだった」

「はい？」

バックミラーに映る今道に、佐坂は訊きかえした。

今道が言う。

「これも小輪さんから聞いたのさ。警護の間に、彼女からたっぷり岸のエピソードを引きだせたよ。『恐怖の岬』ってのは、逆恨みのストーカー犯罪者を描いたサスペンス映画だそうだ。岸は本気でその映画をいやがっていたらしい。演技には見えなかったそうだ。わたしも、その確率は低いと思う」

「ですね。岸が長期間のストーカー被害に遭っていたことは、おれも真実だと思っています。似た映画さえ、トラウマになるほどにね」

応えてから、佐坂は考えこんだ。

「だが、どこかの段階で加害者側に寝がえった……？　最初は仲間だったが、裏切って追われたんでしょうか。それとも純粋に被害者だったのが、攻撃に転じた？　亜美が監禁されたアパートのまわりをうろついていたのは、やつが共犯だからではなく、逆に野呂瀬を追っていたから……？」

「その点はあとまわしでいい。まずは岸の潜伏先だ」

北野谷がさえぎった。

今道は彼を見やって、

「じゃあ頼むよ、きみのスマホで調べてくれ。やつが隠れ家にできそうな、もと映画館の廃墟はあるかね」と訊いた。

「映画館？　都心にはありませんね。だが荒川区に一軒――」

間髪を容れずに答えてから、

「いや、待てよ」

と北野谷は眉をひそめた。

「やつは栃木と茨城に住んでいたことがあります。両県なら土地勘もある。栃木からは二時間弱、茨城からは一時間半で都心まで来れる……」

ぶつぶつ言いながら、北野谷は自前のスマートフォンで検索した。やがて、片手をあげる。

「見つかりました。茨城に四軒、栃木に一軒。閉館したが未解体の映画館だ」

「――岸は友安さんに、映画の話ばかりしていた」

今道は言った。

ようやく調子が出てきたのか、表情に冴えが戻っていた。

「自分のことを話さずに済むよう、映画の話題を目くらましにしていたんだろう。だが、元来やつは犯罪者気質の男じゃない。無意識に止めてもらうことを期待し、会話にヒントをちりばめたはずだ」

「外観の画像を確認。該映画館のうち一軒に、民間警備会社のシールあり」

北野谷が早口で言う。

「岸の経歴に、警備をかいくぐって不法侵入できるスキルはない。ここは除外します。さらに一軒、入り口のまわりに花の鉢が置かれ、所有者に日々管理されている様子。これも同じく除外」

彼は今道を見やって、

「残るは三軒だ。主任官に連絡します。近くの捜査員が手分けして向かうことになるでしょう。われわれは、三軒のうちどこへ？」

「ひとまず茨城へ向かおう」

今道は指を組んだ。

「岸は友安さんに、『転校を機に野球をやめた。べつのチームでつづける気が起こらなかった』と洩らしたことがある。過去の話をいっさいしてこなかった岸が、唯一ぽろっとこぼしたエピソードらしい。高知にいた頃、岸はまだ本格的に野球をやれる年齢じゃなかった。だからこれは茨城から栃木へ転校したときの話だろう。茨城はやつにとって、いい思い出のある場所なんだ」

佐坂は右折のウインカーを出した。

北野谷が警察支給の携帯電話で、

「敷鑑一班、報告願います……」

と連絡をはじめる。

相手は主任官だろう。茨城県警への協力要請は、すでに済んでいるはずだ。

佐坂は考えた。岸は車やバイクを所有していない。レンタカーを借りる所持金があったとも思えない。だから検問やネズミ捕りのふりで、パトカーを張らせたとて無駄だろう。駅やバス停にも手配をかけ、捜査員を送りこんではいる。しかしいまだ、身柄確保の報せ（しらせ）はないままだ。

「友安さんのSNSにアクセスがあったのは、えー、午前九時十二分」

今道が自分に確認するように唱える。

「『あいつを見つけた。刺し違える覚悟だ』とのメッセージだった。実際は『見つけた』どころか、拉致する寸前だったんじゃないか？　岸がネットカフェを出たのは、何時何分だったかな」

「九時二十七分です」

「ではすんなり拉致できたとしても、その時点で十時か。葛飾区から茨城までは一時間とすこしだ。……そろそろ、隠れ家に着いた頃か？」

腕時計を見ながら今道は言った。

「まだ拉致の段階だ、と確信しているんですか。すでに殺したのではなく？」

佐坂は問うた。

「八割がたね。さっき北野谷くんが言ったように、やつは血を見たがらない堅気（かたぎ）だ。そして、なによりロマンティストだからな」

今道が答える。

「甘ちゃんの岸はきっと、刺し違える前に相手と話そうとする。われわれ捜査員は『この世には話の通じんやつがいる』と知っているが、岸智保は違う。対話することで、すこしでも理解できるのではと希望を抱くんだ。自分がなぜこんな境遇に落とされたのか、相手がなにを考えてそうしたか、をな」

「じゃあ……」

言いかけて、佐坂はつづく言葉を呑んだ。

自分も岸と同じなのか？という疑問がせり上がったからだ。

おれも永尾剛三に――姉を殺した男に、どこかで希望を抱いているのだろうか。対話したなら、もしや反省の言葉を引きだせるのではと。なぜ姉だったのか、姉でなくてはならなかったのか、理解できる瞬間が来るんじゃないか、と――。

佐坂はかぶりを振った。

インジケータに浮かんだ時刻を見る。

デジタルの数字は『11:08』を表示していた。

車が茨城県境にさしかかった頃、捜査本部から無線連絡が入った。

「関東圏内の廃業した映画館を調べ終えた。茨城二軒、栃木一軒、荒川区一軒。いずれにおいても岸智保は発見できなかった」

という報せであった。

「さすがに、そう簡単にはいかんか」今道が呻く。

横から北野谷が言った。

「今道さん、さっきの話をもう一度お願いします」

「さっきの？」

「友安小輪との会話の中で、岸が唯一こぼした過去のエピソードです。やつは転校を悲しんでいた。そして野球をしていたが、転校をきっかけにやめたんですね？」

「ああ、そうだ」

「では野球関係ですかね」と佐坂。

「当時の岸が中学生だったとして、通っていた施設や球場はどうでしょう。ちなみに岸が当時通っていた中学は、現存します。隠れ家には使えません」

記憶を探りつつ、佐坂はつづけた。

「中学校付近に向かってみますか？　岸が仲間と通ったゲームセンターなどが、倒産して空きビルになったかもしれない。球児が使っていただろう施設も、検索して――」

「待ってくれ。友安さんの話を、なるべく詳細に思い出してみる」

今道は眉根を寄せて、目を閉じた。

「……ああそうだ。岸が過去について洩らしたのは、少年野球の映画を観ている途中だった。やつはこう言ったらしい。『子供の頃、野球をやっていた。だが転校しなくちゃならなかった。母親はつづけろと言ったが、べつのチームでつづける気にならず、野球自体をやめた』。おおよそこんな内容だ」

「どんな映画です」

北野谷が問う。

「ええと……さっきも言ったが、題材は少年野球だ。かなり古い映画らしい。主人公は弱小チームの監督。彼がメンバーを強化したおかげで、チームは強くなり、リーグ戦を勝ち抜いていく。しかし試合の大事な山場で、監督はベンチウォーマーの選手たちを出場させ……」

「『がんばれ！　ベアーズ』」

佐坂は声を上げた。

「その映画、おれも観ました。でも映画館でじゃありません。DVDでもなく――ああ、そうだ。移動映画館です」

記憶が一気によみがえった。

佐坂は車を路肩へ寄せ、ハザードを出して停めた。

「毎年夏休みのたび、区の体育館で上映会があったんです。『ベアーズ』は、あの移動映画館じゃ、人気の定番で……」

後部座席を振りかえり、叫ぶように言う。

「おれと岸は六歳違います。東京と茨城とで、離れてもいた。でもあの一座は、定期的に関東一帯をまわっていました。やつも同じ移動映画館を利用した可能性は、充分あり得ます」

「なるほど。少年向け映画は、岸の祖父の好みからはずれるものな」

今道がうなずいた。

「友安さんから聞く限り、コレクションのパンフレットは渋い映画ばかりだった。岸が『ベアーズ』を観たのは、確かに祖父がらみじゃなさそうだ」

「母子家庭になってからは、経済的な余裕もなかったでしょうしね。日本の映画料金は高すぎる。安く観られる移動映画館は、映画好きの岸少年にうってつけです」

「待て。その移動映画館とやらを調べる」

北野谷が、携帯電話をスマートフォンに持ち替えた。

「公共の体育館で上映したんだな？　ほかにも文化会館、産業振興センターなどが上映可能か……」

じりじりするような時間が流れる。

数分後、北野谷が叫んだ。

「あったぞ。茨城県日厨(ひず)市の協和(きようわ)文化センター。平成十九年に閉館。平成二十四年に火災で半焼したものの、取り壊されることなく現在にいたる――。鉄筋コンクリ造だから、焼け跡だろうが雨露はしのげる。そして日厨市は、かつて岸が住んだ町から電車で二駅だ」

「向かいます」

佐坂は、大きくハンドルを切った。

6

もと協和文化センターだったという廃墟は、金網付きの高い柵に囲まれていた。

金網には『立入禁止』と赤字で書かれた看板が三枚掛かっている。

うち一枚には、『当センターは平成十九年三月をもって閉館いたしました。長い間のご利用に心から感謝いたします』の定型文と、管理会社の連絡先が書かれていた。と言っても看板は雨ざらしで、文字は顔を近づけねば読めないほど薄れている。

「車が乗り捨てられてるぞ」

叩きつけるように後部ドアを閉め、北野谷が怒鳴る。

彼の言うとおりだった。路肩とも呼べぬ半端な位置に、シルバーの軽自動車が斜めに駐(と)められていた。足立(あだち)ナンバーだ。

廃墟を囲む柵には扉があった。だが鎖が巻かれ、南京錠が下がっている。

柵は乗り越えられない高さではなかった。鉄条網もない。痩(や)せ形の成人男性ならば、金網を足場にして容易によじのぼれるだろう。

北野谷が携帯電話を内ポケットへしまって、

「全責任は主任官が取ってくれるとよ。よし、突入するぞ」

と犬歯を剝きだした。言うが早いか、金網に飛びつく。

小柄な体軀を生かして、北野谷はよどみなく柵をのぼっていった。あっさりと越え、向こう側へと飛び下りる。

次いで佐坂が越え、最後に今道が二人の手を借りながら越えた。

息を切らしている今道を横目に、佐坂は腕時計を確認した。午後十二時十九分。

──間に合ってくれよ。

心からそう思った。

──やつを、人殺しにはさせたくない。

つい先刻、岸智保と自分を重ねたせいだろうか。姉を殺した男を、いまだ見張ってしまう自分。糾弾したい衝動と、納得したい思いをいまだ抱えつづけている自分。そんな弱さを、脳内の岸智保と無意識にシンクロさせたのか。

目の前に廃墟がそびえていた。

全体に煤で黒ずみ、日中に見てもぞっとするような外観だった。入り口のガラスは割れ、破片が散乱したままだ。その奥は、闇がぽっかりと口を開けたように薄暗い。

壁はスプレーでの落書きだらけである。不届き者が何度か暴れたらしく、踏み荒らされた様子がまざまざと見てとれる。火災時に割れたのか、その後の闖入者が割ったのか、窓のガラスもほぼ粉々だった。

三人は無人の受付を通り、重い扉を押し開けた。

ホールへつづく扉であった。

思わず佐坂は顔をしかめた。ステージや緞帳(どんちょう)は焼け落ち、座席も八割がた焦げている。撤去されずじまいの燃えがらや瓦礫(がれき)が積みかさなり、化学製品の焼けた刺激臭がまだ残っていた。

――いる。

佐坂は直感した。

八百人から千人は収容できそうな、二階ありの大ホールだった。おまけに瓦礫の山で、誰がどこに隠れていようが視認しようもない。だが、気配がした。生きた人間の気配だ。しかも複数であった。

――いまこの館内に、息をひそめている誰かがいる。

刺激してはいけない。

佐坂は己(おのれ)に言い聞かせた。

北野谷と今道は「岸は血を見たがらない」と言った。だがそれは、あくまで平常での話だ。岸は長らく緊張状態にあった。多大なストレスは、善良な人間をも狂わせる。張りつめた糸はいつか切れる。彼を、追いつめてはいけない。

――しかしこの広さと瓦礫だ。逃げられる前に、どうやって捜すか……。

そう唇を嚙(か)んだとき。

ひゅうっと息を吸いこむ音がした。今道が、真横で叫んだ。

「――『ダイちゃん! ここにいたの?』」

その声はよく通り、ホールじゅうに反響した。

佐坂は驚いて彼を仰いだ。

一拍の間を置いて、今道がつづける。

「岸くん。きみはこの言葉を覚えてるだろう。……友安小輪さんから聞いたよ。きみにとって、大きな意味のある言葉だよな？ 彼女はわたしを信頼して、この台詞を託してくれた」

語尾が、かすかなこだまを作った。

「わたしは警察だ。そして友安小輪さんの味方だ。三日間、わたしは彼女と過ごした。彼女から繰りかえし、きみの話を聞いた。映画の話がほとんどだったが、野球をやっていたことを聞いた。引っ越しのせいで、泣く泣くやめたらしいことも聞いた。……小輪さんはやさしい女性だ。これ以上悲しませたくない。彼女の意に沿わぬことはしないと約束して、わたしはここへ来たんだ」

今道は言葉を切り、

「──だから、きみのほうから出てきてくれ」

と言った。

数秒の静寂があった。

「言っただろう。わたしはこれ以上、彼女を悲しませたくない。きみだって同じ思いのはずだ」

ふたたびの静寂がホールを覆う。

息づまるような長い長い沈黙ののち、一階の端で、薄黒い影が動いた。

佐坂は見た。長身の男だった。

鋭角的で尖った鼻梁。薄い唇。まばらで短い睫毛と、対照的に濃く太い眉。

友安小輪から聞きだした容貌そのままだ。しかしその顔いろは、土をこねあげたようだった。

唇は血の気を失い、震えていた。

彼は左手で初老の男を抱え、右手でその喉もとにナイフを突きつけていた。

あきらかに、刃物を持ち慣れない人間の手つきだ。それだけに恐ろしかった。いつ手もとが
狂うかわからぬ恐怖が、空気をぴんと張りつめさせていた。

「こ、……こいつを、殺します」

岸智保は呻くように言った。

「そのつもりで、来たんです。……こいつを殺して、おれも死ぬ、つもりで」

「駄目だ」

今道がかぶりを振る。やさしい声音だった。

「きみはそんな真似はしない。いや、できない。きみは、小輪さんのもとへ帰るんだ。彼女が
待っている。これ以上、彼女につらい思いをさせちゃいけない」

「か……帰りたい、です。でも」

智保はいまや、全身をわななかせていた。

彼が抱えている男の首に、いくつも血のすじが流れているのを佐坂は認めた。智保の刃が、
震えによって付けた傷であった。

「こいつ――、こいつなんです。野呂瀬におれの居場所を売っていたのは、こいつなんだ。そうだろうと薄うす察していたけれど、……いままで、認めたくなかった」

「誰だ」

北野谷が言った。今道とは対照的な、鞭(むち)のような声だった。

「きみが抱えている、そいつは誰だ！」

智保の顎が落ちた。

弛緩した表情で、彼は答えた。

「おれの……父です」

佐坂は目を見ひらいた。

――宮崎保雄か。

『沢舘女性連続殺人事件』において、二十年前に千葉県警に追われる竹根義和をかくまった男。竹根の元同僚。死んだ岸千秋の元夫であり、智保の実父――。

疎遠(そえん)な父子だったはずだ。離婚後、保雄は養育費を踏みたおしている。一人息子の智保に一度も面会権を行使していない。警察の調べでは、離婚後に彼らが顔を合わせたのは、千秋の葬式でのみだった。

「ご両親の離婚は、当初はペーパー離婚に近いものだったらしいな」

今道が言った。

「『竹根義和がもし出所したら、お礼参りされるかもしれない。妻子だけでも逃がしたい』ときみのお父さんは——宮崎は、周囲に語っていた。お母さんも、当初はそれを信じた。しかしきみが中学一年の冬、お母さんは唐突に引っ越しを決めている。きみの気持ちをまるで無視した、学期末を待たぬ引っ越しだ。——お母さんは、宮崎から逃げようとしたんだね？」

答えを待つ必要はなかった。智保の顔がくしゃりと歪んだ。

「母、は——」

あえぐように、智保は言った。

「母は、……あのとき、言ったんです。『怖い』って。『あなたのお父さんを悪く言ってごめんね。でもわたしはいま、あの人が怖い』『結婚する前、わたしはある人とお父さんを比べた。比較したからこそ、彼がいい人に思えてしまった。でもこの結婚は、間違いだったかもしれない』って……」

智保に抱えられた保雄が、それを聞いて顔を歪める。悲哀ゆえではなかった。もっと複雑な——愛憎と怒りの入り混じった表情だった。

智保がつづける。

「母は……『お父さんは、わたしが思ってたような人じゃなかった』と言いました。それから、『くれぐれも気をつけて』と。でも、そのときのおれには、忠告の意味がわからなかった」

「『思ってたような人じゃなかった』か」

北野谷が言う。

「じゃあどんな男だったんだ。おまえの父親の、ほんとうの姿はなんだ」

「ケチな、悪党です」

智保は歯を鳴らしながら答えた。

「竹根が高知市にいた頃、起こした事件――傷害や窃盗事件の共犯が、父です。こいつは、利用できるだけ利用してから、竹根を密告した。竹根が懲役八年の刑を受けた強盗事件には、ほんとうは父も……こいつもかかわっていたんです。なのに、なに食わぬ顔で竹根を売り、善人ヅラして、母と結婚した……」

智保の語尾が揺れる。

そうか、と佐坂は口中で唸った。

そうか。竹根があの時期にふたたび道を踏みはずしたのは、振られて自棄になったせいではない。順番が逆だ。宮崎保雄という共犯を得たからこその犯行だった。彼に千秋を奪われたと竹根が知ったのは、出所してのちのことか。

「岸、逃げながらもおまえが警察を頼らなかったのは、父親の悪党ぶりを悟っていたからだな」

北野谷が一歩前へ出た。

「自分の情報を誰が野呂瀬に売っているのか、おまえは自分の目で確かめたかった。実父がまさか、そこまでクズだとは思いたくなかった」

「そう、です」

智保がうつむく。

だがナイフの刃は、やはり保雄の喉に突きつけたままだ。

「はかない、希望でした。……野呂瀬は、復讐の念にこり固まってる。だからこいつは、自分可愛さに……見逃してもらうのを条件に、おれを売ったんです。竹根義和を袖にして、はからずも女性連続殺人の根を作ったのは、おれの母だ。母亡きいま……実子のおれが、その恨みを受けているんです」

観念したように、智保は訥々と打ちあけた。

先日、久我山駅から小輪に電話したのは、父の職場をようやく突きとめた直後だったこと。葛飾区のネットカフェは父のアパートからほど近く、店を出てすぐに父を急襲したこと。父が十時出勤なのは把握済みだったこと。父所有の軽自動車の陰に隠れて待ち、刃物で脅して無理やり運転させ、この根城までやって来たこと——。

「そうか。わかった」

今道が言った。

「わかったよ、もういい。……ナイフを下ろしてくれ。さっきも言ったように、きみは友安小輪さんのもとへ帰るんだ。その男に、きみの人生を懸ける価値はない。彼女のためにやめてくれ」

しかし、智保は動かなかった。

全身が瘧のごとく震えている。ナイフを握った手も、膝から下の足も、がくがくと音を立てんばかりだった。それでも刃を下ろそうとはしない。

保雄の喉が、ひゅうっと細く鳴った。怯えが立てる音だ。佐坂は悟った。智保だけではない。

保雄も、限界が近い。

「やめよう」

今道が重ねて言う。

「こうしている間にも、小輪さんは帰りを待っている。きみは戻って、また彼女と映画を観るんだ。例のパンフレットのぶんさえ、全部観終えていないらしいじゃないか。こんなことを言うのは、釈迦に説法だが――」

彼は、声のトーンをふっと落とした。

「――『恋に落ち、互いを所有し合うことが人生なんだ。そうすることでしか、ほんとうの幸せは手に入れられないんだ』……そうだろう？」

智保の肩が、がくりと落ちた。

肩だけでなく、腕からも力が抜けたのがわかった。ナイフを握った利き手を、彼はゆっくりと下ろした。

佐坂は走った。

瓦礫を飛び越えて駆け寄り、智保から父親を体ごと引き剝がす。保雄のシャツは、冷や汗で水をかぶったように濡れていた。

智保には、北野谷が歩み寄った。もはや逃げる様子のない智保に手錠をかけてから、今道を振りかえる。

「『ティファニーで朝食を』ですか」

今道が照れたように笑った。

「わたしですら知ってる名画だからな。岸くんなら間違いなく観ていると思ってね。こんな爺いが口にするのは、さすがに恥ずかしかったが」

「意外とさまになってましたよ。——それはそうとして」

北野谷が宮崎保雄に目を向ける。

「今日の今日まで、目いっぱい引っかきまわしてくれたな。おまけに実の息子の情報を、むざむざ敵に売ってやがっただと？　恥を知れ、腰抜け野郎」

佐坂は保雄を床に下ろした。

保雄が、深くうなだれた。

「……しかた、なかったんだ」

喉が引き攣(ひっ)れたような、湿っぽい呻きだった。

「もうおれは、若くない。やりなおせる歳じゃない……。あとすこしで定年なんだ。いま職を失うわけに、いかなかった……。ただでさえ窓際だ。連続殺人犯とかかわりがあったなんて、会社にばらされたら……」

「脅されたんだな？　それで自分だけは生き残ろうと、うまく立ちまわったつもりだったか。逆に墓穴を掘っただけじゃねえか。馬鹿が」

ケッ、と吐き捨てる。

保雄が首をもたげた。濡れた目で息子を見上げる。許しを乞う眼差しだった。

「すまん、――すまんなあ。父さんが、弱いばっかりに……」

嗚咽を洩らす。肩がこまかく揺れる。

しかし当の智保は放心していた。無感動に父を眺めるばかりで、ひとことも発しない。瞳から輝きが失せていた。身動きひとつしない。

激しくしゃくりあげる保雄を、今道が覗きこむ。

「同情はできんよ。だが北野谷くんが言ったとおり、おまえは犯人に脅されてたんだよな？」

穏やかな声だった。

「おまえは、そいつから逃げられなかった。唯々諾々と従ってしまった。相手が思いのほか、おまえという人間をよく知っていたからだ」

「あ……ああ。うん、はい」

保雄は何度もうなずいた。涙と洟で、顔じゅうが濡れていた。

今道が言う。

「だがその男は、野呂瀬辰男じゃあない。……そうだろ？」

智保が愕然と目を見ひらく。

その表情に、佐坂も驚いた。

どうやらいまこの瞬間まで、岸智保は野呂瀬が主犯と思いこんでいたらしい。むろん佐坂もだ。彼以外は考えられなかった。では、いったい誰が――？

息子から顔をそむけ、保雄は苦しげにうなずいた。

7

「敷鑑一班より手配願います。川崎市川崎区貝沼四の三。繰りかえします、川崎市川崎区貝沼四の三。そうだ、貝殻の貝に、サンズイの沼……」

北野谷が携帯電話に向かってがなる。

佐坂はふたたびハンドルを握っていた。赤色警光灯を回転させ、常磐自動車道を猛スピードでひた走っている。

岸智保と宮崎保雄の身柄は、いったん日厨市警へと引きわたした。捜査本部まで護送してもらうよう、要請済みである。

さきほど北野谷が叫んだ「川崎市川崎区貝沼四の三」は、宮崎保雄が吐いた住所だった。〝主犯〟の現在の潜伏先だ。

〝主犯〟は関東圏に点在する簡易宿泊所と、ウィークリーマンションを主な根城にしているらしい。長居はせず、約一週間ごとに移動するという。ちなみに現在潜伏しているウィークリーマンションは、宮崎保雄の名義で借りたものだった。

「岸の親父は、正真正銘のクズだったな」

電話を切って、北野谷は舌打ちした。

「竹根義和は怪物だったが、宮崎保雄は怪物のおこぼれで生きる小判鮫(こばんざめ)――いや、ダニだった。小物の悪党ってのは、ひらきなおってるだけにタチが悪い」

ダニか――。ハンドルを操りながら佐坂は思った。

保雄に前科はなかった。しかし叩けば埃(ほこり)がいくらでも出てくる男であった。すくなくとも二十代なかばで一回、窃盗および住居侵入での逮捕歴がある。だがそのときは起訴猶予で終わった。

保雄と竹根が同僚だった頃、彼らは何度か組んで窃盗や強盗に及んだという。保雄の役目は、主に見張りと運転手であった。

竹根は千秋と結ばれるため、真人間になるつもりだった。その彼がふたたび身を持ち崩したのは、保雄と知りあったせいだ。

出会ってはいけない二人だった。保雄は竹根義和をおだて、煽動した。竹根は保雄を手足にできると思いこんだ。主犯と従犯として、あまりにも相性がよすぎる二人だった。

だが彼らの仲に、亀裂を入れた存在がある。

岸千秋だ。

竹根義和は、保雄を舐めてかかっていた。だからこそ、千秋への気持ちを隠さなかった。

一方、保雄は己の想いと欲望をひた隠した。隠しながら、竹根の恋を応援し、千秋に対しては「おれは竹根とは違う」「竹根は困ったやつだ。あいつには付き合っていられない」とことあるごとにアピールした。

――結婚する前、わたしはある人とお父さんを比べた。

――比較したからこそ、いい人に思えてしまった。

千秋はそう息子にこぼしたという。

この言葉どおり、目をくらまされた千秋は、宮崎保雄を選んだ。恋の勝利を確信した保雄が、次にしたことは密告であった。竹根を警察に売ったのだ。

「逮捕された竹根は、なぜ『共犯がいる』と主張しなかったんでしょう」

佐坂は後部座席に聞こえるよう怒鳴った。

スピードメーターは、制限速度を四十キロ以上超えている。

「主張なんかしやせんさ」

今道も怒鳴りかえす。

「竹根は取調べに対し、まともに受け答えできるやつじゃなかった。千葉で逮捕されたときと同様、映画の台詞でのみ応答したに違いない。そして捜査員や取調官に対し、精いっぱいタフガイぶったはずだ。映画の恰好いいヒーローは、いつだって一匹狼だからな」

「その恰好付けの代償が、八年の懲役ですか。ダセえ野郎だ」

エンジンに負けぬ音量で、北野谷もがなった。

「そうまでされて、宮崎じゃなく女を恨んだってのも糞ダセえ。おまけにその恨みを、本人とは縁もゆかりもない、似ているだけの女たちにぶつけやがった。救えねえド腐れ野郎だ」

保雄によれば〝主犯〟は、竹根の獄中日記を持っているという。その日記に、保雄への恨みつらみはまったくなかったそうだ。

保雄と千秋の結婚を知ったとき、竹根は日記にこう記したらしい。

『女はうらぎる　女はしん用できない　おれはそいつを映画でまなんだ　まなんだはずなのに!!　まったくくさい低だ』

最後の一文はおそらく、ゴダールの『勝手にしやがれ』だろう。主人公が幕切れ間際に吐きだす台詞だ。

竹根はこの映画がお気に入りだったらしい。主人公がヒロインに発した言葉などを、日記の隅に何度も書きなぐっている。『きみなしではいられない　いられる？　だが、いたくない』と。

「竹根本人が、宮崎保雄をどう思っていたかは永遠にわからん」

今道が運転席のシートを摑み、身を乗りだして叫ぶ。

「竹根はとうに墓の下だからな。やつの生前の思いを知りたいなら、獄中日記を頼るしかないわけだ。もっとも、小学校さえろくに行かなかった竹根だ。心のたけを文字で表現しきれたとはとうてい思えん」

だがともかく、宮崎保雄は〝主犯〟の復讐対象から除かれたのだ。竹根の日記に保雄の名が出てこなかった――という、その一点のみで。

とはいえ保雄は、標的から完全にはずされたわけではなかった。〝主犯〟は、彼が手下にうってつけの男だと知っていた。

度胸も頭脳もない。だが犯罪への心理的ハードルはごく低い。良心に乏しく、利己的。自己愛が肥大しており、保身のためなら肉親だろうと平気で売る男。それが、宮崎保雄であった。

「……『刑事事件が時効になっても、民事に時効はないぞ』と言われたんです」

佐坂たちの前で、保雄はそう啜り泣いた。

「おれと竹根が犯した強盗の被害者は、いまだ後遺症に苦しんでいる。その人に、おれの情報を売る、と言われました。そんなの、困りますよ……。おれはもう、六十近い爺いだ。定年間際なんだ。慰謝料なんか払えないし、強盗の片棒を担いでたと会社に知られたら、退職金がふいになっちまう……」

おそろしく卑小で、それだけに正直な吐露であった。

鴇矢亜美の拉致監禁に協力したのも、むろん保雄だ。亜美が聞いた「これっきりにしてくれ」「もう勘弁してくれ」の声の主である。岸智保が監禁場所の周辺をうろついていたのは、父を追ったがゆえであった。

北野谷が顔を嫌悪で歪め、つづける。

「岸智保は母親の葬式以来、実父である保雄とたまに連絡を取るようになっていた。その情報を、保雄はそっくり〝主犯〟に献上していたってわけだ」

ちなみに〝主犯〟が言った『民事に時効はない』は嘘である。

しかし損害賠償請求権の消滅時効は、『損害および加害者を知った時から三年』だ。共犯者である保雄は加害者の一人ゆえ、まるきりの嘘でもなかった。

車は県境を越え、すでに千葉に入っていた。

「警護中、丹下薫子さんの祖父と電話で話したよ」

今道が怒鳴る。

佐坂は思わず問いかえした。

「佃（つくだ）先生と？」

「ああ。佃秀一郎（しゅういちろう）先生は〝主犯〟を覚えていた。確かに〝主犯〟は、野呂瀬辰男と背恰好がよく似ていたそうだ。竹根の公判中、何人もの裁判所付き記者が間違えて、野呂瀬に取材しようとした。おそらく〝主犯〟が野呂瀬になりすまそうと決めたのも、その経験あってのことだろう」

なお『犯罪被害者の会』に侵入し、野呂瀬の個人情報を抜いたのも宮崎保雄の仕業（しわざ）であった。抜いた情報の中には、例の風鈴の思い出も含まれていた。

「考えてみりゃあ、野呂瀬もどきが頬の痣をあらわにしたのは、ごく短い時間か、目撃者が遠いか、もしくは冷静でなかった場面でだけだ」

北野谷が歯嚙みする。

「ドーランかなにかを塗った、メイクだったんだ。その証拠に、長期間をともに過ごした鴇矢亜美に対しては、ガーゼを着けたまま接している。痣を隠すためのガーゼじゃねえからだ」

「……つまり、やつは痣がないことを隠すために、頬にガーゼを当てていた」

「そうだ。〝主犯〟がNシステムだの防犯カメラだの、人質の扱いだのに詳しい理由もこれでわかった。野郎、刑務所（ムショ）暮らしが長いからな。やつら累犯者は、ムショの中で情報交換しやがる。新入りから聞き出した情報で脳をアップデートさせ、出所後の身の振りかたに生かすんだ」

「やつが詐欺罪で懲役を食らっていることに、留意すべきだったよ」

今道も悔しそうだった。

「〝主犯〟は――やつは、保険金詐欺をおこなう知能犯であり、傷害致死の強力犯(ごうりきはん)でもあった。一連の計画を一人で練って、一人で実行できる男なんだ。めずらしいタイプだが、例がないわけじゃない。昭和三十八年に全国指名手配犯となった西口彰(にしぐちあきら)は、福岡から関東までをわたり歩いて、殺人と詐欺とを繰りかえした」

西口彰か――。

車線変更してトラックを追い抜きつつ、佐坂は思った。

日本を縦断しながら計五人を殺した凶悪犯だ。そして奇(く)しくも、西口をモデルにした小説『復讐するは我にあり』は映画化され、ブルーリボン賞と日本アカデミー賞最優秀作品賞を受賞している。

――その映画を、竹根義和も観ただろうか。

そして〝主犯〟も。

佐坂は奥歯を嚙みしめた。

竹根義和の遺骨とともに、獄中日記を受けとった者。鴇矢ミレイを恨み、佃秀一郎を恨み、岸母子を恨む動機のある者。

彼ら全員が竹根義和を獄中死に追いやったと信じ、復讐に燃える者。

――〝両刀のサク〟こと、竹根作市。

八年前に福岡刑務所を出所してのちは居所不明。生きていれば、今年で七十九歳になる。十九歳で博徒系暴力団の盃をもらい、先々代の組長に尽くした男だ。

前科九犯。うち四犯が知能犯罪。その長い人生のうち、三十六年を刑務所暮らしに費やした男――。

竹根義和の、実の父親であった。

8

宮崎保雄は、竹根作市が息子の復讐に乗りだしたきっかけを聞かされていた。

「せがれの十三回忌が終わったから」だそうだ。

と言っても寺で正式な法要を挙げたわけではない。作市がアパートで一人線香を上げ、念仏を唱えて済ませたのである。

息子の義和が獄中死したとき、収監場所は違えど、作市自身もまた服役中であった。初七日はもちろん、四十九日や一周忌、三回忌のときも同様だ。

作市は長い刑務所暮らしの間で、教誨師と交流するようになっていた。義和と同世代の、浄土真宗の教誨師であった。

教誨師は説いた。

「あなたが人生でたったひとつ残せたはずのもの。それが息子さんでした。息子さんのために祈ってください。金のかかった華美な法事だけが、魂を癒やすわけではありません。かたくるしい作法もいりません。大事なのは、心と行動です。阿弥陀如来さまはすべて見ておられます」

そして作市に「死後の世界はある」「息子さんは、あなたが来る日を待っている」とも説いた。その言葉を容れ、作市は獄中で息子を悼んだ。出所してからも同様に、七回忌を彼一人で、かつ独自のやりかたで済ませた。

作市は一般的な冠婚葬祭の作法をほぼ知らない。彼の両親は人付き合いが乏しく、無知を恥じなかった。ただ暴力団に飛びこんでからは、葬儀に出る機会が増え、最低限の作法を学んだ。それを踏まえた上での、我流であった。

――十三回忌までだ。

そう作市は決めていた。

十三回忌までは、娑婆で息子を悼む。だがその法要を済ませたら、やつらに思い知らせてやる、と。

――息子を犯行に追いつめた女どもに。死刑から救えなかった無能な弁護士に。そして、そのガキや孫どもに。

のちに竹根の獄中日記を押収してわかったことだが、彼の獄中日記にもっとも多く出てきた名は、岸千秋だった。

千秋に対し、義和は最後まで愛憎なかばだった。「おれをうらぎった」と悲憤する日もあれば、映画の台詞をありったけ使って愛を綴る日もあった。

逆に恨み言ばかり書き残されたのが、鴇矢ミレイと、国選弁護士だった佃秀一郎である。

「おれが女どもをやったのは、ミレイのせいだ」

竹根はそう書いていた。

ミレイのだらしなさや男癖の悪さ、くたびれた容姿、そして「いかに千秋とかけ離れていたか」を彼は責めた。「ミレイがもっと千秋に似ていさえすれば、自分はほかの女を求めたりしなかった」とまで責任転嫁した。

竹根はミレイについて語る際、映画の台詞をいっさい使わなかった。ただ「くそ女」「ばいた」「クサレ×××」と、単純な罵倒に終始した。それは、弁護士の佃秀一郎に対しても同じであった。

被害者女性たちに向けた記述は、ほぼ皆無だった。ただし一人の例外を除いて。

その例外が野呂瀬百合だ。

百合は死体を損壊された唯一の被害者である。反面、彼女は竹根の一番のお気に入りであった。

日記によれば、彼女を襲って犯したあと、竹根は「おれの女になってくれ」とその場で土下座したと言う。

百合は即座に拒絶した。

激怒した竹根は、百合を絞殺した。それだけでは飽き足らず、遺体にまで怒りをぶつけた。

結果が、あの炭化した死体であった。


佐坂の運転する捜査車両は千葉を抜け、東京都内を走っていた。

ビル群が見えてくると同時に、無線連絡が入った。

「捜本から敷イチ！」

中郷係長の声だった。佐坂は慌ててマイクを取った。

「敷イチです、どうぞ！」

「貝沼四の三に急行した捜査員より入電。一歩遅かった。貝沼四の三にて、マル対の身柄は確保できず。身一つで逃走中の模様！」

後部座席から今道が叫ぶ。

「丹下薫子のアパートだ！」

佐坂はハンドルを左に切った。

「敷イチから捜本！　マル丹のアパートへ急行します！」

言うが早いか、マイクを叩きつけるように置く。

なぜ丹下薫子か、などと訊く必要はなかった。野呂瀬を装った竹根作市は、薫子に「おまえはあとまわし」と告げて去った。ミレイ母子には復讐済みだ。岸智保には手が届かない。

となれば、せめて冥途の土産にと狙うのは、佃弁護士の孫――薫子を措いて、ほかにない。

「野郎、保雄と連絡不通になって勘づいたな」

北野谷が舌打ちする。

「さすが懲役太郎だ。察しが早いぜ」

竹根作市が野呂瀬辰男を演じたのは、疑いの目を自分からそらし、時間をかせぐためだろう。

——だが同時に、復讐も兼ねていたのではないか。

ハンドルを操りながら、佐坂は考えた。

作市は、息子を死刑判決に追いやった者すべてを憎んでいる。その中には、野呂瀬百合も含まれるはずだ。

作市は思いこんでいるのだ。あの女が息子を受け入れていれば、犯行は早々に止まった。A子こと飯干逸美を殺したのみでとどまれたら、せいぜい懲役十五年から二十年だった。息子が死刑判決を受けたのは、野呂瀬百合のせいだ——と。

——子供を奪われた恨みは、同じく子供を奪って返すしかない。

宮崎保雄に、作市はそう語っていたという。

——子供じゃなく孫でもいい。とにかくやつらにとって、自分の命より大事なものを狙うんだ。そいつを奪って思い知らせてやる。

親にとって子。子にとって親。祖父にとって孫。かけがえのない存在を、苦しめに苦しめてから、恐怖の頂点で殺してやる、と。

——やつは百合への意趣がえしに、実父である野呂瀬辰男の名誉まで汚そうとした。

「その先を右だ！」

今道の指示どおり、佐坂はハンドルを切った。

見慣れたコンビニの看板の向こうに、丹下薫子の住むアパートが見えた。すでにパトカーが二台停まっている。そのうちの一台が、前へ発進した。

逮捕済みか、と佐坂は一瞬ほっとした。

だが「おい、様子がおかしいぞ」北野谷が叫んだ。

彼の言うとおりだった。誰かがパトカーを追っているようだ。走っている。パトカーと並走していた。

目を凝らし、佐坂は仰天した。

菅原だった。彼は走るパトカーに追いすがり、助手席をこじ開けて飛びこんだ。パトカーが、激しく蛇行する。

停車中の車両を、佐坂は追い越した。すれ違いざま、その車体に赤が散っているのが見えた。あざやかな赤だ。鮮血だった。

「前のパトカー（PC）を追え！」

北野谷が怒鳴る。しかし追うまでもなかった。

パトカーは丁字路のどん詰まりに向かい、減速なしで走っていた。八十キロは出ている。曲がりきれるスピードではなかった。

ひときわ大きくパトカーが蛇行した。ガードレールへ激突する派手な音が響いた。

その横へ、佐坂はぎりぎりに車を停めた。

助手席のドアが開く。出てきた人影が、よろけてその場に膝を突いた。アスファルトに血が点々とこぼれる。

「菅原！」

佐坂は叫んだ。菅原は両手で自分の腹部を押さえていた。

北野谷がパトカーの運転席を開ける。

シートに、ぐったりと老人がもたれかかっていた。竹根作市だ。

その右手首には手錠がぶら下がり、左手にはいまだナイフが握られていた。老人自身の脇腹も、同じく血で染まっている。だが菅原よりも傷は浅いようだ。

数名の警官が駆け寄ってきた。いち早く菅原を保護し、作市の手に手錠をかけなおす。警官たちの唇は、血の気を失って真っ白だった。

「自分たちの、不手際です」

一人の若い警官が、目じりを引き攣らせながら言った。

「やつの両手を拘束する前に、隠し持っていた刃物で……。ふ、二人、刺されました。PCを奪われて……失態です」

「あとにしろ」

北野谷が警官を押しのけた。

いまだシートにもたれたままの作市の脇へ、片膝を突く。

「馬鹿な爺いだぜ。丹下薫子も友安小輪も、とっくに安全な場所へ移送済みだ。ふん、知能犯が聞いて呆れるぜ。老いぼれて、自慢の脳味噌も鈍ったな」

しかし作市は北野谷を無視し、

「……あんた」

震える手で、彼の背後を指した。

長年の不摂生ゆえか、作市は実年齢よりはるかに上に見えた。安物の入れ歯が口の中でがたついている。頬は皺ばみ、老人性の染みがいくつも浮いていた。

しかし頬に、薄茶の大きな痣はなかった。

「あんた、覚えちょるよ。……刑事さん」

彼の指は、まっすぐに今道を指していた。

「わしゃあ……せがれが死刑判決を受けた日、警察に怒鳴りこんでやったき。……あんた、あん日にわしをなだめてくれよった人じゃの。覚えゆう」

作市は、薄笑っていた。その面(おもて)に後悔の色は見えない。

佐坂は悟った。こいつはいまこの瞬間も、自分の正当性を確信している、と。

背すじがぞくりと冷えた。

鴇矢ミレイがもっとましな女だったなら、息子は連続強姦殺人など犯さなかった。佃秀一郎が弁護士として有能だったら、息子を無罪放免にできた。岸千秋が息子を選んでいれば、そもそもミレイなぞに引っかかりはしなかった。

息子は悪くない。なにもかも息子を追いこんだやつらが悪い――。そう作市の瞳が、表情が、はっきりと語っていた。

「おい」

北野谷が、作市の顎を摑んだ。力ずくで自分に顔を向けさせる。

「野呂瀬辰男はどこだ。もう生きちゃいないのは、わかってる。どこに埋めたかを言え。気を失う前に、それだけ吐いていけ」

救急車のサイレンが近づきつつあった。

「あいつは……、死にたがっちょった」

作市は咳きこみながら言った。

「娘も女房もなくして、生きる意味が、見えのうなっちょった。ほんじゃき、わしが楽にしてやった」

「楽に、だと?」北野谷が声を低めた。

険相がさらに引き歪む。髪の毛が、一瞬にして逆立ったかに見えた。背後の警官がたじろいで一歩退く。

「ふざけるな。野呂瀬辰男は、おまえなぞに殺されていい人間じゃなかった。戦後の日本を必死に、家族のために地道に生きた善人だ。野呂瀬のささやかな幸福を奪ったのが、貴様ら父子だ。御託はやめてさっさと――」

「……あの刑事さんに、教える」

もはや指を上げる力もないのか、作市は目で今道を指した。

「あの刑事さんになら、言うてもええ」

佐坂は、北野谷が激怒して怒鳴りちらすだろうと思った。

しかし北野谷はそうしなかった。一度、高く舌打ちしただけだった。思いのほか素直に、今道にその場を譲る。

替わって片膝を突いた今道の耳に、作市が二言三言ささやいた。

今道はうなずいてから、

「――竹根義和は、自分の言葉を持っていなかった」

と低く言った。

「言葉がない人間は、哀れなもんだ。言葉がなけりゃあ、おれたちは自分の感情を認識し、区分することすらできない。他人に伝えることも、表現することもな。……犯罪の動機ってのは、大半が感情の暴発だ。うまく伝えられずに行き違うせいで、溜めこんで溜めこんで、暴発させちまうんだ」

声音に疲労が滲んでいる。

「おれは学のない男だがね、こう思うのさ。息子が死んでから復讐するなんてのは、親の役目じゃない。親ってのは、子が生まれた瞬間から大人になるまでそばにいて、見守って、その子自身の言葉を持たせてやることなんじゃないか――とね」

救急車が到着した。

菅原が担架で運ばれていく。次いで作市のもとにも、担架を持った救急隊員が駆けつけた。

搬送される直前、作市はいま一度、今道を見やった。

「あんた、やっぱりええ人じゃ」

皺ばんだ口でにやりと笑う。

「……きっと、長生きせん」

救急車のバックドアが、音をたてて閉まった。

9

菅原の腹をつらぬいた刃は、さいわい重要な臓器をはずれていた。全治二週間との診断を受けた彼は、

「すこしは汚名返上できましたかね」

と、病院のベッドで照れ笑いしてみせた。

一方、竹根作市の傷は全治一週間であった。本格的な取調べは退院後の予定だが、病床からぽつぽつと供述をはじめており、今道や北野谷の推理と大きな差異はないようだった。

そして佐坂は、はからずも佃秀一郎弁護士と再会を果たした。二十六年ぶりに会う佃は頭が禿げあがり、身長が縮んだように見えた。

「ああ、あの事件の」

佃はそう言ってから、たっぷり一分近く絶句し、

「孫を、ありがとう。……ありがとうございます」

深ぶかと頭を下げた。

「やめてください。そんな——職務です。ただの職務で、佃先生に礼を言われるようなことは、なにも……」

佐坂は戸惑い、ただ首を横に振った。

宮崎保雄は、作市の共犯として取調べられている。

岸智保の聴取もつづいているが、彼が犯した略取および傷害に対し、起訴はほぼないと見られている。身元引受人には、友安小輪がすでに名乗りを上げていた。

作市逮捕から三日後、野呂瀬辰男の遺体が見つかった。

作市が今道にささやいた情報どおり、栃木県のとある山中に埋められていた。

野呂瀬はとうに白骨化していた。胸骨に残った刺創から見て、おそらく心臓近くを三度ほど牛刀で刺されたらしい。

「ほぼ即死に近かっただろう。苦しむことなく死んだはずだ」

との監察医の言葉が、唯一の救いであった。

竹根作市は病床で、こう主張しているという。

「野呂瀬がわしと背恰好が似ちょったこと、女房が死んで、近親がのうなったこと。なりすますに絶好の相手じゃった。──これも運命ちゃ。なんもかも、仏さまのはからいやき」

なお野呂瀬辰男の遺体は検視ののち、遠方の姪に引きとられた。近日中に納骨式がおこなわれ、妻子と同じ墓に眠る予定である。

10

そしていまだ勾留中の鴇矢亜美は、取調官にこう語った。

「ストックホルム症候群？　いえ、違います。確かにわたしは、あのお爺さんと心を通わせました。でも洗脳なんていっさいされていません。すべてはわたしの意志でやったことです」

と。

「罪をまぬがれようなんて思っていません。だってわたしは、ずっと義母が憎かった。大嫌いでした。結婚してから一日だって、あいつの死を願わなかった日はないです。いまこの瞬間も、まったく後悔していません」

亜美は能面のような無表情だった。

「わたしのSNSを読んだんでしょう？　だったらご存じですよね。わたしがあの女に、どんなに追いつめられていたか。どれほど神経を削られていたか。──SNSには書きませんでしたが、わたし、入眠剤がないと眠れなくなっていたんです」

それは事実だと思われた。

鴇矢ミレイの亜美へのいやがらせは、執拗で粘着質だった。

会社帰りの亜美を待ち伏せして、『息子と別れろ別れろ』と念仏のように繰りかえす。新居に押しかけて騒ぎたてる。亜美の同僚をつかまえては、根も葉もない悪評を吹きこむ。ひどいときは、『ケツモチのヤクザにおまえを輪姦させる』と脅したことさえあるという。

「夫は、そんな実母を嫌っていました。だから耐えられたんです。あの人はわたしの味方だ――。そう信じていたからこそ、我慢できた」

取調官相手に語る亜美の目は、まるでガラス玉だった。

「でも、……でも、すこしずつ、夫のことも信じられなくなりました。あの人は確かに、実母を嫌っていた。遠ざけていた。でもわたしを守る気概が、ほんとうにあったかは……疑問でした」

小指を失った左手を、きつく握りしめる。

「わたし、だんだん疑いはじめていたんです。夫はわたしを、盾にしているんじゃないか。あの女の憎悪がわたしに向いているうちは、夫は安泰だ。わたしを、無意識の生贄(いけにえ)にしているんじゃないか、って」

夫が祖母と付き合いを絶とうとしなかったことも、不信の種になったという。

「だって、あの女とお祖母(ばあ)さんは、なんだかんだ言っても実の母子じゃないですか。お祖母さんを遠ざけなければ、あの女とだって切れやしません。だから何度も『あなたとお祖母さんだけで会うのはかまわない。でもわたしは巻きこまないで』とお願いしたんです。なのに夫は、煮えきらなくて……」

鴇矢亨一が殺されたあの日。

亨一の体に刃が突き立つ直前にも、亜美と彼はテーブルを挟んで、祖母との交流について話し合っていたという。

「彼、『わかった』って言ったんです」

抑揚なく、亜美は言った。

「『わかった。もうきみは祖母にも母にもかかわらなくていい。ぼくが、今後いっさい接触させない』そう約束したんです」

しかしそのとき、チャイムが鳴った。

インターフォンから洩れ出てきたのは、まさに当の祖母の声だった。亨一は迷うことなくオートロックを解除し、祖母を棟内に迎え入れてしまった。

「――絶望しました」

亜美は声を落とした。

「あの瞬間、わたしは確信したんです。この結婚は失敗だったと。幸せになるつもりで入籍したのに、みずから不幸の中に飛びこんでしまった、と――」

ふ、と短く息を吐く。

「いまはじめて言います。わたし、亨一さんが死んだとき、悲しくなかった。むしろ、ざまあみろと思ったくらいです。自分がこれからどうなるか、怖くて、怯えたけれど、彼の死はどうだってよかった。ああ死んだな、と思っただけでした」

「いや鴇矢さん。ちょっと整理しましょう」

取調官がさえぎった。

しかし亜美は首を横に振って、

「いいんです」

と言った。

「わかってます。あのお爺さんは、別人を装っていたんですよね？　わたしはだまされていた。でももう、そこはどうだっていいんです。わたしはただ、自分の憎い相手を殺した。それだけです。一片たりとも後悔していません」

顔を上げ、亜美は取調官をまっすぐ見据えた。

「わたしはわたしの意志で、あの女を殺しました。——殺人罪で裁いてください。本望です」

その言葉の翌日、今道弥平（やへい）は『白根（しらね）ハイツ殺人及び略取誘拐事件』の捜査本部を離れ、千葉県警へ戻ることになった。

北野谷は佐坂とともに、もう一度今道を誘った。

行き先は前回と同じ、牛タンシチューの美味いビストロであった。

三人は黒ビールとワインで料理をたらふく楽しんだ。シチューや渡り蟹のパスタだけでなく、常連のみがオーダーできる隠しメニュー『田舎ふうパテ』まで出させ、バゲットにこってり塗って食べ尽くした。

「つまらんものですが、餞別です」

そう北野谷は言い、自家製ローストビーフの秘伝レシピを今道に渡した。

なにかの折に今道がこぼした「定年後にそなえて、そろそろ料理でも覚えないと」との言葉を受け、用意しておいたレシピだそうだ。

佐坂は渡せるなにものも持たなかったので、今道と連絡先を交換した。

北野谷とは、駅の手前で別れた。

しかし佐坂は今道とともに改札をくぐって、彼をホームで見送った。

「じゃあまた」

と今道は手を振って去った。

発車後も、佐坂はしばらく電車を見送っていた。

雨の匂いが近かった。湿った夜気がたちこめる。己の酒くさい呼気を感じながら、線路の向こうに消えた尾灯を、佐坂はいつまでも目で追いつづけた。

エピローグ

バスの中は、ドーナツの甘く油っぽい匂いで満ちていた。

数人の女性客が同じデザインの箱を膝に載せて座っている。千葉駅構内にオープンしたという、有名ドーナツショップの箱であった。

甘い香りを嗅ぎつつ、佐坂(ささか)は吊り革に摑まって揺られていた。スーツではなく私服だ。安価量販ブランドのパーカーにデニムという、ごく平凡な恰好である。

例の記念館に寄ったのは、わずか二十分前のことだ。しかし目当ての男は――永尾剛三(ながおごうぞう)は、駐車場の管理ボックスにいなかった。

佐坂は受付の女性に、

「いつもの駐車場のおじさん、お休みですか」

と世間話を装って尋ねた。女性はあやしみもせず笑顔で答えた。

「ええ。趣味の旅行に行くとかで、三日ほどお休みをいただいております。いつもいる人がいないと、おかしな感じですよね」

「ですねえ」

佐坂は微笑みかえし、記念館を出た。

いやな予感がしていた。

あれから佐坂は、余暇を縫って永尾剛三について調べた。そのデータに「旅行が趣味」という項目はない。永尾は徹底して無趣味であり、孤独な男だった。

佐坂はバスを降りた。

向かった先はある私立高校である。出勤途中の永尾が見つめていた、例の少女が通う高校だ。

――生前の姉を思い起こさせた、あの子。

制服から、佐坂は彼女の高校を割りだした。千葉県内で二十位以内に入る偏差値の、私立女子学院高等部であった。

――下校時刻まで、まだ間がある。

きびすを返し、佐坂は歩きだした。

くだんの女子高生の自宅と帰宅ルートは、すでに調査済みだ。

校門から駅まで、彼女がたどるであろう道をトレースする。まず十字路を西へ向かう。ドラッグストアの角を左折し、ガソリンスタンドを通り過ぎる。耳鼻科の看板で右折すると、細い小路に出た。

佐坂は立ちどまった。

民家の塀へ寄せるように、黒のワゴン車が路上駐車されていた。

――わナンバー。レンタカーだ。

佐坂は片手にスマートフォンを持ち、画面に見入るふりでワゴン車の脇を通り過ぎた。フルスモークのリアウインドウ。運転席に人の姿はない。

小路を抜けて、さらに五百メートルほど歩く。佐坂は足を止め、電話を一本かけた。そして別ルートを使って、私立高校へと戻った。

時刻は四時二十二分。

高校の斜め向かいに建つコンビニのイートインコーナーに、佐坂はいた。その位置から、高校の校門を見張っていた。

――出てきた。

くだんの女子高生であった。コーヒーのカップを捨て、佐坂はコンビニを出た。

友達と連れだって帰る習慣がないのか、少女は一人だった。距離をとって、佐坂は尾行した。十字路を西へ向かう。ドラッグストアの角を左折し、ガソリンスタンドを通り過ぎる。耳鼻科の看板で右折する。

黒のワゴン車は、まだ駐まっていた。

佐坂は電柱の陰へ隠れた。呼吸を殺し、ワゴン車の動きをうかがう。

やがて後部座席のドアがひらいた。降りてきた男に、佐坂は拳を握った。

――永尾剛三だ。

間違いなかった。佐坂は全身の筋肉を緊張させた。

鼓動が速まる。こめかみが脈打つ。

永尾は左手をポケットに入れ、右手にタウン情報誌を持っていた。彼が女子高生に声をかけるのを、息づまる思いで佐坂は見つめた。

佐坂の目に映る女子高生は、まるで警戒心がなかった。きっと「困っている人がいたら、手助けしてあげなさい」と教えられて育ったのだろう。

道に迷った初老男性を無視できない少女。「カーナビ見れば?」などとあしらったりしない女子高校生。かつての佐坂美沙緒(みさお)が、まさにそうだった――。

永尾は左手をポケットに入れたままだ。タウン情報誌を、女子高生に向けて広げる。

「この店にはどうやって行ったらいいか」とでも訊いているのだろう。女子高生が、誌面を覗く。二人の距離がさらに縮まる。

――五、四、三。

佐坂は胸中でカウントダウンをはじめた。

少女が誌面へ前傾姿勢になる。永尾が、視線を素早く左右へ走らせる。

――二、一。

ポケットに入れた左手を、永尾が抜いた。スタンガンを握っている。

視認すると同時に、佐坂は走った。

それから三時間後。

佐坂は公園のベンチに座っていた。

すでに世界は夜だった。空は絵具をべったり刷(は)いたような濃紺(のうこん)である。

日中は足の踏み場もないほど群れていた鳩が、いまはまばらだ。目の前では噴水が涼しいしぶきを上げ、街灯のあかりが闇に薄ぼんやりと浮かび――。

そして佐坂の隣には、今道弥平(いまみちやへい)がいた。

「ついさっき、所轄署(PS)から連絡があったよ」

のんびりと今道が言う。

「永尾剛三のスマホをあらためたところ、女子中学生や高校生の盗撮画像が山ほど見つかったそうだ。余罪ざくざくってやつだな」

つい三時間前、スタンガンを抜いた永尾を、佐坂は現行犯逮捕した。

わナンバーのワゴン車からは、梱包用のビニールロープ、粘着テープ、飛びだしナイフ等が入ったバッグが発見された。

なお揉み合った際、女子高生はかすり傷ながらも負傷した。誘拐未遂と銃刀法違反に、これで傷害罪がくわわった。

通報で駆けつけた交番員に、佐坂は手帳を見せて名乗った。

東京の刑事がなぜここに、と交番員は驚いたようだ。しかし「地域部の今道室長にお世話になったので、挨拶がてら寄るところでした」と言うと、

「ああ、ミチさんね。はいはい」

とすぐに顔をほころばせた。

黒のワゴン車を発見した直後、佐坂が入れた一本の電話。その電話の相手が、ほかならぬ今道であった。

佐坂は今道にこう頼んだのだ。

「これから永尾剛三を現逮（ゲンタイ）する予定です。今道さんに挨拶に来たついでと言いわけしますので、お手数ですが話を合わせてください」――と。

若い交番員は「形式上必要なので」とすまなそうに言いつつ、所轄署で佐坂の事情聴取をおこなった。

佐坂は少女を尾行した件は隠し、残りを正直に答えた。

「臭う不審車両だった」

「降りてきた男が、ポケットから左手を出さないのが気になった」

「管轄外なので職質（バンカケ）できる立場ではない。だがもしもの場合があるので、電柱の陰で様子をうかがっていた」と。

所轄署に今道がやって来たのは、約一時間後だ。

聴取が終わるまで、今道は馴染みの警官と茶飲み話をしていた。

佐坂を引きとるかたちで、今道は署を出た。そしていま公園のベンチに、二人は並んで腰を下ろしている――。

とっぷりと夜だった。

会社帰りらしい、スーツ姿の男女が目の前を通り過ぎる。女性の耳朶のピアスが、街灯を弾いて光る。石だたみを打つヒールの音が高い。

今道が、ぽつりと言った。

「……一発にしておいたかね」

「はい」佐坂はうなずいた。

電話口で、今道に忠告されたのだ。「永尾を殴るなら、一発で済ませておけ。それ以上やったら問題になるかもしれん」と。

佐坂は膝の上で指を組んだ。

「……姉に、どこか似た子でした」

「そうか」今道が短く言う。

「姉の命日が近いんです。……だから、よかった。新たな犠牲者が出なくて、ほんとうによかった。ほっとしています」

「そうか」

降りそそぐ月光は柔らかだった。どこかで上がった歓声が、クラクションにかき消される。ジョギング中らしい男が、息を切らしつつ横切っていく。

「いい夜ですね」

「ああ」

沈黙が落ちる。

だが不快ではなかった。気まずくもなかった。横目でうかがうと、今道は気持ちよさそうに半分まぶたを下ろしていた。

スニーカーの足音が遠ざかっていくのを聞きながら、

「すみません」

佐坂は口をひらいた。

「おれ、――たったいま嘘をつきました」

「え？」

「じつを言うとですね……ええと、やつを一発よけいに殴ったんです。つまり二発です。事前に忠告してもらったのにすみません。つい勢いあまったというか、どさくさというか、思わず手が……」

ふたたび沈黙が流れた。長い長い間だった。

やがて、今道が吹きだした。

つられるように佐坂も笑った。最初はくすくす笑いだったが、止まらなくなった。今道と顔を見合わせ、声を出して笑った。

「いいんじゃないか」

笑いで喉を揺らしながら、今道が言う。

「一発はきみのぶんで、もう一発はお姉さんのぶんだ。許されるさ、それくらい」

「ええ……、はい」

いったん殊勝な顔を作ったが、無理だった。佐坂はふたたび笑いだした。

「ですよね」

そう言って、体を折る。笑いすぎて腹筋が軋んできた。目じりに涙が滲む。指で目を拭って、佐坂はまた笑った。喉が痛い。だが爽快だった。

二十七年ぶりに、笑えた気がした。

参考・引用文献

『私はこうしてストーカーに殺されずにすんだ』遙洋子　筑摩書房
『ストーカー――ゆがんだ愛のかたち』リンデン・グロス　秋岡史訳　祥伝社
『妄想――彼女はなぜ狙われたのか』ジョン・ダグラス&マーク・オルシェイカー　小林宏明・相原真理子訳　角川春樹事務所
『老人たちの裏社会』新郷由起　宝島社
『ケーキの切れない非行少年たち』宮口幸治　新潮新書
『犯罪被害者　いま人権を考える』河原理子　平凡社新書
『情動と犯罪――共感・愛着の破綻と回復の可能性――』福井裕輝・岡田尊司編集　朝倉書店
『警視庁科学捜査最前線』今井良　新潮新書
『警察手帳』古野まほろ　新潮新書
『宅間守　精神鑑定書――精神医療と刑事司法のはざまで』岡江晃　亜紀書房
『殺人データ・ファイル』ヒュー・ミラー　加藤洋子訳　新潮ＯＨ!文庫
『16の殺人ファイル』ヒュー・ミラー　加藤洋子訳　新潮文庫
『戦後事件史データファイル――社会を震撼させた数々の重大事件を通して、戦後60年の日本の歩みを徹底

検証！』日高恒太朗　新人物往来社
『犯罪行動の心理学』ジェームズ・ボンタ&D・A・アンドリュース　原田隆之訳　北大路書房
『アメリカ映画の名セリフベスト一〇〇』曽根田憲三・寶壺貴之監修　フォーイン　スクリーンプレイ事業部

解説

古山裕樹

『執着者』(『老い蜂』改題)はストーカーの恐怖から始まる物語である。

つきまとう人物の不気味さ。不穏な予感と恐怖。警察や身近な人々に相談しても軽くあしらわれて、その恐怖を受け止めてもらえない絶望。やがて、事態は思わぬ方向に展開する……が、本書について掘り下げる前に、まず著者の作品全体について概観しておこう。

櫛木理宇(くしきりう)の作品にはさまざまな顔がある。

デビュー作から始まる〈ホーンテッド・キャンパス〉シリーズなど、主人公たちのキャラクターを前面に出した連作として書き続けられているホラーが、著者の作品の大きな柱であることは確かだ。著者のホラー作品の場合、作中に霊現象などが描かれていても、結局いちばん怖いのは人間だった……という展開をたどることが多い。

そんな人間の怖さを描き出すサスペンスも、著者の作品の大きな位置を占めている。映画化された『死刑にいたる病』をはじめ、連続殺人者——シリアルキラーによる凄惨な犯行とその背景を容赦なく描き出す作品がそうだ。あるいは、『赤と白』や『鵜頭川村事件』など、閉塞した人間関係とその行きつく先を描き出す作品も、読む者を打ちのめしてくれる。

ホラーやサスペンスといった感覚・感情に訴える物語を成立させるには、読者の感情を誘導するための論理的な構築が欠かせない。そうした論理を前面に出した構成の作品もある。『ぬるくゆるやかに流れる黒い川』『虎を追う』『灰いろの鴉』といった作品では、事件を調べて事実を積み重ね、最後に意外な真相へとたどりつく、ミステリらしい展開を楽しめる。

本書『執着者』も、同じような構造を持つ作品だ。

友安小輪は会社員。仕事がきっかけで知り合った恋人・岸智保と一緒に暮らし始める。だが、二人が暮らすアパートに奇妙な老人が現れ、さまざまな嫌がらせをするようになった。智保は老人が持つ風鈴の音になぜか異様な怯えを示し、じっと息をひそめているばかり。通報を受けてやって来た警官は「相手は高齢者だから」と小輪の訴えを軽くあしらった。

一方、都内で殺人と誘拐事件が起きる。老人が若い建築士の男性を絞殺し、その妻を連れ去ったのだ。荻窪署の佐坂湘は、警視庁捜査一課の北野谷輝巳と組んで捜査に臨む。

そして、一人暮らしの大学院生・丹下薫子は、奇妙な老人によるストーキングに悩まされていた。彼女は警察に相談するものの、警官は真剣に受け止めようとしない。その一方で、老人の行動は次第にエスカレートし、強い悪意を示すものになっていた……。

佐坂たちの追う殺人・拉致事件と、二つのストーカー事件。老人が関わっていること以外に共通点の見えない三つのできごとは、どうつながっているのか……?

犯行の背景は少しずつ明かされる。著者が読者の前にカードを並べて、順番に開いていく。その順序の組み立て方が巧妙だ。ある事実が明らかになることで、新たな謎が浮上する。こうしたカードの開示を積み重ねて、意外な結末へと到達する。

　叙述の組み立て方に工夫がなされているのは、謎と真相を提示する過程だけではない。例えば、本書の章の構成だ。第一章は小輪が遭遇した恐怖、第二章は佐坂たちが捜査する事件、第三章は薫子が経験した恐怖を描いている。「友安小輪は、怯えていた」で始まる第一章と「丹下薫子は、怯えていた」で始まる第三章は、続く文章も同じ構造で、二つの章はよく似た内容になっている。だが、間に第二章が入ることで、両者は単なる相似形ではなくなっている。殺人という重大な事態が起きた第二章を経由することで、第三章で薫子が遭遇する事態は、より危険を予感させるものになっている。老人の行動も、よりストレートに危害を示唆するものになっている。こうした見せ方によって、物語が進むにつれて緊張の度合いが高まっていく。

　一方で、緊張がほぐれる場面をはさむことで、緩急のコントラストをつけるところも著者の妙技だ。たとえば、佐坂とコンビを組む北野谷の造形だ。彼は偏屈だが優秀な刑事として描かれる。その一方で、料理好きという意外な一面もある。佐坂たちを美味い店に連れて行くだけでなく、捜査本部の炊き出しにまで口を出す。刑事としてのキャラクターとのギャップが印象深い人物の存在が、時には緊張を和らげる役割を担っている。

　途中から捜査に加わる千葉県警の今道弥平も、その温和なキャラクターで物語の緊張を緩める存在だ。ちなみに、彼は『ぬるくゆるやかに流れる黒い川』にも登場し、過去と現在の事件の背景を探る役割を担っていた。定年が近づいてきたベテランで、若い世代を見守るという立場は、両方の作品に共通している。本書でも、事件の捜査はもちろん、佐坂の過去にも関わる人物として、重要な位置に立っている。

その佐坂のキャラクターが、物語を推し進める原動力だ。彼は、幼いころに姉がストーカーに殺されるという悲劇を経験した。犯人は捕らえられて刑に服したものの、出所して今も生きている。複雑な思いを抱きつつも成長して刑事になった彼は、特に女性が狙われた事件については非常に詳しくなり、「事件マニア」と呼ばれるほどになっている。

佐坂が捜査に関わる理由は、もちろん刑事としての職務によるものだ。だが、彼を駆り立てるのは刑事としてのプロ意識だけではない。ストーカー事件の被害者の遺族という、彼自身のアイデンティティもある。ストーカーらしき人物が出没する事件は、彼自身の過去と響き合う。佐坂は、他人事ではない、自分自身の事件として捜査に臨むことになる。捜査の過程で出会う犯罪被害者の遺族に対して彼が抱く共感。それは、同じ被害者遺族だからこそ抱きうるものだ(事件解決後の佐坂の姿を描くエピローグも、被害者遺族の物語としての本書を印象づける)。

では、そういう動機に突き動かされる佐坂が探る対象はどんなものだろうか?

物語の中で大きな位置を占めるのは、過去のできごとだ。本書では、現在の殺人・拉致事件やストーカー事件を追ううちに、三つのできごとに共通する過去を探ることになる。

本書だけでなく、櫛木理宇のミステリの多くは、やがて過去を発掘する旅になる。三十年前の事件を再び捜査する物語として始まる『虎を追う』、犯罪被害者の遺族たちが過去を振り返るところから始まる『ぬるくゆるやかに流れる黒い川』に顕著だが、たとえ現在の事件を捜査するところから始まる物語であっても、数十年前のできごとの探索につながっていく。過去に起きたことは長い影をひいて、現在のできごとにつながっている——これは櫛木理宇のミステリにおける原則といってもいい。

　未解決の事件はもちろん、いったん解決とされた事件でも、関係者にはその後の人生がある。被害者と加害者、それぞれの親族。事件によってそれまでの生活が大きく変わってしまった人人は、その後どんな人生を歩んだのか。過去から現在に至る関係者の歩んだ道が、真相を解き明かす手がかりになる。

　過去が現在につながるのはそれだけではない。さらに念入りに過去を探って、個人の成育史を掘り下げる。罪を犯した者、あるいはその周囲の人々が幼少期をどう過ごし、どのように育てられたのか。家族——特に親（ないし保護者）とはどのような関係だったのか。

　幼少期の家族関係、家庭の環境が事件のきっかけを作る。これも、櫛木理宇の作品でしばしば見られる図式だ。特に、親子関係の歪み（ゆが）が悲劇につながる様子は多くの作品で描かれる。例えば、初期作品『赤と白』の主要登場人物は四人の少女だが、全員が親との関係に何らかの問題を抱えていた。

　親子関係、あるいは子どもが育つ環境の歪み。そのしわ寄せは、弱い方へと——子どもへと向かう。つまり、児童虐待やネグレクトだ。こうした事象のやりきれないところは、「被害者」だった子どもが、後に「加害者」になってしまうことが起こりうる点だ。「被害者」が親になって虐待が連鎖する場合もあるけれど、櫛木理宇の作品では、また別の連鎖も頻繁に描かれる。「被害者」がそもそも親になるとは限らず、「被害」の影響によって、自分の子どもではない他者に危害を加える人物になってしまう、というケースだ（もっとも、そういうケースと見せかけて実は……という展開の作品もある）。

本書にも、小学校もろくに行けない境遇で育ち、映画だけに親しんで育った結果、映画の台詞に頼らなくては自分の心情を語れない人物が登場する。自分の語彙が足りないがゆえに、自身の感情を分類できず、対処の仕方もわからない。意見を表現することが満足にできない。感情の処理を、暴力という形で片づけることも珍しくなくなる。人々と、社会とうまく向き合えず、道を踏み外していく。

本書をはじめとする櫛木理宇の作品に登場するシリアルキラーは、「被害者」が「加害者」に転じる極端な例だ。シリアルキラーはその行動こそ異常だが、決して人間とは別種のモンスターではない。我々からかけ離れた存在ではなく、特異な道のりを歩んできた人間なのだ。決して共感はできなくても、そこにいたる経緯を理解することは可能な存在だ。

また、連続殺人に至ることはなくとも、育った環境や人間関係の歪みによって形作られた強烈な悪意、あるいはいびつな思い込みに駆り立てられる人物が登場することも多い。本書でも、一連の事件の犯人だけでなく、犯人や被害者の周辺にも、そうした感情に突き動かされる者たちがいる。そこに描かれる悪意や思い込みもまた、共感はできないが理解可能なものである。こうした人物や感情を丁寧に描いているがゆえに、著者の作品は読者に衝撃をもたらすのだ。

本書『執着者』は、歪んだ感情に駆り立てられた人物に関わる事件を、巧みな構成で読ませる。異様なできごとで読者を戦慄させながら、その背景を掘り起こす過程と、意外な真相を導き出す論理で読者を引っ張っていく。凄惨な描写がもたらす戦慄と、解明へと導く論理——感情を揺さぶり、理性に訴えかける櫛木理宇のミステリを、これからも楽しみに待ちたい。

本書は二〇二一年、小社より刊行された『老い蜂』を改題・
文庫化した作品です。

検印
廃止

著者紹介　新潟県生まれ。2012年、『ホーンテッド・キャンパス』で第19回日本ホラー小説大賞読者賞を、『赤と白』で第25回小説すばる新人賞を受賞。著作に〈ホーンテッド・キャンパス〉シリーズ、『死刑にいたる病』『虜囚の犬』『氷の致死量』『少年籠城』などがある。

執着者

2024年1月12日　初版
2024年2月29日　再版

著　者　櫛(くし)　木(き)　理(り)　宇(う)

発行所　（株）東京創元社
代表者　渋谷健太郎

162-0814／東京都新宿区新小川町1-5
電　話　03・3268・8231-営業部
　　　　03・3268・8204-編集部
URL　http://www.tsogen.co.jp
DTP　キャップス
暁印刷・本間製本

ISBN978-4-488-48621-1　C0193

第四回鮎川哲也賞受賞作

THE FREEZING ISLAND ◆ Fumie Kondo

凍える島

近藤史恵

創元推理文庫

得意客ぐるみ慰安旅行としゃれ込んだ喫茶店〈北斎屋〉
の一行は、瀬戸内海に浮かぶＳ島へ向かう。
数年前には新興宗教の聖地だった島で
真夏の一週間を過ごす八人の男女は、
波瀾含みのメンバー構成。
退屈を覚える暇もなく、事件は起こった。
硝子扉越しの密室内は無惨絵さながら、
朱に染まった死体が発見されたのだ。
やがて第二の犠牲者が……。
連絡と交通の手段を絶たれた島に、
いったい何が起こったか？
孤島テーマをモダンに演出し新境地を拓いた、
第四回鮎川哲也賞受賞作。

未曾有の大停電が、東京を襲う。

TOKYO BLACKOUT◆Kazuyo Fukuda

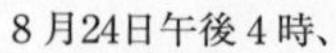

TOKYO BLACKOUT

トウキョウブラックアウト

福田和代

創元推理文庫

◆

８月24日午後４時、

東都電力熊谷支社の鉄塔保守要員一名殺害。

午後７時、信濃幹線の鉄塔爆破。

午後９時、東北連系線の鉄塔にヘリが衝突、倒壊。

さらに鹿島火力発電所・新佐原間の鉄塔倒壊——

しかしこれは、真夏の東京が遭遇した悪夢の、

まだ序章に過ぎなかった！

目的達成のため暗躍する犯人たち、

そして深刻なトラブルに必死に立ち向かう

市井の人々の姿を鮮やかに描破した渾身の雄編。

注目の著者が描く、超弩級のクライシス・ノヴェル！

企みと悪意に満ちた連作ミステリ

GREEDY SHEEP◆Kazune Miwa

強欲な羊

美輪和音

創元推理文庫

美しい姉妹が暮らす、とある屋敷にやってきた
「わたくし」が見たのは、
対照的な性格の二人の間に起きた陰湿で邪悪な事件の数々。
年々エスカレートし、
ついには妹が姉を殺害してしまうが——。
その物語を滔々と語る「わたくし」の驚きの真意とは？
圧倒的な筆力で第７回ミステリーズ！新人賞を受賞した
「強欲な羊」に始まる“羊”たちの饗宴。

収録作品＝強欲な羊，背徳の羊，眠れぬ夜の羊，
ストックホルムの羊，生贄の羊
解説＝七尾与史